しょっちゅう喧嘩するっていうのは、結構意外かも

わたしがイラっとして言い返して、

そのまま口喧嘩になるのはよくあるのよ

声優ラジオのウラオモテ

#10 夕陽とやすみは認められたい？

ラスト／さばみぞれ

仲の良い親子でも喧嘩くらいするんじゃない。
あなたのところが特別穏やかなだけで
夕陽とやすみのコーコーセーラジオ!
YUHI to YASUMI no KOUKOUSEI RADIO!
あー、まぁそっか。
確かに、友達からそういう話はよく聞くわ

SCENE #01 人酔い、初詣、卒業の意識——。

今日から、新しい一年が始まる。

そんな日に、しかも暗い時間から、

由美子とふたりでいることが不思議だった。

気分は妙に落ち着かず、ふわふわと浮き立っている。

それは、人酔いして気持ち悪いだけかもしれないけど。

心のどこかで、こんな時間ももう長くない、

と感じているのかもしれない。

だって、自分たちはこの春には高校を卒業する。

当たり前のように会う機会はなくなるし、

それに応じてこんな時間も減るに違いない。

それによって生じた気持ちを、表現することはないけれど。

「ほら、呼ばれてるよ夕陽パパ」
「なんでわたしがパパなのよ……」

夕陽とやすみのコーコーセーラジオ！

第84回　～夕陽とやすみの喧嘩事情～

第87回　～夕陽とやすみは反抗期？～

第88回　～夕陽とやすみのクリスマス～

第89回　～夕陽とやすみと時空の歪み～

第92回　～夕陽とやすみの大切なお知らせ～

ティアラ☆スターズ☆レディオ！

第31回　～夕暮さんは覚えてる？～

第33回　～やすみとミントは聴き逃さない～

第36回　～乙女の意気込み～

声優ラジオのウラオモテ

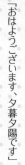

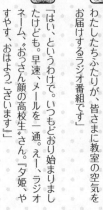

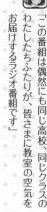

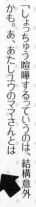

NOW ON AIR!! 第84回

「夕陽と」

「やすみのー」

「コーコーセーラジオー」

「おはようございます、夕暮夕陽です」

「おはようございまーす、歌種やすみです」

「この番組は偶然にも同じ高校、同じクラスのわたしたちふたりが、皆さまに教室の空気をお届けするラジオ番組です」

「はい、というわけで。いつもどおり始まりましたけども。早速、メールを一通。えー、ラジオネーム、〝おっさん顔の高校生〟さん。『夕姫、やすやす、おはようございます』」


「おはようございます」

「『前回の放送で、夕姫が親子喧嘩をしたと言っていましたね。うちもたまに喧嘩をしますが、そのあと気まずいですよね。夕姫はちゃんと仲直りできましたか？』……。とのことです」

「あぁもう……、なぜこんなメールを抜くんですか……？」

「そりゃアレでしょ。みんな心配してんだよ。ユウのところの親子関係を」

「あなたは楽しんでいるように見えるけれど……？　ええ、まぁ……。うちはしょっちゅう喧嘩するけど、尾を引かないから。安心して頂戴」

「しょっちゅう喧嘩するっていうのは、結構意外かも。あ、あたしユウのママさんとは何回か会ってるから、どんな人か知ってるんだけどね」

「うちの母は大概口うるさいから。わたしがイラっとして言い返して、そのまま口喧嘩になるのはよくあるのよ」

「へぇー……。うちはほとんど喧嘩しないからなぁ。そういうのはあんま経験なくてさ」

「あぁ……。あなたのところのお母さんは、まぁそうよね。そんな感じがするわ。羨ましい限りね」

「あとまぁ、あたしは物分かりいいから」

「人のことを物分かりが悪いみたいに言わないでくれる?」

「みたい、っていうか、そう言ってるんだけど」

「出たわ。あなたのそういうところ、本当に嫌い。あなたは親に恵まれただけでしょう？ あなただって、うちの親相手だったら絶対口喧嘩になっているわ。今このやりとりが証拠よ」

「は～？ あたしが口喧嘩に発展するのって、せいぜいあんたくらいですが？ やっぱユウが悪いんじゃないの？ あたしだったら、ユウのママさんとだって上手くやれる自信あるわ」

「はいはい、出た出た。お得意のマウントが出たわ。仮定の話ですらコミュ強ぶろうとするなんて、どこまで優位に立ちたがる人間なのかしら。言っておくけれど、そもそも——」

to be continued……

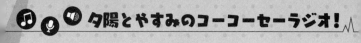

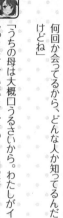

「佐藤《さとう》。泊《と》めて」

渡辺千佳《わたなべちか》は、開口一番そう言った。

佐藤《さとう》家。その玄関《げんかん》にて。

千佳《ちか》は大きめのバッグと紙袋《かみぶくろ》を持って、そこに立っていた。

秋らしさを感じるベージュのセーターに、細めのパンツを穿《は》いている。スリムな身体《からだ》にとてもよく似合っていた。

彼女はいつものように前髪《まえがみ》を下ろしていて、目つきの悪さは髪《かみ》によって隠《かく》れている。

少しヘアアレンジをしてメイクを施《ほどこ》せば、だれもが振《ふ》り返《かえ》る美少女になれるというのに、プライベートの千佳《ちか》はそういったことに頓着《とんちゃく》しない。

そこはとても彼女らしいと思うけれど、この状況《じょうきょう》はなんだろう。

「はあ」

佐藤由美子《さとうゆみこ》は棒アイスを咥《くわ》えたまま、気の抜《ぬ》けた声を出してしまう。

外に出るときはバリバリのギャルメイク、オシャレでかわいい服を着こなす由美子《ゆみこ》だが、さすがに家ではそうでもない。

部屋着でくつろいでいたらインターフォンが鳴り、顔を出すと千佳《ちか》がいた。

まぁ理由までは説明されなかったものの、事前に「今から家に行っていいか」と連絡《れんらく》は受けていたし、だからこそ棒アイスなんて食べながら応対してるわけだが。

「べつに泊《と》めるのはいいんだけどさ」

由美子《ゆみこ》の家に友人が泊《と》まりに来るのは、それほど珍《めずら》しいことではない。

親友の川岸若菜《かわぎしわかな》、声優仲間の桜並木《さくらなみき》乙女《おとめ》を筆頭に、ちょくちょく家にやってくる。

ただ、渡辺千佳《わたなべちか》は友人ではない。

お互《たが》い声優であり、クラスメイトであり、ともに『夕陽《ゆうひ》とやすみのコーコーセーラジオ！』のパーソナリティを務める間柄《あいだがら》ではあるが、決して友人ではない。

なのに由美子《ゆみこ》の家に来るということは、相応の理由があるのだろう。

「悪いわね。事情は今から話すから。お邪魔《じゃま》します」

千佳《ちか》は勝手知ったる、とばかりに靴《くつ》を脱いで家に上がってきた。

なんというか、彼女も大概佐藤《たいがいさとう》家に馴染《なじ》んできた。

昔は居心地《いごこち》悪《わる》そうに、そろそろ入ってきたというのに。

とはいえ、千佳《ちか》がこの家を訪《おとず》れたのは今回でひぃふぅみぃ……、ええと、たくさん？

夏休みは一週間も滞在《たいざい》していたくらいだ。慣れもするか。

「あら？　あらあらあら、ユウちゃ〜ん。いらっしゃい。今日はどうしたの？」

突然《とつぜん》、第三者の声が介入《かいにゅう》して、千佳《ちか》の身体《からだ》がビクっとする。

家の奥から現れたのは、由美子《ゆみこ》の母だ。

物珍《ものめずら》しそうに、そして嬉《うれ》しそうに、千佳《ちか》のことをニコニコと見つめている。

「今日、ママが仕事休みだから。それでもいいなら、いいけど」

先ほどの、泊《と》めるのはいいんだけどさ、の続きを話す。

由美子《ゆみこ》だけの空間ならまだしも、そこに母がいるなら話は別ではないか。

由美子《ゆみこ》にはわからない感覚だが、友人の家に行って親がいたら、普通《ふつう》は緊張《きんちょう》したり、気まずくなったりするらしい。

千佳《ちか》は一瞬《いっしゅん》だけ戸惑《とまど》いの表情を浮《う》かべたものの、すぐに持っていた紙袋《かみぶくろ》を母に差し出した。

「突然《とつぜん》来てすみません。お邪魔《じゃま》します。これ、つまらないものですが」

「え〜？　そんな、いいのにぃ。いつもいつも色々もらっちゃって、こっちこそ申し訳ないなあ。またユウちゃんママにお礼言わなきゃ」

「あ、いえ。これはわたしからなので。母は関係ないです」

「そうなの？」

数年役者の世界で生きていただけあって、礼節はあるのだ、千佳《ちか》は。

クラスメイトやどうでもいい相手には蹴《け》っ飛《と》ばすだけで。

ただ、彼女の発言は引《ひ》っ掛《か》かる。

母は関係がない。

千佳《ちか》が由美子《ゆみこ》の家を訪ねたのは、そこに理由がありそうだ。

とりあえず、リビングに上げる。

既《すで》に陽《ひ》は暮れているし、外はそれなりに肌寒《はだざむ》かったようで、千佳《ちか》の顔はほんのり赤い。

一応、「渡辺《わたなべ》もアイス食べる?」と訊《き》いてみたが、「寒いからいい」と首を振《ふ》られた。

なので、温かいお茶を淹《い》れてあげる。

彼女はそれを一口飲み、ほうっと息を吐《は》いた。

「それで、ユウちゃん。今日はどうかしたの~?」

母は由美子《ゆみこ》の隣《となり》に座り、やさしく尋《たず》ねた。

由美子《ゆみこ》の母が大好きな若菜《わかな》はともかく、ほかの友人が来たときは「気を遣《つか》うだろうから」と挨拶《あいさつ》程度に留《とど》める母が、同席しているのは理由を聞くためだろう。

母はゆるく見えて、その辺り案外しっかりしている。

由美子《ゆみこ》も、千佳《ちか》が意味もなく泊《と》まりに来るとは思っていない。

「ふう……。実は……」

千佳《ちか》はため息を吐《つ》いてから、ぎゅうっと拳《こぶし》を握《にぎ》る。

表情に怒《いか》りを滲《にじ》ませながら、ゆっくりと語り出した。

「……わたしは、大学に入ったら一人暮らしをする予定なんです」

「へえ」

知らなかった。

そもそも千佳《ちか》がどの大学に行くのかも知らないが、まぁ普通《ふつう》に考えて都内だろう。

彼女の志望校は気になるけれど――、今聞く話でもなかった。

千佳《ちか》が一人暮らし。

想像するだけで不安になってくるが、千佳《ちか》は苦虫を嚙《か》み潰《つぶ》したような顔で続けた。

「一人暮らしすることは随分《ずいぶん》前から決まっていたし、お母さんも了承済《りょうしょうず》み。住むならこの辺りかな、って目星もつけていたのよ。仕事もあるし、ちょうどいい塩梅《あんばい》の場所を探して。準備もちょっとずつ進めていたの」

今は十一月。

準備を始めるにはいささか早いように感じるが、千佳《ちか》は受験も心配ないらしい。

仕事もあることだし、初めての一人暮らしに備えるのは自然なことだと思えた。

なんとなく、話が見えてくる。

案の定、そこで千佳《ちか》は、ドン、とテーブルを叩《たた》いた。

「なのに！　いきなり、お母さんが『やっぱり一人暮らしはやめたら？』と言い出して！　家から通えるじゃない、無理する必要ある？　大学と声優と一人暮らしを同時にこなせる？　大体、声優なんて仕事は……、ってぐちぐちぐちぐち！　一人暮らしは決まってたことじゃない！　なんで今さら蒸《む》し返《かえ》そうとするの？　そこから声優を否定されるのも、むかつく！」

千佳《ちか》はカッと目を見開き、一息で恨《うら》み言《ごと》をぶちまけた。

それから背もたれに身体《からだ》を預け、静かに続ける。

「それで大喧嘩《おおげんか》。腹が立ってしょうがないから、家を出てきたってわけ」

「あー……」

それは喧嘩《けんか》になるのも致《いた》し方《かた》ない。

千佳《ちか》の母は自分の考えを曲げなさそうだし、千佳《ちか》は千佳《ちか》で気が強い。

真正面から衝突《しょうとつ》し、お互《たが》いに引かないから喧嘩《けんか》の熱ばかりが上がっていく。

普段《ふだん》、千佳《ちか》と口喧嘩《くちげんか》をしている由美子《ゆみこ》にはそれが十分に伝わった。

しかし、今回ばかりは由美子《ゆみこ》も千佳《ちか》の味方に回る。

「まぁ……、それは腹立つわな……」

「でしょう？　イラつくわよね」

由美子《ゆみこ》の同意に、千佳《ちか》は大きく頷《うなず》く。

一度決まったことだし、そこに向かって動いていたのに、途中《とちゅう》で覆《くつがえ》されては腹も立つ。

由美子《ゆみこ》の母はあまりそういったことはないが、友人の親子喧嘩《げんか》ではちょくちょく聞く話だ。

なんでだよ！　と憤《いきどお》るのもわかる。

「ん～……。でもわたしは、ユウちゃんママの気持ちもわかっちゃうかな～……」

そこで、母が遠慮《えんりょ》がちに声を上げた。

千佳《ちか》はむっとして由美子《ゆみこ》の母を見たが、さすがにその表情はまずいと思ったらしい。

小さく首を振《ふ》って表情を戻《もど》してから、尋《たず》ねた。

「そうなんですか？　どういったところが？」

「うーん。結局ね、ユウちゃんママはユウちゃんが心配なんだと思うな。ほら、女の子の一人暮らしって、やっぱり不安でしょう？　ユウちゃんはお家《うち》がバレたこともあるし。前は『まぁいっか』でOKを出してても、いざ実現する段階になったら怖《こわ》くなっちゃった、っていうのはあると思うかな～」

「…………」

母親の視点を持ち出されると、反論しづらい。

過去の事件を挙げられたのも大きかった。

もしも、またあんなことが起きたら。一人暮らしの家を特定されたら。

同じことが起きないという保証はないし、そうなってからでは遅《おそ》い。

だからこそ、千佳《ちか》の母は声優なんてやめろ、危険を伴《ともな》ってまでやる仕事じゃない、と当時反対したのだから。

それに、千佳《ちか》の一人暮らしが不安、というのは由美子《ゆみこ》も大いに共感できる。

家バレとは別視点からで。

「まぁ……。確かに渡辺《わたなべ》の一人暮らしって、心配かも」

由美子《ゆみこ》がぼそりと呟《つぶや》くと、千佳《ちか》が心外そうにこちらを見た。

「なにそれ。言っておくけれど、わたしは料理ができないだけで、普通《ふつう》に家事はできるわよ。

掃除《そうじ》も洗濯《せんたく》も。一人暮らし程度なら問題ないわ。佐藤《さとう》も知っているでしょう？」

「いや、それはわかるんだけどさ。そういうことじゃないんだよな〜……」

由美子《ゆみこ》は腕《うで》を組んで、天井《てんじょう》を見上げた。

千佳《ちか》が大体の家事をこなせるのは、共同生活をしたくらいだからよーく知っている。

けれど、そういうことではないのだ。

なんかこいつ、とんでもないことをやらかしそうで怖《こわ》いんだよな。

そんな感情が伝わったのか、千佳《ちか》は舌打ちをこぼした。

「出た出た。お得意のマウントが出たわ。心配だと言うのなら、きちんと理由を述べなさいな。言葉にせずに感情論で押し切ろうとするの、あなたたちのような人種の悪い癖《くせ》よ」

「そういうあんただって、言語化できない感情を切り捨てるの、悪い癖《くせ》なんじゃないの？　世の中、イエスとノーだけじゃないんだよ。そういう繊細《せんさい》な気持ち、わっかんないかな〜」

「出たわ。あなたのそういうところ、本当に嫌《きら》い。曖昧《あいまい》な理由で人を排除《はいじょ》しておいて、自分なら一人暮らしは平気だけど〜、とか言い出すんでしょう？　どこまでマウントが好きなのよ。それでしか己《おのれ》の存在を証明できないの？　三大欲求のひとつが承認《しょうにん》欲求になってる？」

「こいつ……」

腹は立つものの、千佳《ちか》の言うとおり「なんか不安」では納得《なっとく》できないのはわかる。

でも、千佳《ちか》は心配だ。あぁ心配だ。

家事ができるできないじゃなく、もっと根本的な話。

おそらく、千佳《ちか》の母も同じ気持ちだ。

そこで由美子《ゆみこ》の母が、のんびりとした声を投《な》げ掛《か》けた。

「え～？　わたしも、由美子《ゆみこ》が一人暮らしをしたい！　って言い出したら、心配になるよ？　由美子《ゆみこ》がしたいなら止めないけど、本音を言うとあんまりしてほしくないかな～……。ママ、泣いちゃうかも」

冗談《じょうだん》めかしながらも、母は心配だと主張する。

由美子《ゆみこ》は、大学には実家から通うと決めていた。

一人暮らしに憧《あこが》れがないわけではないが、母をひとり置いて家を出るほどではない。今の生活だって気に入っている。

何もなければ、ずっとこの家にいるのではないだろうか。

ただ、一人暮らしができるかどうかで言えば、全く問題ないだろうし、母も心配しないと思っていた。

だから先ほどの母の発言は、意外だった。

それは千佳《ちか》も同じようで、少し前のめりになる。

「佐藤《さとう》くらい家事ができても、心配になるものなんですか」

「うん。家事がどうって話じゃなくて……、ううん、そこも関係はあるんだけど。親として、娘《むすめ》の一人暮らしはどうしても心配になると思うよ。特に由美子《ゆみこ》もユウちゃんも、一人娘《ひとりむすめ》なんだし。そこは親の気持ちも汲《く》んでくれると嬉《うれ》しいかな～。ね？」

そういうものなのか、と千佳《ちか》と由美子《ゆみこ》は黙《だま》り込《こ》む。

由美子《ゆみこ》でさえ心配になるのなら、千佳《ちか》なんてハラハラドキドキではないか。

実際、千佳《ちか》が一人暮らしをするのなら、由美子《ゆみこ》は「ちゃんとできる？　大丈夫《だいじょうぶ》？　週一で様子見に行こうか？」と言いたくなってしまう。

それに加えて、千佳《ちか》の母は別の心配事もあるのだろう。

「…………」

千佳《ちか》の母は声優業を快く思っていないし、今でも認めているわけではない。

以前、それであわや活動休止、まで追い込まれたくらいだ。

あれから何度か千佳《ちか》の母とは会っているが、あのときのような刺々《とげとげ》しさはもうない。

しかし、千佳《ちか》の声優活動を認めているかと言えば、それはきっと話が別。

渡辺千佳《わたなべちか》は、声優として、夕暮夕陽《ゆうぐれゆうひ》として、家を出て行く。

だからこそ、千佳《ちか》の母はより不安が大きくなっているのかもしれない。

もし、千佳《ちか》の母が今でも「声優なんて情けない」と考えており、千佳と気持ちが通じることなく、千佳が家を出てしまったら。

それは寂《さび》しいよなぁ、と由美子《ゆみこ》はぼんやり思った。

「ところで、ユウちゃん。家に泊《と》まるのはいいんだけど」

母の声で、由美子《ゆみこ》は我に返る。

母はスマホを持ち上げながら、にっこりと笑った。

「お母さんに心配をかけるのはだ〜め。わたしからユウちゃんママに連絡《れんらく》しとくから。ね？」

その動作と言葉に、千佳《ちか》が固まる。

それは、母に連絡《れんらく》されることを恐《おそ》れたわけではなく。

「……母と、連絡先《れんらくさき》を交換《こうかん》してるんですか」

「うん？　そうだね、随分《ずいぶん》前から〜。たまに連絡《れんらく》も取り合ったりするよ？」

その返事に千佳《ちか》はげんなりして、ちらりと由美子《ゆみこ》を見た。

ため息まじりで呟《つぶや》く。

「こういうところ、母娘《おやこ》だわ……」

そのあと、三人でご飯を食べて、お風呂《ふろ》も入って。（さすがに今回は風呂《ふろ》も別々だ）
由美子《ゆみこ》の部屋に、客用布団を敷《し》く。
客用パジャマもすっかり馴染《なじ》んだ千佳《ちか》に向かって、由美子《ゆみこ》は口を開いた。
「悪いけど、前みたいに和室は使えないからさ。ここで我慢《がまん》して」

一週間共同生活では、和室を千佳《ちか》の部屋にあてがった。

けれどあそこは普段《ふだん》、人が寝泊《ねと》まりできる状態にはしていない。

今夜はほかの人が泊《と》まるときと同じように、由美子《ゆみこ》の部屋で寝《ね》てもらうことにした。

別段不満はないようで、千佳《ちか》は布団《ふとん》を見下ろしている。

「この感じ、久しぶりね。あなたの部屋で、いっしょに眠《ねむ》るなんて」

「そだっけ？　……言われてみれば、最近はないか」

記憶《きおく》を掘《ほ》り起《お》こしてみると、由美子《ゆみこ》の部屋で寝泊《ねと》まりしたのは結構前の話だった。

様々な場所で、いっしょに寝《ね》る機会は今までたくさんあったけれど。

「思い出すのは、活動休止のときね。あのときも、母から逃《に》げてきたわ」

千佳《ちか》は布団《ふとん》に入りながら、独り言のように呟《つぶや》く。

あの日も千佳《ちか》は「家に帰りたくない」とごねて、由美子《ゆみこ》の家に来ていた。

あのときの殺伐《さつばつ》とした空気を思い出すと、胃が痛くなるけれど。

今、千佳《ちか》の母と相対しても、あれほどのことにはならないと思う。

だから、だろうか。

由美子《ゆみこ》はずっと気に掛《か》かっていたことを、千佳《ちか》に尋《たず》ねた。

「ねぇお姉ちゃん」

「なに」

「ママさんって、今は声優業のことどう思ってんの」

「…………」

千佳《ちか》は、すぐには返事をしなかった。

天井《てんじょう》を見上げながら、ぼそりと「わからないわ」と答える。

「あれから、声優についての話はしていないもの。無茶苦茶な勝ち方をしたとはいえ、『声優を続けることに、もう何も言わない』って約束だったしね」

「まぁあれが勝ちかどうかで言えば、だいぶ審議《しんぎ》だけども」

声優生命を賭《か》けた、千佳《ちか》母との勝負の話だ。

何なら千佳《ちか》の母は、「わたしの勝ちね」と言っていたし、厳密に言えば千佳《ちか》たちの負け。

千佳《ちか》が怒《いか》りでゴリ押しした感はすごくある。

とはいえ、何も言ってこないということは、千佳《ちか》の母もそれを認めたんだろうけど。

「だから、母と声優がどうのって話をしたのは随分《ずいぶん》と久しぶり」

「ママさんは、なんて言ってたの」

「『不安定な仕事なんだし、一人暮らしなんてしなくても』とか、『いつまで仕事があるかわからないんだし』とかだったかしら……」

それだけ聞くと、ただ心配をする親の言葉のようだった。

千佳《ちか》は目を瞑《つぶ》り、ふっと息を吐《は》く。

「母が声優のことをどう思っているのか……。わたしにも、わからないままだわ」

諦《あきら》めが混じったような、静かな声。

由美子《ゆみこ》はその声を聞いて、どうにも心細くなった。

彼女の顔を覗《のぞ》き込《こ》み、伝えたかった言葉を口にする。

「一回、ちゃんと聞いてみてもいいんじゃない？」

由美子《ゆみこ》の言葉に、千佳《ちか》はそっとこちらを見上げる。

眠《ねむ》くなっているのか、彼女の顔は普段《ふだん》より幼く見えた。

しばらく、無言で視線だけが交差する。

彼女はぼんやりとした目を、ゆっくりと閉じた。

「それで、前と気持ちが変わってなかったら？」

「え？」

「母は全く変わっていなくて、以前と同じ気持ちのまま、『声優なんて情けない』と思っていたら。『今すぐにでもやめてほしい』と考えていたら。それを知ったら——、わたしは。きっと、やるせない思いを抱《いだ》くと思う」

「…………」

千佳《ちか》は眠《ねむ》りに落ちる直前で、声も気が抜《ぬ》けていた。

だからこそ、素直《すなお》な気持ちを吐《は》き出《だ》せたのかもしれない。

彼女の想《おも》いは、意外だった。

親なんて知らない。認められなくても構わない。

それでも、自分は声優をやる。

そんな確固たる意志を持ち、孤高《ここう》に上を見上げているのが夕暮夕陽《ゆうぐれゆうひ》だと思っていたから。

「……いや」

それが彼女の姿であることは間違《まちが》いない。

ただ、『認められなくても声優をやる』という姿勢と、『声優を認めてもらいたい』という気持ちは両立する。

母親に、自分の仕事を認めてもらいたい。

そんなの、当たり前の感情だ。

由美子《ゆみこ》は穏《おだ》やかに眠《ねむ》る千佳《ちか》の顔を、改めて見つめる。

鋭《するど》い目つきが隠《かく》れているおかげで、今の千佳《ちか》はただの可愛《かわい》らしい少女だった。

「……渡辺《わたなべ》。おやすみ」

千佳《ちか》に声を掛《か》けるが、彼女からは寝息《ねいき》しか返ってこなかった。

◆

学校があるので、千佳《ちか》は朝早くに自宅に帰ってきた。

リビングの扉《とびら》を開けると、千佳《ちか》の母は既《すで》にスーツに身を固め、仕事に行く準備をしている。

千佳《ちか》の顔を見ると、彼女は微妙《びみよう》な表情のまま固まった。

千佳《ちか》も、ただいまも言わずにその場で立《た》ち尽《つ》くす。

昨日、千佳《ちか》が家を飛び出すくらいには大喧嘩《おおげんか》したので、まぁまぁ気まずい。

千佳《ちか》は自分が悪いと思っていないので、謝らない。

母は母で、意地っ張りなので折れることはない。

だから、緊迫《きんぱく》した空気が流れている。

「……千佳《ちか》」

母は腰《こし》に手を当てて、深く息を吐《は》いた。

言いづらそうにしながらも、言葉を続ける。

「いろいろと言いたいことはあるけれど……。一番気になることを訊《き》くわ。……なんで、由美《ゆみ》子《こ》ちゃんの家に逃《に》げ込《こ》むの……？」

「…………」

なんでだろう。

実のところ、母と喧嘩《けんか》して家を出るのは珍《めずら》しいことではない。

千佳《ちか》には父である神代《かみしろ》の家があり、そこには千佳《ちか》の私物も多く置いてある。

いつもなら、父の家に逃《に》げ込《こ》んでいた。

千佳《ちか》が家出したところで、千佳《ちか》の母には行き先がわかっている。

家出と言うと大袈裟《おおげさ》なくらい安全圏《けん》での出来事なので、母もそれについてはあまり咎《とが》めないのだが……。

千佳《ちか》の母は、暗い顔で続けた。

「昨日、由美子《ゆみこ》ちゃんのお母さんから連絡《れんらく》が来て、びっくりして……。迎《むか》えに行こうとしたら、お互《たが》い頭を冷やしたほうがいいって言われて……。すごく恥《は》ずかしかった……」

由美子《ゆみこ》の母が連絡《れんらく》を取って、面喰《めんく》らったのは千佳《ちか》だけではなかったようだ。

母は顔に疲《つか》れを滲《にじ》ませながら、千佳《ちか》をじっと見つめた。

「家出をするのは百歩譲《ゆず》っていいのだけれど、いえ、よくはないのだけれど……。こう、家の恥《はじ》をほかの人に晒《さら》すのは……。何とかならないかしら……」

「そう思うのなら、お母さんが変なことを言わなきゃいいじゃない」

ふん、と鼻を鳴らす。

一度決まったことを覆《くつがえ》そうとしているのは母のほうだ。

母が悪い。

それが伝わったのか、母は額に指を当ててかぶりを振《ふ》った。

そうしてから、そっとこちらを窺《うかが》う。

「まぁ、千佳《ちか》に仲の良《い》い友達ができたのは、喜ばしいことだけれど……」

「は？　仲の良《い》い？　……そういうのじゃないわ。変な誤解をしないで」

反射的に言い返してしまう。

自分と由美子《ゆみこ》は、仲が良《い》いどころか友達ですらない。

そこは誤解しないでほしいし、苦《くる》し紛《まぎ》れの負《ま》け惜《お》しみにしても業腹《ごうはら》だ。

しかし、母にそんな意図はないらしく、きょとんとしていた。

「家に泊《と》まりに行く仲なのに、仲良くない、は変でしょう。別に、あの人に断られたわけでもないんでしょう？　それだけ、由美子《ゆみこ》ちゃんの家が居心地《いごこち》いいってことじゃないの」

千佳《ちか》は反論しようとして、口を閉じる。

父が多忙《たぼう》で家におらず、途方《とほう》に暮れていたところを由美子《ゆみこ》が迎《むか》えてくれたことはある。

けれど今回は、そういった事情もなしで真っ先に由美子《ゆみこ》の家を選んだ。

なんでだろう。

おいしいご飯が食べられるから？

首を捻《ひね》っていると、母がパっと顔を明るくさせた。

「由美子《ゆみこ》ちゃんは、一人暮らしの予定はないの？　もしそうなら、あなたたちでルームシェアをしたらどう？　それならわたしも安心――」

「しないから。勝手なことを言わないで」

勘弁《かんべん》してほしい。するわけがない。

本人たちの気持ちを考えず、自分の都合だけで話すのはめちゃくちゃ親っぽくはあるが。

そりゃ、まぁ。

なんやかんやで上手《うま》くいく可能性はあるかもしれないけど。

ルームシェアなんて、それこそ仲良しの友人がやることだ。

「……わたし、学校の準備をするから。もう余計なこと言わないで」

果たしてそれは照《て》れ隠《かく》しなのか、ただ煩《わずら》わしくなったのか。

千佳《ちか》自身にもわからなかった。

ただひとつ、わかったことがある。

家出をすることで母の意見を無視したが、根本的な解決にはなっていない。

また、いつ母が『一人暮らしなんてやめたら？』と言ってきてもおかしくなかった。

というより、絶対言う。

だから千佳《ちか》は、その問題自体を払拭《ふっしょく》しようとしていた。

「朝加《あさか》さん。朝加《あさか》さんは、大学生のときって一人暮らしでしたか？」

「んん？　なんだい、突然《とつぜん》。藪《やぶ》から棒だねえ」

コーコーセーラジオの第84回、収録後。

千佳《ちか》は放送作家の朝加美玲《あさかみれい》に、そう質問を投《な》げ掛《か》けた。

今日も朝加《あさか》の髪型《かみがた》はおでこ丸出しで、そこにペタン、と冷えピタが貼《は》ってある。

濃《こ》いクマにスウェット姿でうろうろしているのも、いつもどおり。

彼女は少しだけ眉《まゆ》を上げたあと、あ、と声を上げた。

「あれかな？　前の収録中に言ってたこと。お母さんと喧嘩《けんか》したとか、してないとか。それと関係してる？」

「そ。ユウ、一人暮らしを反対されたんだって。で、家出してうちに逃《に》げ込《こ》んできたの」

朝加《あさか》の疑問に、なぜか由美子《ゆみこ》が答える。ニヤニヤした笑《え》みを浮《う》かべながら。

それをぎろりと睨《にら》むと、「おぉ、こわ」と嬉《うれ》しそうに笑った。

朝加《あさか》は苦笑《くしょう》しながら、思い出すように視線を宙に彷徨《さまよ》わせる。

「わたしは大学生の頃《ころ》から一人暮らししてるよ。十八のときに家を出てから、ずっとかな」

「反対はされなかったんですか」

「うーん、うちは実家が遠いからねえ。東京の大学に決まった時点で、一人暮らしするしか選《せん》択肢《たくし》がなかったというか」

なるほど。

せざるを得ない状況《じょうきょう》だから、反対も何もないという話らしい。

そういった意味では、千佳《ちか》の一人暮らしは必須《ひっす》ではなかった。

実家からでも大学には通えてしまう。

そんな状況《じょうきょう》では普通《ふつう》、一人暮らしはしないのだろうか。

千佳《ちか》が考え込んでいると、由美子《ゆみこ》がからかい半分で口を開いた。

「あぁだから朝加《あさか》ちゃん、一人暮らしを許してもらえたんだ。あんな生活してるのにさ」

朝加《あさか》の生活は、なかなかに壊滅的《かいめつてき》だ。

あの汚部屋《おべや》を見た者からすると、あれでよく親からOKをもらえたな、と思う。

千佳《ちか》の母だったら絶対許さない。

その疑問に、朝加《あさか》は失笑《しっしょう》しながら手を振《ふ》ってみせた。

「いやいや。わたしだって、昔からあぁだったわけじゃないよ。作家になる前は、むしろ丁寧《ていねい》な暮らしをしてたんだから。大学行くときもそれなりにオシャレしてさ。家事もちゃんとしてたし。料理には自信あったくらいだよ？」

「それ作ってよ～、朝加《あさか》ちゃんの手料理食べてみたいよ～」

「えぇ、勘弁《かんべん》してよ～……。キッチンに何が置いてあるのか、やすみちゃんのほうが把握《はあく》してるくらいだし……。今は丁寧《ていねい》な暮らしより、一分でも多い睡眠《すいみん》時間かな」

朝加《あさか》は肩《かた》を竦《すく》めてしまう。

話自体は興味深いが、朝加《あさか》はあまり参考にならないようだ。

状況《じょうきょう》が違《ちが》う。

朝加《あさか》は頬杖《ほおづえ》を突《つ》きながら、やるせなさそうに話の続きを口にする。

「むしろ問題だったのは、一人暮らしより仕事のほうかな。放送作家になるって言ったときは、親から大反対されたよ」

「そうなの?」

由美子《ゆみこ》の意外そうな返事に、朝加《あさか》は小さく頷《うなず》いた。

「うちの親は考えが古いっていうか……。田舎者《いなかもの》っていうか? 今でもいろいろ言われるよ。いつ結婚《けっこん》するんだー、とか、いつまでもフラフラしてないで実家帰ってこいー、とか」

「朝加《あさか》さん、フラフラはしてなくないですか?」

結婚《けっこん》は知らないが、そちらの発言は頂けない。

毎日毎日がむしゃらに、朝加《あさか》は濃《こ》いクマを作ってまで働いているのに。

そのおかげで、あんな立派なマンションに住んでいる朝加《あさか》をフラフラしてる……、いやまぁ、過労でフラフラはしているが。

その言い方は不適切では、と千佳《ちか》が眉《まゆ》を寄せていると、朝加《あさか》の苦笑《くしょう》が濃《こ》くなった。

「まぁ、そういう親だってこと。だから、わたしはずっと親に認められてないかな。仕事を辞《や》めて実家に帰る、って言ったら大喜びされると思うよ。どれだけ年収が下がってもね」

「……………」

朝加《あさか》と親の間に、大きな溝《みぞ》があることがわかってしまう。

千佳《ちか》も同じような岐路《きろ》に立たされているだけに、鬱々《うつうつ》たる思いを抱《いだ》いた。

母に、ずっとずっと「いつまでそんな仕事やってるの？」と言われ続ける未来は、あまり想像したくない。

「ん……」

そこで何かに気付きそうになったが、淡《あわ》い気付きの欠片《かけら》は朝加《あさか》の声に消えていく。

「あぁ、でも。仲が悪いってことはないよ。実家帰るのは面倒《めんどう》くさいし、いろいろ言われるけど、まぁ聞き流せばいいだけだし。そこまで心配するほど関係は悪くないから」

千佳《ちか》の表情が暗くなったからか、朝加《あさか》が慌《あわ》ててフォローした。

千佳《ちか》もそれで気を取り直し、気に掛《か》かったことを尋《たず》ねる。

「朝加《あさか》さんの家族は、朝加《あさか》さんがあんな生活をしてるって知ってるんですか？」

「知ってるわけないじゃん。あの部屋を見られたら卒倒《そっとう》されちゃうよ」

それもそうか。

もしあんな生活をしていると知れたら、何を言われるかわかったものではない。

由美子《ゆみこ》はニヤニヤ笑いながら、朝加《あさか》をつつき始める。

「一回、朝加《あさか》ちゃん家に両親が来るからって、掃除《そうじ》に駆《か》り出《だ》されたことがあったなあ」

「あったねぇ……。いや、その節は大変お世話になりました……。やすみちゃんがいなかったら、えらいことになってたよ……」

朝加《あさか》は深々と頭を下げている。

由美子《ゆみこ》はそんなことまでやっているらしい。

もし千佳《ちか》が助けを求めたら、由美子《ゆみこ》は駆《か》けつけてくれそうだが……、そういった危機はないだろう。

たぶん。

朝加《あさか》の一人暮らしの話は活《い》かせそうにないが、仕事に関する話は参考になった。

朝加《あさか》にお礼を言おうとすると、その前に彼女のほうから尋《たず》ねてくる。

「そういう夕陽《ゆうひ》ちゃんは、なんで一人暮らしをしたいの？」

「なんで？」

そこに疑問を持たれるとは思っていなかった。

確かに、千佳《ちか》は一人暮らしが必須《ひっす》なわけではないけれど。

それでも一人暮らしをしたいという意思は揺《ゆ》るがなく、その理由もちゃんとある。

「自立したいからです。親の束縛《そくばく》を受けるのは、もう御免《ごめん》なので」

結局、それが大きい。

以前の活動休止の件が、わかりやすい例だ。

あれほど親の意見に振《ふ》り回《まわ》されたことはないし、今だってそう。

これから先、同じようなことがあっては困る。

さっさと自立して、母の束縛《そくばく》から逃《のが》れたかった。

朝加《あさか》は一度頷《うなず》くと、小さく微笑《ほほえ》みを浮《う》かべる。

「そっか。それなら、夕陽《ゆうひ》ちゃんがお母さんから『もう自立できるんだ』と思われなきゃいけないね。でも……、夕陽《ゆうひ》ちゃんが望んでいるのは、本当にそのことかな？」

「…………？」

意味ありげな朝加《あさか》の言葉に、どういうことですか、と問い返そうとした。

しかし、彼女は次が迫《せま》っているらしく、立ち上がってしまう。

お礼を言って、彼女の背中を見送った。

由美子《ゆみこ》とともにブースを出ると、そこには珍《めずら》しく両マネージャーの姿がある。

髪《かみ》を後ろでまとめてさらりと流し、ジャケットに細身のパンツを穿《は》いた格好良い女性。

歌種《うたたね》やすみの担当マネージャーである、加賀崎《かがさき》りんご。

加賀崎《かがさき》に比べるとかなり背が低く、童顔で大きな眼鏡を掛《か》けたスーツ姿の女性。

夕暮夕陽《ゆうぐれゆうひ》の担当マネージャーである、成瀬珠里《なるせしゅり》。

担当声優と同じく正反対のふたりだが、非常に優秀《ゆうしゅう》という共通点がある。

彼女たちは穏《おだ》やかに話をしていたので、千佳《ちか》はスッと近付いた。

「成瀬《なるせ》さん」

「あ、夕陽《ゆうひ》ちゃん。お疲《つか》れ様《さま》～。ん？　どうかした？」

「成瀬《なるせ》さんは大学時代、一人暮らし……」

成瀬《なるせ》に同じ質問をしようとして、彼女の丸っこい瞳《ひとみ》を見た。

成瀬《なるせ》はこの場で最も年上だが、今でも新入社員のような雰囲気《ふんいき》を漂《ただよ》わせている。

何なら、この面子《めんつ》で一番落ち着きがない。

「……加賀崎《かがさき》さん。加賀崎《かがさき》さんは大学時代、一人暮らしってしてました？」

「⁉　な、なんでわたしをスキップしたの……⁉」

成瀬《なるせ》が抗議《こうぎ》の声を上げたが、無視をして加賀崎《かがさき》を見る。

彼女は意外そうに千佳《ちか》を見ていたが、質問には答えてくれるようだ。

「あたしか？　あぁ、一人暮らしだったよ。それがどうかした？」

「加賀崎《かがさき》さんの実家って、ここから遠いんですか」

「いや。東京だよ。だからまぁ、実家から通えなくもなかったんだが……、大学に近いに越《こ》したことはないしな。一人暮らしさせてもらった」

「一人暮らしには、反対されなかったんですか」

千佳《ちか》の問いかけに、加賀崎《かがさき》は目をぱちぱちさせた。

顎《あご》に指を置いて、記憶《きおく》を奥から引っ張り出すようにゆっくりと語る。

「特にされなかった……、と思う……。やりたいならいいよ、って感じだったかな、うちは。

まぁあたしは優等生だったしな」

加賀崎《かがさき》が冗談《じょうだん》めかして笑う。

その意味を測りかねていると、由美子《ゆみこ》が耳打ちしてきた。

「加賀崎《かがさき》さん、めっちゃ有名大学出身だから」

なるほど。

千佳《ちか》からすると、加賀崎《かがさき》は非の打ち所がない大人に見える。そのうえで学歴も立派だというのなら、親は鼻が高いに違《ちが》いない。

だからこそ、『一人暮らしも問題なくできるだろう』と信頼《しんらい》されたのだろうか。

「…………」

そちらの方向では、千佳《ちか》は闘えない。

成績は悪くないけれど、弁護士の母を納得《なっとく》させるほどではない。

そして、訊《き》きたいのはそれだけではなく、朝加《あさか》と話していて気になることができた。

仕事の件だ。

言ってはなんだが、声優事務所のマネージャーはかなり特殊《とくしゅ》な仕事。

有名大学出身なら会社はいくらでも選べただろうし、親からは反対されたのではないか。

けれどさすがに、他事務所の人間に「就職は反対されなかったんですか？」とは訊《き》けない。

その疑問が顔に出ていたわけではないだろうが、加賀崎《かがさき》はとても察しがいい。

ふっと笑《え》みを浮《う》かべると、千佳《ちか》の疑問に答えてくれた。

「仕事に関しては、最初は渋《しぶ》い顔をされたな。理由は聞かれたよ。まぁ最終的には応援《おうえん》してくれたが……、今でも心配はされてるな。何せ、多忙《たぼう》だから。身体《からだ》に気を付けて、とか、転職してもいいんじゃない？　とはよく言われる。それもある意味、反対と言えばそうかもしれないが……、親なんてそういうものだろう？」

「そういうもの？」

その意味がわからず、千佳《ちか》は首を傾《かし》げる。

加賀崎《かがさき》はやさしい顔つきになって、諭《さと》すように口にした。

「親にとって、子供はいつまで経《た》っても子供、ってことだよ。心配される。夕暮《ゆうぐれ》も親に何か言われたんだろうが、その根幹は『心配だから』だと思う。そうじゃなければ反対もしないし、放っておかれるだけだろ」

「…………」

そう、だろうか。

確かに、由美子《ゆみこ》の母も同じようなことを言っていた。

でも、それは身勝手だと思う。

急に心配し始めて、「やっぱりやめたら？」だなんて。

それに加賀崎《かがさき》は、心配されながらも最終的には受け入れられている。千佳《ちか》と違《ちが》って。

あぁつまり、加賀崎《かがさき》のようになればいいのだろうか。

心配されながらも、ひとりの大人として認められ、送り出してもらえるような。

朝加《あさか》が言うように、『もう自立できるんだ』と感じてもらえるような。

ううん、と唸《うな》る。

なんだかそれは、途方《とほう》もないほど難しいように感じた。

だけど、一人暮らしをするにはそれが必要なのかもしれない。

「……夕陽《ゆうひ》ちゃん！」

ぼうっと考えていたが、成瀬《なるせ》の声で我に返った。

彼女を見ると、なんだか悔《くや》しそうにこちらをじっと見ている。

「どうかしたんですか、成瀬《なるせ》さん」

「どうかした、じゃないよ！　なんでわたしにはそういうことを訊《き》かないの？」

「いやだって……、成瀬《なるせ》さんは一人暮らしを反対される側の人間でしょう……」

「さ、されたけどぉ！　結局、させてもらえなかったけど……」

成瀬《なるせ》は泣き出しそうな声で肩《かた》を落とす。

彼女は一人暮らしを許してもらえなかったらしい。

明日は我《わ》が身《み》。

やはり、この問題にはしっかり取り組まないといけない。

「それでは、ここでメールを一通！　ラジオネーム、〝ナタデココ今ココ〟さんから頂きました！『ミントちゃん、さくちゃん、夕姫、ティアラーっす！』」

「ティアラーっす！」

「ティアラーっす」

「『リアルイベントである、《ティアラ☆スターズ　ファンミーティング　星屑が降る夜はいつだって》が発表されましたね！』」

「あ、そっか。もう発表されたんだっけ」

「『サブタイトルである《星屑が降る夜はいつだって》は、前回のゲームイベントと同じ名前、かつ出演キャストもイベントに参加決定、ということで、テンション爆上がりです！』」

「そうね。そのゲームイベントには、わたし、ミントちゃん、桜並木さん、御花さんが出演しているから」

「ゲームイベントに出演したキャストが、そのままリアルイベントに出る形になるね！」

「『二月のイベントということで少し先の話ですが、きっと徐々に情報が公開されていくんでしょうね！　次の生配信で情報も出るのかな？　楽しみにしています！』と、頂きました！」

「うん、ありがとう！　楽しみにしてて！　そうなんだよね。サブタイトルにイベント名が付いているのが、結構意味深だよね〜」

「はい！　イベントに連動した何かがあるのかな、ってミントも思っちゃいました！」

「だよね！　あのゲームイベント、すっごく盛り上がってたし！　そのメンバーで

ティアラ☆スターズ☆レディオ！

リアルイベントができるのも楽しみだな～！
きっとすごいことになるよ！」

「今日作家が来てないからって、ふたりとも言いたい放題ですね。あまりプレッシャーを掛けると恨まれますよ」

「わわ！　そんなつもりじゃないですよ！　そういえば、作家さん来てないんでした……！」

「あはは。そうだね、深い意味はないかもしれないし。メールにあるとおり、次の生配信で情報が出るのかな？　こっちの生配信もふたりは出るんだよね？」

「はい！　生配信もイベントも楽しみです！　ミントはみんなでイベントをやれて、カンム……、ムリョウ……、ユウリョウ……？　ええと、感動です！　別の現場の話ですけど、この三人でイベントに出たとき、とっても心強かったですし！」

「……？」

「あ、夕陽ちゃん、ピンと来てないね……？　ほ、ほら。朗読劇だよ。前にミントちゃんとわたしと夕陽ちゃんで、いっしょになったでしょ？」

「わ、忘れちゃったんですか⁉　あんなにみんなで一生懸命やったのに⁉」

「冗談です。覚えてますよ。ケータリングよかったですよね」

「思い出すところ、そこ？」

「もー！　夕暮さん！　歌種さんに怒ってもらいますよ！」

「ちょっと……？　ミントちゃん……？　なんで、そこでやすが出てくるの……？」

to be continued……

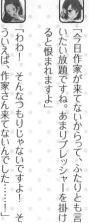

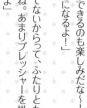

『ティアラ☆スターズ』は定期的に番組の生配信を行っている。
主に、ゲームアプリ版の情報をユーザーに届けるのが目的だ。
出演声優も数多く呼ばれ、今日の収録には千佳《ちか》も参加している。
千佳《ちか》がスタジオ入りすると、既《すで》に面子《めんつ》はほとんど揃《そろ》っていた。
ライブ会場を模したスタジオのセットは豪華《ごうか》で、華《はな》やかだ。
席は二手に分かれ、それぞれ三人ずつで座る。
挨拶《あいさつ》をしながら千佳《ちか》が席に近付いていくと、ひとりの視線に気付いた。
由美子《ゆみこ》だ。
今は歌種《うたたね》やすみの姿である。
さらさらの髪《かみ》を流し、メイクもナチュラル。普段《ふだん》のゴテゴテした装飾品《そうしょくひん》の類はない。
ギャルとは程遠《ほどとお》い、正統派の可愛《かわい》らしい姿だ。
普通《ふつう》にしていたらこんなにかわいいのに……、と千佳《ちか》は思わずにいられない。
今となっては、ギャル姿のほうが落ち着くのも事実だが。
由美子《ゆみこ》は目が合うと、顎《あご》を軽く動かす程度の動きを見せた。
千佳《ちか》も頷《うなず》く。
一応、これで挨拶《あいさつ》は済ませたつもりだ。
さすがに、ほかの人にはこんな雑な挨拶《あいさつ》はしないけれど。

「歌種《うたたね》さん！　お久しぶりですね！」

元気な声が聞こえてきて、千佳《ちか》はそちらに顔を向ける。

由美子《ゆみこ》の前で仁王立《におうだ》ちしているのは、双葉《ふたば》ミントだった。

小学五年生でありながら、大吉芸能《だいきちげいのう》所属の八年目。

千佳《ちか》たちの先輩《せんぱい》で、元子役の女の子だった。

「お、ミント先輩《せんぱい》久しぶり～。元気だった？」

由美子《ゆみこ》はミントの視線に合うよう、膝《ひざ》に手を置いて腰《こし》をかがめる。

その仕草や声色《こわいろ》はすっかりお姉さん。

千佳《ちか》をお姉ちゃんと呼んだり、桜並木《さくらなみき》乙女《おとめ》を姉さんと慕《した》うわりに、彼女自身も姉力が高い。

ミントはどこか興奮した面持《おもも》ちで、拳《こぶし》を持ち上げていた。

「まぁまぁですね！　歌種《うたたね》さんもソクサイそうでなによりです！」

ふんふん、とミントは鼻息荒《あら》くしている。

なんか今日、テンション高いな？　そう由美子《ゆみこ》の顔に書いてあった。

そこに、別の声優が現れる。

首筋が隠《かく》れるくらいのやわらかな髪《かみ》を揺《ゆ》らし、ぽやぁっと眠《ねむ》たげな瞳《ひとみ》が特徴的《とくちょうてき》な女性。

ティーカップ所属、一年目の御花飾莉《おはなかざり》だ。

「やすみちゃ～ん。ミントちゃんったら、ずっとうるさかったんだよ。やすみちゃんに会いたい、会いたいって、も～。どんだけ好きなのって感じで」

「え、そうだったの？」

「ちょっと⁉ 御花《おはな》さん、嘘《うそ》を言わないでください！ わたしがいつそんなことを言いましたか⁉ 今まで一度たりとも、歌種《うたたね》さんに会いたくなったことなんてありません！」

「全力で否定されるのもお姉さんしんどいな？」

ぷんすか怒《おこ》ったミントが抗議《こうぎ》の声を上げ、由美子《ゆみこ》のほうが微妙《びみょう》な表情になる。

笑いながら躱《かわ》す飾莉《かざり》に業《ごう》を煮《に》やしたのか、ミントは人差し指を突《つ》き立《た》てた。

「御花《おはな》さんこそ！ 歌種《うたたね》さんの家に行って、ご飯を食べさせてもらってるって聞きました！ そういうの何ていうか知ってます！ ヒモ！」

「な、なんて言葉使うの、ミントちゃん～……。間違《まちが》ってるうえに誤解招く言い方やめてよ～……。ヒモ……、ヒモって……。ヒモは、いくらなんでもひどくない……？」

「わはは。まぁ飾莉《かざり》ちゃんも、そう頻繁《ひんぱん》に来てるわけじゃないよ。たまーにだから。あ、そだ。今度、ミントちゃんもいっしょに来る？」

由美子《ゆみこ》が笑って答えると、ミントの表情がパっと明るくなった。

口が「い」の形に変わって、「いいんですか⁉」と続きそうだったが。

ミントは慌《あわ》てて、まるで興味がなさそうにそっぽを向いた。

「ま、まぁ？ 歌種《うたたね》さんがそこまで言うなら、行ってあげてもいいですけど……」

「スマホにうちの住所送っとくねー」

「！　は、はい！　御花《おはな》さん！　歌種《うたたね》さんの家に行くときは、あらかじめ言ってくださいね！　ちゃんと！　約束ですよ！」

ミントはかぶった仮面をあっという間に剝《は》ぎ取《と》り、嬉《うれ》しそうにスマホを取り出した。

飾莉《かざり》は、「決めつけられてもな～……。次、行く機会があるかどうかも、わからないんだけど～……」と唇《くちびる》を尖《とが》らせている。

以前はひと悶着《もんちゃく》あったらしい彼女たちだが、今は随分《ずいぶん》と楽しそうだ。

千佳《ちか》がそれを眺《なが》めていると、ぽん、と肩《かた》を叩《たた》かれた。

「や、夕陽《ゆうひ》ちゃん。こんばんは。ここは賑《にぎ》やかでいい空気だねえ」

「……え？　あれ、なぜ朝加《あさか》さんがここに……？」

千佳《ちか》の肩《かた》を叩《たた》いたのは、作家の朝加《あさか》だった。

普段《ふだん》どおりのスウェット冷えピタ姿だが、ここに朝加《あさか》がいるのはおかしい。

『ティアラ☆スターズ☆レディオ』にも作家はついており、こういった生配信でもその人が基本的に台本を書いていた。

今日は見掛《みか》けないな、とは思っていたけれど……。

朝加《あさか》は疲《つか》れた笑《え》みを浮《う》かべて、台本を持ち上げた。

「前の作家さんが飛んじゃってね……。急遽《きゅうきょ》、わたしが入ることになったんだ。だから、これからは『ティアラ』のラジオでもいっしょだよ。よろしくね」

なるほど。

仕事を押し付けられたらしい。

どういった理由で『飛んだ』のかは怖《こわ》くて訊《き》けないが、押し付けられた朝加《あさか》は平気なんだろうか。ただでさえ多忙《たぼう》なのに。

「大丈夫《だいじょうぶ》なんですか、朝加《あさか》さん」

「大丈夫《だいじょうぶ》かどうかで言えば、大丈夫《だいじょうぶ》じゃないんだけど……。特に、ゲームやアニメの予習が大変でねぇ……。それが一番キツかったかな……」

ふふふ、と完全に死んだ目で朝加《あさか》は笑う。

ここできっちり予習に励《はげ》んで間に合わせる作家だからこそ、困ったときに頼《たよ》りにされるのかもしれない。

心なしか濃《こ》くなった気がするクマが、こちらに向けられた。

「一月のイベントも、これから企画《きかく》考えないといけなくてね。夕陽《ゆうひ》ちゃん、何かアイディアあったら教えてね」

「……わかりました」

作家が替《か》わるうえに、今の計画は真っ白だと言われると不安になるが。

まぁまだ十一月だから大丈夫《だいじょうぶ》だろう。

たぶん。

「それじゃ、頑張《がんば》ってね、夕陽《ゆうひ》ちゃん」

朝加《あさか》は手を振《ふ》りながらほかのキャストの元に向かった。「え、なんで朝加《あさか》ちゃん？」と由美《ゆみ》子《こ》が驚《おどろ》く声が聞こえてくる。

……あの人がもし飛んじゃったら、どうなるんだろう。

そんな不安を覚えながら、千《ち》佳《か》は自分の席に腰《こし》掛《か》けた。

眩《まぶ》しいくらいの撮影《さつえい》用ライトに照らされるが、慣れたものだ。

開始時間は迫《せま》っているが、どうやら空気的にまだ始まらなさそう。

なので、隣《となり》に座っている声優に話《はな》し掛《か》けた。

「柚日咲《ゆびさき》さん」

その瞬間《しゅんかん》、物凄《ものすご》く嫌《いや》な顔をされた。

あどけない顔立ちにくりくりの瞳《ひとみ》、さらさらの髪《かみ》に目が惹《ひ》かれる。細い肩《かた》に反した大きな胸を持っていて、甘さと大人っぽさを両立させた女性。小悪魔《こあくま》、という表現がよく似合う。

ブルークラウン所属の先輩《せんぱい》声優、柚日咲《ゆびさき》めくるがそこに座っていた。

関係者に向けるような愛想《あいそ》のいい表情はなく、胡散《うさん》くさそうに千《ち》佳《か》を見ている。

「……なに。何か用なの。あんたと話すとろくなことがないんだけど」

とても警戒《けいかい》されている。

まぁ今まで彼女に散々やってきたから、その警戒《けいかい》は正解ではある。

一応千佳《ちか》も分別が付く人間なので、こんな公《おおやけ》の場で何かやろうとは思わないが。

その状況《じょうきょう》でここまで言われると、いたずら心が疼《うず》いてしまう。

するりと警戒《けいかい》の隙《すき》をつき、めくるに耳打ちした。

「こんな人がいるところでは、何もしませんよ」

「……っ」

夕暮夕陽《ゆうぐれゆうひ》渾身《こんしん》のささやき声を叩《たた》き込《こ》むと、めくるの肩《かた》がゾゾっと震《ふる》えた。

おかしな表情になりそうだったが、真っ赤な顔でどうにか抑《おさ》え込《こ》んだらしい。

耐《た》え切《き》ったのか、キッと睨《にら》んできた。千佳《ちか》はそれを受け流しながら、嘯《うそぶ》く。

「それとも、何かやったほうがよかったですか」

「あんたね……！　調子乗るなよ、本当……。あぁもうやだ……」

途中《とちゅう》まで強気だったのに、すぐに語気が弱くなった。早くも疲《つか》れた顔をしている。

小声でのやりとりだったものの、こんな場所でやることではなかったかもしれない。

やりすぎた。反省。

まぁ千佳《ちか》は悪い女なので、反省してもすぐに忘れてしまうのだが。

「……で、なに。何か用なの」

こうして改めて聞いてくれるあたり、彼女も大概《たいがい》お人好《ひとよ》しだな、と思う。

さすがにおふざけはなしで、真面目に質問した。

「柚日咲《ゆびさき》さんって、一人暮らしじゃないですか。親に反対ってされませんでしたか」

意外な質問だったようで、めくるは眉《まゆ》を上げる。

「んん？　あぁー……、一人暮らし、ねえ……、どうだったっけ……」

口元に手を当ててしばらく考え込んだあと、静かに答えを口にする。

「わたしの場合は……、元々実家から通ってたけど、都内まで電車で二時間くらい掛《か》かるから。一人暮らしする、って言ったら、まぁそうだよねー、くらいだったかな……」

彼女も必要に駆《か》られて、一人暮らしをしたクチらしい。

そうなると参考にはできないが、そのままの流れで尋《たず》ねる。

「では、声優に関してはどうですか。親から反対されませんでしたか」

「されたよ」

「されたんですか」

なんだか意外だった。

勝手な想像だが、めくるはなんとなく反対されなかったんじゃないか、と思い込んでいた。

詳細《しょうさい》が気になっているのが伝わったようで、めくるは話を続けてくれる。

「親は、安定した仕事に就《つ》いてほしかったみたいだから。養成所に行くのも結構反対されたし、声優になれてからもしばらくはね。わたしは苦じゃなかったけど、学生との二重生活が大変そうに見えたみたい。そこまで無理すること？　みたいなことは何度か言われたかな」

声優が不安定な仕事であることは事実だし、家から二時間掛《か》かる生活も大変そうだ。

親がつい言ってしまう気持ちや、その根幹が心配であることは、千佳《ちか》にだってわかる。

「今はもう、反対されてないんですか？」

「あぁ、もう反対してたことも忘れてるんじゃない？　嬉《うれ》しそうにわたしのラジオを聴《き》いてるし、ライブやイベントも来たがるし。この前は朗読劇にも来てたわ……。根がミーハーというか……、今ではすっかり柚日咲《ゆびさき》めくるのファンって感じ」

めくるは呆《あき》れたように肩《かた》を竦《すく》めるも、その横顔は穏《おだ》やかだった。

活躍《かつやく》する子供を追いかける親は多い、とは聞く。

ライブにだって、関係者席に家族が座っていることは珍《めずら》しくない。

千佳《ちか》には、縁《えん》がないけれど。

別にそれが寂《さび》しかったわけではないが、千佳《ちか》はめくるの言葉を混ぜっ返した。

「親子ですね」

「…………」

「冗談《じょうだん》です」

「冗談《じょうだん》になってないんだよ」

ぷいっとそっぽを向かれてしまった。

聞きたいことは聞けたので、ぺこりと頭を下げる。

「ありがとうございます。参考になりました」とお礼を言ったら、小さく、「ん……」と返ってきた。

今度は、めくるの奥にいた女性に目を向ける。

羽衣纏《はごろもまとい》。

全体的に、どこか色素が薄《うす》い印象を与《あた》える女性だ。すらっとした長身で、物凄《ものすご》くスタイルがいい。長い髪《かみ》も綺麗《きれい》だし、モデル雑誌でポーズを取っていても違和感《いわかん》はなかった。

年齢《ねんれい》は二十五歳だが、習志野《ならしの》プロダクション所属の一年目。

一見、彼女はしっかりした大人の女性だが、いかにだらしないかを千佳《ちか》は知っている。

ある意味で言えば、朝加《あさか》より質《たち》が悪いかもしれない。

「羽衣《はごろも》さんは一人暮らし――、認めてもらえなかったんでしたか……」

その言葉に、纏《まとい》はぎょっとした顔になる。

細々とした声を返してきた。

「そう、ですけど……、何もそんな会話の入り方をしなくてもよくないでしょうか……？」

こうして話していると、全くそんな感じはしないのだが。

以前、似たような話を由美子《ゆみこ》と纏《まとい》がしていた。

『へえー！　じゃあ纏《まとい》さんは、妹さんと二人暮らしなんですか？』

『はい……、まぁ、そうですね……。妹が東京の高校に通うので、上京してきまして。ふたりで暮らすことになりました』

『そうなんだ！　へぇー……。高校生なら、お姉さんといっしょに暮らすほうが安心ですよねえ。妹さんも、親御《おやご》さんも』

『それは……、そうですね……。親からも妹からも、泣きつかれたというか……。よっぽど心配だったみたいです。妹が上京したのも、わたしの存在が大きかったみたいで……』

あれではまるで、妹、もしくは妹を心配した親が纏《まとい》に泣きついたように聞こえたが。

現実はそうではなく。

「羽衣《はごろも》さんのことで泣きつかれたんですよね……。たぶん、一人暮らしなんてできないからって……。妹さんも、羽衣《はごろも》さんのお世話をするために上京したというか……」

「そ、そうですけど……！　夕暮《ゆうぐれ》さん、こんなところでそんな話……！」

纏《まとい》は慌《あわ》てて人差し指を唇《くちびる》の前に立て、ちらちらとめくるを見ている。

めくるは一応、聞こえないふりをしてくれていたが、纏《まとい》を気の毒そうに見た。

「……あー、羽衣《はごろも》さん……。わたしたちも、薄々《うすうす》わかっているので別に隠《かく》さなくてもいいですよ……。あるときから、勢いよく本性《ほんしょう》が見え始めたというか……」

「えっ……」

纏《まとい》は絶句している。

千佳《ちか》だって、纏《まとい》の秘密は守るつもりでいた。

しかし先日、夜祭花火《よまつりはなび》と偶然《ぐうぜん》会ったときに、「羽衣《はごろも》さんの素ってあんな感じなんだね。びっくりした」とごく普通《ふつう》に言われた。

一度メッキが剝《は》がれると、そこからぺりぺりいっちゃうのも珍《めずら》しい話ではない。

纏《まとい》はパァン！　と手で顔を覆《おお》い、「勘弁《かんべん》してください……」と嘆《なげ》く。

纏《まとい》には気の毒だが、彼女が一人暮らしを許されないのは納得《なっとく》だ。

明らかに自立できない人が、一人暮らしを反対されるのは当然と言える。

千佳《ちか》の母も、「由美子《ゆみこ》ちゃんとのルームシェアならオッケー」と言うあたり、纏《まとい》の家族と似たような心配をしている気がした。纏《まとい》と同列に扱《あつか》われるのは心外だが。

そして、纏《まとい》が声優を反対されたかどうかは、聞く必要はない。

理央《りお》を見ていれば、わかる。

家族のために自分を犠牲《ぎせい》にした彼女が、改めて夢を目指しているのだから。

千佳《ちか》は別テーブルに目を向ける。

そこには、由美子《ゆみこ》、ミント、飾莉《かざり》が座っていた。

彼女たちにも話を聞こうとして――、「夕暮《ゆうぐれ》」とめくるに声を掛《か》けられる。

「なんですか」

「同じことをミントちゃんや御花《おはな》に聞こうとしているのなら、勘弁《かんべん》してあげて」

千佳《ちか》が首を傾《かし》げると、めくるは淡々《たんたん》と答えた。

「あのふたりには、どっちも複雑な事情があるから。少なくとも応援《おうえん》はされてないし、あんたが参考になる話も聞けない。ギスギスするだけだから、やめときな」

「……わかりました」

めくるがそう言うのなら、そうなんだろう。

御花飾莉《おはなかざり》に関してはわからないが、ミントはなんとなく察しもついた。

大女優・双葉《ふたば》スミレの娘《むすめ》。

元子役。

双葉《ふたば》ミントは俳優の世界から姿を消し、今は声優業に専念している。

そこに大きな確執《かくしつ》があってもおかしくはなかった。

「…………………」

ミントは、飾莉《かざり》にからかわれて真っ赤な顔で怒《おこ》っている。

由美子《ゆみこ》に何かを言われ、不貞腐《ふてくさ》れたようにそっぽを向いた。

小学生らしい表情を見せている。

子供にしか見えない彼女にも、家庭や仕事の事情がついてまわっているのだろうか。

「あんたが何を悩《なや》んでいるのか、大体想像つくけどさ」

ぼうっとした声に視線を戻《もど》すと、めくるは頬杖《ほおづえ》を突《つ》いて前を向いていた。

千佳《ちか》とは目を合わせないまま、言葉を並べていく。

「状況《じょうきょう》は変わる。人の気持ちは変わる。以前は許せなかったことが、今となってはどうでもよくなる……、なんてよくある話でしょ。まずは、気持ちを確かめることから、じゃないの」

まるで千佳《ちか》の話を聞いてきたかのようだ。

由美子《ゆみこ》から説明されたんだろうか、と考えてしまったが、そうではなく。

めくるは、活動休止に関する母との勝負にも参加していた。

当時の動画やSNSも観《み》ているはず。

声優ファンだからこそ、先輩《せんぱい》だからこそ、千佳《ちか》の悩《なや》みがわかるのかもしれない。

「…………」

めくるの言葉は、一理ある。同じことを由美子《ゆみこ》にも言われた。

千佳《ちか》の母が『声優』について、どう思っているのか。どう考えているのか。

勇気を出して、聞くべきなんだろうか。

それを確かめた先に、千佳《ちか》の悩《なや》みを解決する糸口があるのかもしれない。

本音を言えば、確かめるのは怖《こわ》い。

怖《こわ》い、けれど。

前に進むためには、必要なんだろうか。

NOW ON AIR!! 第87回

「この番組は、わたしたちが偶然同じ高校だったことがきっかけで、始まったけれど」

「そうね。不思議な縁だな、と思うけど」

「現役高校生がやってるラジオってことで、学生さんが聴いてくれることも多いみたい」

「おー、それは嬉しいね」

「学生と言えば思春期。思春期と言えば反抗期。反抗期と言えば親との喧嘩、ということで」

「なんか雲行き怪しいの始まったな……」

「わたしが以前、親と喧嘩したって話をしたら、『うちもこういう理由で親と喧嘩しました!』ってメールがわんさか届いたそうよ」

「おう……、いや、まぁ。いんだけどさぁ。みんな大丈夫? 親とは仲良くしようね?」

「親と仲が悪いってメールじゃないんだから、大丈夫でしょう。仲の良い親子でも喧嘩くらいするんじゃない。あなたのところが特別穏やかなだけで」

「あー、まぁそっか。確かに、友達からそういう話はよく聞くわ」

「まぁ中には本当に仲悪いメールも来てたそうだけど」

「来てたんかい……。いやもう何も言わんけどさ……」

「抜かれてるメールはマイルドな内容だから大丈夫よ。えー、ラジオネーム、〝万年反抗期〟さんから頂きました」

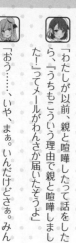

夕陽とやすみのコーコーセーラジオ!

「ラジオネームからしてもう怪しいんだけど」

「『夕姫、やすやす、おはようございます。以前の放送で、夕姫が親と喧嘩をした話をしていましたね。うちもよく喧嘩をします。親が勝手に、僕の部屋に入るからです』」

「思ったよりかわいい理由きたな」

「『僕の部屋には夕姫とやすやすのポスターが貼ってあるので、親から〝こういう子が好きなの?〟と聞かれます。すごく嫌です』……とのことでした」

「めちゃくちゃかわいい話きたな……。いや、こういうのでいい、こういうので。ありがとうな、〝万年反抗期〟。親には、こういう子が好き、って言っておいて」

「同じような内容が、〝不自由なA子さん〟からも来てるわね。親がテレビを観てるときに、生半可な知識で『これ、A子が好きな声優さんでしょ? なんちゃらとなんちゃらさん』みたいな言い方されると死ぬほどむかつく、っていう」

「これはうちの親もやるな……。A子さん、あんまりキレないであげて。あたしらの名前、そこそこ覚えにくいから」

「たまに関係者からも間違えられるからね」

「あるなあ。もう気にならないけどね」

夕陽とやすみのコーコーセーラジオ!
YUHI to YASUMI no KOUKOUSEI RADIO!

to be continued……

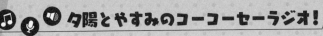

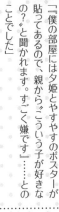

「佐藤《さとう》。泊《と》めて」

「またぁ？」

以前と全く同じ光景に、由美子《ゆみこ》は呆《あき》れの混じった声が出る。

佐藤《さとう》家、玄関《げんかん》。

そこに千佳《ちか》が立っていた。

以前と変わったのは、気温に合わせて千佳《ちか》が暖かそうな服装になったくらい。

そんな彼女を見下ろし、由美子《ゆみこ》は確信を持って原因を予想した。

「泊《と》めるのはいいけどさ。なに、またママさんと喧嘩《けんか》したの？」

「そう！　前と同じよ！　繰《く》り返《かえ》し！　突然《とつぜん》、『一人暮らしなんてやめたら？』って言い出して！　そこからぐちぐちと以前と似たようなことを……！　なぜ同じことを繰《く》り返《かえ》すのかしら……！　我が親ながら、呆《あき》れてモノも言えないわ！」

「繰《く》り返《かえ》しって意味なら、ちゃんと母娘《おやこ》やってると思うけどな？」

由美子《ゆみこ》は苦笑《くしょう》しながら、地団駄《じだんだ》でも踏《ふ》みそうな千佳《ちか》を見やる。

別に千佳《ちか》が泊《と》まりに来るのは構わないし、行く当てがないからと夜の街をフラフラされるよりよっぽどいいけれど。

彼女らの親子関係が、心配にはなる。

「あら、ユウちゃん。なあに？　お母さんとまた喧嘩《けんか》しちゃった？」

千佳《ちか》の声が聞こえたのか、パタパタと母がやってくる。

今回の千佳《ちか》は特に驚《おどろ》くこともなく、ぺこりと頭を下げた。

「こんばんは。そのとおりです。おばさんは今日お休みですか」

「そうそう。週末に休みになるのは珍《めずら》しいんだけど～」

「あ、これつまらないものですが」

千佳《ちか》がススっと紙袋《かみぶくろ》を差し出す。

ニコニコしていた母はそれを一応受け取ったが、小さく手を振《ふ》った。

「あらどうも、ご丁寧《ていねい》に～。でも、ユウちゃん。別に気を遣《つか》わないでいいからね？　お土産《みやげ》はもう大丈夫《だいじょうぶ》だから。ね？　お友達なんだから、もっと気楽に来ていいんだよ」

「…………」

千佳《ちか》が微妙《びみょう》な顔をする。きっと由美子《ゆみこ》も同じような表情をしていた。

別に自分たちは友達ではないし、仲良くもない。

しかし、それをわざわざ母に弁明するのも、この状況《じょうきょう》ではおかしな話。

とにかく、千佳《ちか》が家に泊《と》まりに来た。

三人で廊下《ろうか》を歩く中、母が千佳《ちか》に声を掛《か》ける。

「あ、ユウちゃん。お母さんには、ちゃんとうちに来るって言ってきた～？　そうじゃないなら、またわたしから連絡《れんらく》するからね？」

千佳《ちか》はにやり、と邪悪《じゃあく》な笑《え》みで答える。

「えぇ、きちんと宣言してきました。母はこの一連の流れがとても恥《は》ずかしいらしいので、悲鳴を上げていました。それで己《おのれ》の行為《こうい》を反省すればいいんです」

「う、うーん。本人を前にして言うのもアレだし、うちは全然構わないんだけど。確かに親からすると恥《は》ずかしいかもね～……？」

そりゃ親子喧嘩《げんか》で家出して、人の家に逃《に》げ込《こ》むって言われたらな。

由美子《ゆみこ》がこっそり千佳《ちか》の母に同情していると、リビングで点《つ》けっぱなしのテレビから声が聞こえてきた。

目を向けると、テレビ画面に見覚えのある人物が映っている。

「あ。ミントちゃんのお母さんだ」

この場に千佳《ちか》がいたからか、無意識にそう言っていた。

背筋をピンと伸《の》ばして話しているのは、双葉《ふたば》スミレだ。

双葉《ふたば》スミレが映画で主演を務め、それで賞を獲《と》ったらしい。その特集のようだ。

ミントは双葉《ふたば》スミレが歳《とし》を重ねてからの子供であり、スミレの年齢《ねんれい》は由美子《ゆみこ》の母より上。

けれどその表情は若々しく、そして貫禄《かんろく》があった。

着物姿が美しく、とても似合っていることも後押《あとお》ししている。

彼女の顔にはミントの面影《おもかげ》があるものの、ミントよりも力強く、はっきりとした目鼻立ちをしていた。

由美子《ゆみこ》は特に意味もなく言及《げんきゅう》したのだが、母は感心したような声を上げる。

「こういうとき、由美子《ゆみこ》って声優なんだな～、って実感しちゃう」

「これで？　なんで？」

呆《あき》れてしまう。もっとあるだろ。

母はぽわっとした顔で、その理由を口にした。

「だって双葉《ふたば》スミレは、ママが昔からよく観《み》ていた大女優だもの～。映画の『彼岸花《ひがんばな》』とか大好きだったなぁ。その娘《むすめ》さん……、ミントちゃんよね。その子と由美子《ゆみこ》に交流があるなんて、なんだか不思議。『らいおんハウスは夜に鳴く』はママも観《み》てたし」

由美子《ゆみこ》にとって、双葉《ふたば》スミレはミントの親という印象が強い。

だが母にとっては、テレビの中の人物、ということなんだろう。

繋《つな》がりがあることにおかしな感じがする、と思うのはわからないでもない。

まぁ由美子《ゆみこ》も、双葉《ふたば》スミレと面識があるわけではないのだが。

「…………………」

千佳《ちか》はテレビをじっと見つめていた。

ミントも母親とは軋轢《あつれき》があるらしい。

この状況《じょうきょう》では、千佳《ちか》が注目してしまうのも無理はなかった。

テレビの中の双葉《ふたば》スミレは、凛《りん》とした声で受け答えしている。

『評価して頂いて、大変ありがたく思います。これからも、研鑽《けんさん》を続けてまいります。ええ、演技には正解も終わりもありませんから。ずっと勉強の日々です。当然です』

次に流れてきたのは、双葉《ふたば》スミレが現場で険しい表情を浮《う》かべている映像だ。

その映像をバックに、監督《かんとく》がインタビューに答えている。

昔から双葉《ふたば》スミレを撮《と》ってきた監督《かんとく》らしい。

『演技に関しては器用で、ストイックです。どんな役でも、とことん突《つ》き詰《つ》めてモノにする。でも、それ以外はてんで不器用ですね。もう頭も身体《からだ》も、役者ってものに適応しちゃってるんでしょうねぇ。本人も、演じてるときが一番落ち着くんじゃないかな』

冗談《じょうだん》めかして言う監督《かんとく》の声に乗せて、楽屋で集中しているスミレの姿が映った。

目を瞑《つぶ》っているだけなのに妙《みょう》な凄《すご》みがあり、近寄りがたい緊張《きんちょう》を生んでいる。

「こういうの観《み》てると、なんだか怖《こわ》そうな人だなあ、とか思っちゃうね」

由美子《ゆみこ》がなんとはなしに言うと、千佳《ちか》が小声で答えた。

「……佐藤《さとう》もたまに、こうなってるときがあるわよ」

「え、嘘《うそ》。あたしが？　こんな張《は》り詰《つ》めてる？　嘘《うそ》でしょ？」

全く自覚がないので問い返してみるが、千《ち》佳《か》は無言で頷《うなず》く。

そうかなぁ、と頭を掻《か》きながらも、テレビには目を向けたまま。

もしかして、ミントの話が出るかな、と期待したのだ。

けれど、一向にその気配はなく、特集は終わった。

そのタイミングで、ぴんぽーん、とインターフォンが鳴《な》り響《ひび》く。

意識が現実に戻《もど》り、今の状況《じょうきょう》を思い出した。

心当たりのある来客はひとりしかなく、千《ち》佳《か》に顔を向ける。

「渡辺《わたなべ》のお母さんかな」

「ありえるわね。慌《あわ》てて追いかけてきたのかもしれない」

千《ち》佳《か》が苦々しく答えた。

千《ち》佳《か》の母が慌《あわ》てふためき、佐《さ》藤《とう》家までバタバタやってきたと考えるとほっこりするが。

千《ち》佳《か》はススっと由《ゆ》美《み》子《こ》の後ろに回り、隠《かく》れてしまった。

「佐《さ》藤《とう》。応対をお願い。わたしより、あなたと話すほうが母にはダメージがいくでしょう」

「親のメンタルを的確に削《けず》りにいくんじゃあないよ」

呆《あき》れていると、母がそそくさと前に出る。

「ユウちゃんママも気まずいだろうから、わたしが出るね？」

親同士のほうが汲《く》みやすいだろうと思ったのか、母が玄関《げんかん》に向かった。

はいは〜い、と返事をしながら、扉《とびら》を開ける。

果たしてそこには、千佳《ちか》そっくりの女性が申し訳なさそうに——。

立っていなかった。

「あら？　どなた？　どうしたの？　あらあら、迷子〜……？」

母ののんびりした声が、慌《あわ》てたものに変わっていく。

千佳《ちか》がこちらを見てくるので、由美子《ゆみこ》は首を振《ふ》って応えた。

だれかわからない。

というより、姿が見えなかった。

改めて玄関《げんかん》に目を向けても、母の身体《からだ》に隠《かく》れて見えない。

しかしそれは、母の身体に隠れて見えなかっただけのようだ。由美子《ゆみこ》たちからはだれもいないように見える。

由美子《ゆみこ》と千佳《ちか》が位置をずらして奥を見ると、その瞬間《しゅんかん》に頓狂《とんきょう》な声が出てしまった。

「え⁉　み、ミントちゃん⁉　なんで、どうしたの？」

「う、歌種《うたたね》さぁん……」

そこにいたのは、双葉《ふたば》ミントだった。

モコモコピンクのダウンジャケットを着込み、首元にはうさぎが描《えが》かれたマフラーを巻いている。ポンポンが付いたニット帽《ぼう》もかぶっていた。

身体《からだ》に不釣《ふつ》り合《あ》いな大きなリュックを小さな手でぎゅぎゅっと握《にぎ》り、その手は寒さのせいか赤くなっている。

ミントが佐藤《さとう》家にやってきたのも驚《おどろ》きだが、なによりその表情だ。

彼女は普段《ふだん》の強気そうな顔を歪《ゆが》めて、ぽろぽろと涙《なみだ》を流していた。

「え、由美子《ゆみこ》の知り合い？」

母が戸惑《とまど》いながら、こちらを振《ふ》り向《む》く。

いくら母が温厚《おんこう》な性格と言えど、家に突然《とつぜん》、見知らぬ小学生女子が泣きながら来れば、動揺《どうよう》するのも当然だ。

由美子《ゆみこ》も困惑《こんわく》していたが、玄関《げんかん》に降りながら訊《き》かれたことを答えた。

「この子が双葉《ふたば》ミントちゃんだよ」

「……あっ。ほんと！　ミントちゃんね……⁉　わぁ、大きくなって……！」

小声ながらも珍《めずら》しく、母がはしゃいだ声を上げた。

母は感動しているようだったが、今はそれどころではない。

泣きじゃくっているミントのそばに寄ろうとすると、それより先に千佳《ちか》が声を掛《か》けた。

「ミントちゃん、どうしたの？　なぜ、さと……、やすの家に？」

ミントははっとして、千佳《ちか》の顔を見上げる。

「ゆ、夕暮《ゆうぐれ》さん……」

ミントは千佳《ちか》の名を呼ぶと、顔をくしゃりとさせた。

ミントは、この家に来るのは初めてだ。

しかも、事前に連絡《れんらく》もなかった。

不安になりながらやってきて、見知った顔がふたりもいたから安心したのかもしれない。

ミントはそこで、「うえええええん……」と子供のように泣き始めてしまった。

大口を開けて、けれど声は静かなもので、涙《なみだ》がぽろぽろこぼれ落ちていく。

ミントが泣く姿を見るのは、初めてではない。

ティアラで飾莉《かざり》と揉《も》めたときや、祭りで自身の境遇《きょうぐう》を話したとき。

レッスンで、隠《かく》していたケガが判明したとき。

彼女は自分の感情をコントロールできずに、何度か涙《なみだ》を流している。

でも、こんなにも。

子供の表情で泣く姿を見るのは、初めてだった。


とにかくミントをリビングに上げて、彼女にホットココアを差し出した。

ゆっくりとそれを飲むうちに、冷たい身体《からだ》が熱を取《と》り戻《もど》すように、彼女の表情も徐々《じょじょ》にほぐれていく。

「……落ち着いた？」

由美子《ゆみこ》が背中を撫《な》でると、ミントはこくんと頷《うなず》く。

リビングには、由美子《ゆみこ》と千佳《ちか》、ミント、そして母が同席している。

由美子《ゆみこ》の友人や千佳《ちか》が来るのならともかく、小学生、しかも自分の知っている役者、さらに泣きながらだったこともあって、さすがに母もそわそわしていた。

その空気を察したのか、ミントはおそるおそる頭を下げる。

「あの、すみませんでした……。突然《とつぜん》、やってきて……。ゴメイワクをオカケします……。わたし歌種《うたたね》さんの先輩《せんぱい》で、声優の双葉《ふたば》ミントと申します。本名は山本《やまもと》みんとです。よろしくお願いします」

「や、あの～、うちは全然いいんだけど～……、そうだなぁ、何から言えばいいかなぁ……」

母はどう対応していいかわからないようで、ぎこちない笑《え》みを浮《う》かべていた。

双葉《ふたば》ミントは、由美子《ゆみこ》の友人として扱《あつか》うには複雑すぎる。

あと、ミントって本名なんだ……？　苗字《みようじ》、山本《やまもと》なんだ……。

そこもかなり衝撃的《しようげきてき》で、千佳《ちか》とアイコンタクトしてしまう。

とはいえ、今はそんな細かいことを気にしている場合ではない。

「うん。ミントちゃん。うちに来るのは構わないし、言ってくれれば歓迎《かんげい》したんだけど。どうして、泣いてたの？　何か理由があるんだよね？」

当然の疑問を、責めているように聞こえないよう、ゆっくり質問する。

ミントは眉《まゆ》をきゅっと寄せて、苦しそうな顔をした。

そのまま固まってしまう。

すると、千佳《ちか》が言葉を付け足した。

「別に、批難しているわけじゃないのよ。ただ、聞いておきたいだけ」

その声は心なしかやさしくて、由美子《ゆみこ》のほうが緊張《きんちょう》した。

ほんと、いい声してんだよなぁ……。

その声がミントに響《ひび》いたのか、彼女はたどたどしく口を開き始める。

「実は、お母ちゃんが……、中学受験をしたらどう、って言うんです……」

その答えに母が「お、お母ちゃんって、双葉《ふたば》スミレのことよね？　きゃー」と小声ながらも興奮し始めたので、「ママ、静かに」と由美子《ゆみこ》は注意する。

その間に、千佳《ちか》が首を傾《かし》げながら尋《たず》ねた。

「中学受験……。悪くないと思うけれど。ミントちゃんは名前が知られているわけだし、公立に行くより都合がいいんじゃ？」

由美子《ゆみこ》もそれには頷《うなず》く。

途中《とちゅう》で身元がバレてしまった由美子《ゆみこ》と千佳《ちか》はともかく、ミントは最初から有名人。

これからも声優をやっていくのなら、理解のある私立中学に進むのは賢明《けんめい》な判断と言える。

お金には困ってないだろうし。

何も問題はなさそうだけど……、と思っていると、ミントは力なく首を振《ふ》ってしまう。

「そういう理由で、おかあちゃ……、母は『中学受験をしたら？』って言ったわけじゃないんです。むしろ、逆で……。『声優はもういいでしょう？』『いい加減、卒業したら？』『長く続けてもしょうがないし、もう満足したんじゃない』……、と、言ってきて……」

「……どういうこと？」

千佳《ちか》が眉《まゆ》を顰《ひそ》める。

由美子《ゆみこ》もその言葉には、嫌《いや》な感触《かんしょく》を覚えた。

双葉《ふたば》スミレの意図が読めないまま、由美子《ゆみこ》は過去の話を振《ふ》り返《かえ》る。

「ええと……、ミントちゃんのお母さんってアレだよね。なんかこう……、ミントちゃんが演技をしても、何も言ってくれなくなった、とか、好きにしたら、って言われたとか……」

苦い思い出を掘《ほ》り起《お》こしたくはないが、確認《かくにん》しておきたかった。

双葉《ふたば》ミントの母、双葉《ふたば》スミレは日本を代表する大女優。

彼女は一人娘《ひとりむすめ》であるミントを、自分と同じく女優にすべく厳しく指導していた。

しかしミントの才能は開花せず、母からは諦《あきら》められ、女優の道は閉ざされている。

それでも演技の道に進みたかったミントは、『七光りも年齢《ねんれい》も関係のない、声優の世界』に専念することに決めた。

ミントはこくんと頷《うなず》き、声を震《ふる》わせる。

「わたしは……、子役のときに母を満足させられず、声優の道に進みました。女優にはなれませんでしたが、それでも役者です。違《ちが》う道だけど、母と同じ役者だと思っていたんです……」

ミントは、膝《ひざ》の上に置いた手をきゅうっと握《にぎ》る。

ミントの目からは、再び涙《なみだ》が流れ始めてしまった。

「でも、お母ちゃんは……、わたしが声優をやっているのは、お遊びくらいにしか思ってなかったんです……。いつでもやめられる、自己満足、程度にしか考えてなくて……。だから、もういいでしょ、満足したでしょ、って話になって……」

ミントは、嗚咽《おえつ》まじりでひっくひっくと声を詰《つ》まらせた。

ミントがどれだけ必死に声優業に取り組んでいたか、由美子《ゆみこ》や千佳《ちか》は知っている。

〝ミラク〟VS〝アルタイル〟では、足にケガを負っても練習に出ようとした。

想《おも》いが強すぎて、仲間内で衝突《しょうとつ》を繰《く》り返《かえ》したくらいなのに。

それらは、母親であるスミレには全く届いていなかった。

その虚《むな》しさ、悲しみが涙《なみだ》になって落ちていく。

「わたしは……、わたしはぁ……。いつか声優として成功して、お母ちゃんにすごいねって言われることを……、目標にしていたのに……。お母ちゃんは、わたしに興味なんてなかったんです……、きっと、才能がないと思われたあの日から……」

ミントは完全に俯《うつむ》いてしまい、彼女の膝元《ひざもと》に涙《なみだ》がぽたぽたとこぼれた。

「わかっては、いたんです……。心のどこかで……。だって、お母ちゃんは、わたしの出演作も一切観《いっさいみ》ないし、知ろうともしない……。でも、それでも、それでもいつかは、って思ってたのに……。それが、しょ、ショックで……。悲しくなって……。家を出てきてしまった、んです……。でも、行く当てがないから……。それで、歌種《うたたね》さんのところに……」

ぐうう、と喉《のど》を詰《つ》まらせて、ミントは目元を腕《うで》で覆《おお》った。

リビングに重苦しい空気が充満《じゅうまん》する。

思えば、由美子《ゆみこ》はとても恵《めぐ》まれていた。

母からも祖母からも声優活動を応援《おうえん》してもらい、随分《ずいぶん》と協力してもらった。

そういった悩《なや》みが皆無《かいむ》だっただけに、掛《か》ける言葉が見つからない。

「うーん、ミントちゃん。ひとついいかしら」

沈黙《ちんもく》を破ったのは、母だ。

母はやわらかな笑《え》みを浮《う》かべて、ミントを穏《おだ》やかに見つめる。

「お母さんがミントちゃんに興味がない、なんてことはないと思うな。人間だからすれ違《ちが》いはあると思うけど、そこは絶対。だから、ミントちゃんに中学受験を勧《すす》めているわけだし……。まぁ言い方はどうかと思うけどね？」

「そうでしょうか……」

母の言葉をまるきり信じたわけではないだろうが、ミントからわずかに強張《こわば》りが取れる。

そこで、千佳《ちか》がふっと息を吐《は》いた。

「わたしもそう思う。うちも親が大概《たいがい》声優に理解がないから、散々言われてきたわ。いくら説明してても理解してもらえなかった。でも、興味がない、ってわけではないと思う……。心配だから、おかしな言い回しになることはあっても……」

由美子《ゆみこ》は、おや、と思った。

千佳《ちか》からそんな言葉が出てくるとは、思っていなかったからだ。

昔の千佳《ちか》なら、諦観《ていかん》に染まった親への文句をポンポンと吐《は》き出《だ》していただろう。

実際、由美子《ゆみこ》は隣《となり》でそれらを聞いてきた。

その変化にこっそり驚《おどろ》いていると、千佳《ちか》は由美子《ゆみこ》の視線に気付いたらしい。

なに、と睨《にら》んでくる。

由美子《ゆみこ》は肩《かた》を竦《すく》めて首を振《ふ》った。

千佳《ちか》は釈然《しゃくぜん》としていなかったが、視線をミントに戻《もど》す。

「だから、ミントちゃんに必要なのは、まずは親とぶつかることかもしれない。言いたいことを言って、自分の気持ちを伝えて、そのうえで話し合えばいいわ。きっとお互《たが》いに、相手の気持ちがわかっていないんだと思う。そうしたうえで理解されなかったら……、まぁ親なんて所詮《しょせん》こんなもの、くらいに思えばいいわ」

千佳《ちか》は、ふん、と鼻を鳴らす。

彼女らしく直球で、とてもいい提案だと思う。

けれど。

「……渡辺《わたなべ》はそれできてんの？」

「うるさいわね。今、わたしのことはどうでもいいでしょう」

面倒《めんどう》くさそうに、そっぽを向かれてしまった。

いやまぁ双葉《ふたば》家よりは、渡辺《わたなべ》家のほうがまだ話し合いはされていそうだが。

めんどくせー！　と家を飛び出してきたのが今の千佳《ちか》なので、あまり説得力はない。

ただ、渡辺《わたなべ》家の事情を知らないミントには、正しく思いが伝わったようだ。

「自分の気持ちを……、お母ちゃんに……」

ミントは胸に手を当てて、小さく呟《つぶや》く。

その表情は、期待と不安が半々、といったところだ。

千佳《ちか》に便乗する形になってしまうが、由美子《ゆみこ》も頷《うなず》いた。

「うん。一回、お母さんとぶつかってもいいと思うよ。言わなきゃ伝わんないことって多いしさ。これでお母さんがわかってくれれば、何も問題ないんだし」

ミントが本音を伝えて、双葉《ふたば》スミレが理解してくれて、それで仲直り。

決してありえない未来ではないし、今のままでは親子喧嘩《げんか》すら成立していない。

ミントはおそるおそる顔を上げた。

彼女が口を開きかけたタイミングで——、ぴんぽーんとインターフォンが鳴《な》り響《ひび》く。

またお客さん？　と怪訝《けげん》に思っていると、母があっ、と手を合わせた。

「ミントちゃんのお母さんかも！　ミントちゃんを迎《むか》えに来たんじゃない？　ほうら、興味がないなんてこと、なかったでしょ？」

「えっえっ……、で、でも、お母ちゃんはわたしがここにいるって、知らないですけど……」

「あ、あれじゃない？　スマホに子供の位置情報がわかるアプリが入ってるとか」

「あ、あ……、確か、あったような……」

ミントが喜色をあらわにする。

自分に興味がないと思っていた母が、何も言っていないのに迎《むか》えに来てくれたのだ。

喜んでしまうのも仕方がない。

早速《さっそく》四人で玄関《げんかん》に向かい、由美子《ゆみこ》が「はいはーい」と扉《とびら》を開けた。

ここでミントの母と子の再会劇が始まる予定……、だったのだが……。

立っていた人物を見て、千佳《ちか》が思わず目を覆《おお》ってしまったのも、無理からぬ話だった。

「お母さん……、なんて、なんて、空気の読めない……」

「な、なに……？　なぜ、そんなガッカリした顔をしているの……⁉」

そこに立っていたのは、千佳《ちか》の母だった。

千佳《ちか》は行き先を伝えたらしいし、千佳《ちか》の母は佐藤《さとう》家にこれ以上迷惑《めいわく》を掛《か》けたくない。

彼女が千佳《ちか》を連《つ》れ戻《もど》しに来るのは、むしろ必然とさえ思えた。

招かれざる客であることは伝わったようで、千佳《ちか》の母は気まずそうに困惑《こんわく》している。

「あらあらあら、千佳《ちか》ちゃんママ〜。ごめんなさいね、今ちょっと立て込んでまして……」

「いや、はい……。そんな空気は伝わっていますが……」

千佳《ちか》の母は困った表情で、ここにいる面子《めんつ》を見回していた。

普段《ふだん》の顔ぶれに加えて小学生がひとり、しかもその子が見るからにガッカリしている。

しかし、言ってしまえば千佳《ちか》の母には関係がない。

彼女は当初の目的である、千佳《ちか》の腕《うで》を手に取った。

「ほら、千佳《ちか》！　帰るわよ！　これ以上、佐藤《さとう》さんのお家《うち》にご迷惑《めいわく》を掛《か》けないで！」

「嫌《いや》よ！　結局、なにも理解してないくせに！　というか、今はそれどころじゃないの！　帰るならひとりで帰って頂戴《ちょうだい》！」

「高校生にもなってそんなわがまま言わない！　あなた、そういうところよ⁉　由美子《ゆみこ》ちゃんのお母さんに、うちの恥《はじ》をこれ以上晒《さら》さないで頂戴《ちょうだい》……！」

わあわあとした言い合いに発展してしまう。

まさしく親子喧嘩《げんか》、という感じだ。

由美子《ゆみこ》は失笑《しっしょう》してしまうが、隣《となり》のミントから「いいなぁ……」という声が聞こえた。

「え、あれが？」

由美子《ゆみこ》は何かの間違《まちが》いだと思ったが、ミントは心底羨《うらや》ましそうにふたりを見つめている。

「わたしは……、母とあんなふうに喧嘩《けんか》したこと、ありません。言いたいことは、いつも言えなくて……。あんまり、話すこともなくて。だから、喧嘩《けんか》ができるのは羨《うらや》ましいです……」

「…………」

その独白に、由美子《ゆみこ》はなんと返せばいいかわからなかった。

同時に、強烈《きょうれつ》な不安を覚える。

もしかして、ミントの母娘《おやこ》関係は自分たちが思っているよりも――。

いや、とかぶりを振《ふ》る。憶測《おくそく》だけでモノを言うのはよくない。

帰る帰らないを繰《く》り返《かえ》している渡辺母娘《わたなべおやこ》を放っておいて、由美子《ゆみこ》の母がミントのそばにしゃがみこんだ。

「ミントちゃん。うちに居てもいいけど、お母さんには連絡《れんらく》しておきましょうか。そうじゃないと、お母さんきっと心配しちゃうから～」

「心配、してくれる、でしょうか……」

「子供のことを心配しない親なんて、いないよ」

由美子《ゆみこ》の母は微笑《ほほえ》んで、ミントの頭を撫《な》でる。

このときばかりは、ミントも「子供扱《こどもあつか》いしないでください！」とは言わなかった。

子供のことを心配しない親なんていない。

千佳《ちか》の話をそばで聞いていた由美子《ゆみこ》だって、そう思う。

加賀崎《かがさき》や朝加《あさか》という立派な大人！　な人たちでさえ、未《いま》だに心配されるという。

『普通《ふつう》はそんなもんだろう』と彼女らは語った。

普通《ふつう》は、そう。

だからこそ、ミントに無関心な親がいるとは考えたくなかった。

普通《ふつう》であってほしかった。

由美子《ゆみこ》の母が、双葉《ふたば》スミレに電話を掛《か》ける。

ミントは黙《だま》って家を出てきた後ろめたさから、親とは話しづらかったようだが、そこは母がミントのスマホで対応した。

客商売をやっているだけあって話が上手《うま》く、娘《むすめ》の友人の親に電話を掛《か》けるのも慣れたもの。

親の経験をふんだんに使い、双葉《ふたば》スミレと円満に話したらしい。

スマホをミントに返しながら、母は笑顔《えがお》でこう言った。

「お母さん、今から迎《むか》えに来るって」


この夜だけでインターフォンが三度鳴り、佐藤《さとう》家には佐藤《さとう》がふたり、渡辺《わたなべ》がふたり、山本《やまもと》がひとりの計五人で客人を待っていた。

これも大概《たいがい》揉《も》めた。

千佳《ちか》は「ミントちゃんたちのことを見届けるまで帰らない」と言い張り、千佳《ちか》の母は「駄々《だだ》をこねないで」と憤激《ふんげき》し、由美子《ゆみこ》の母が「このままじゃ千佳《ちか》ちゃんも帰れないし、千佳《ちか》ちゃんママもいっしょに待っていたら～？」と言い出したのだ。

千佳《ちか》の母は「これ以上ご迷惑《めいわく》をお掛《か》けするわけには……」と固辞しようとしたが、由美子《ゆみこ》母の「今さらあんまり変わらないですよ～」の一言で撃沈《げきちん》している。

というわけで、何とも不思議な面子《めんつ》でしばらく待っていると。

四度目のインターフォンが鳴った。

てっきりミントは嬉《うれ》しそうに顔を上げるかと思ったが、真逆の反応を見せた。

びくりと身体《からだ》を震《ふる》わせ、身を縮こまらせている。

「ミントちゃん？　お母さん、来たみたいだけれど」

千佳《ちか》の声にも答えず、表情を不安の色で染めている。そのまま動かなかった。

怒《おこ》られる、と思っているのかもしれない。

先ほどは、『自分を心配して、何も言っていないのに迎《むか》えに来てくれた』という状況《じょうきょう》に目を奪《うば》われていたが、今は違《ちが》う。

親同士の連絡《れんらく》のあと、親が迎《むか》えに来るのはある意味当然で。

怒《おこ》られるのが当たり前の状況《じょうきょう》で。

思わず身が竦《すく》んでしまうのも、仕方なかった。

由美子《ゆみこ》の母もそれを察したらしく、笑顔《えがお》で立ち上がる。

「それなら、わたしが先に出よっか～。そっちのほうがスムーズかもしれないし」

「あたしも」

「わたしも」

由美子《ゆみこ》と千佳《ちか》も、ともに席を立つ。

千佳《ちか》の母はピクリとして千佳《ちか》を見たが、止めるつもりはないらしい。

かといっていっしょに行くのは違《ちが》うと思ったのか、その場に残るようだ。

由美子《ゆみこ》たちは三人で廊下《ろうか》を歩き、玄関《げんかん》の扉《とびら》を開けた。

その光景に由美子《ゆみこ》は驚《おどろ》きを覚え、瞬《まばた》きを繰《く》り返《かえ》すことになる。

「失礼致《いた》します。山本菫《やまもとすみれ》、と申します。このたびは娘《むすめ》が大変ご迷惑《めいわく》をお掛《か》け致《いた》しました」

その場に立っていた美しい女性が、静々と頭を下げる。

双葉《ふたば》スミレ。

テレビで観《み》たときからずっと美人だと思っていたが、こうして目の前にするとその美貌《びぼう》に目を奪《うば》われそうになる。

しかし――、思った以上に普通《ふつう》だった。それに由美子《ゆみこ》は驚《おどろ》いたのだ。

当然着物なんて着ていないし、セーターにロングコートというごくごく普通《ふつう》の服装。

由美子《ゆみこ》も仕事で、何人か有名人と顔を合わせてきたが、彼女らはやはり華《はな》があった。

最近では桜並木《さくらなみき》乙女《おとめ》がわかりやすいが、纏《まと》うオーラが全然違《ちが》う。

日本を代表する大女優が目の前にいるのに、そういったものを感じない。意外だった。

それでも由美子《ゆみこ》の母は、うわあ、本物、と小さな声を漏《も》らす。

スミレは順繰《じゅんぐ》りに由美子《ゆみこ》たちを見て、静かに告げた。

「……ミントは、どこですか？」

「あぁ、それが。ミントちゃん、怖《こわ》くなっちゃったのか、奥から出てこなくて。まぁよくあることですよね～」

由美子《ゆみこ》の母が緊張《きんちょう》しながらも、何とかいつもどおりに話そうとする。

スミレはふう、とため息を吐《つ》いてから、改めて頭を下げた。

「重ね重ね、ご迷惑《めいわく》をお掛《か》けします。失礼ですが、上がらせて頂いてよろしいでしょうか」

「あ、まぁ、はい。でも、あの～、ミントちゃんを怒《おこ》らないであげてくださいね……？」

母が遠慮《えんりよ》がちに答える。

由美子《ゆみこ》も慌《あわ》てて声を上げた。

「そ、そうです。あたしが、ミントちゃんにいつでも来ていいよ、と伝えていたので。ほら、ミントちゃんは仕事でお世話になってる先輩《せんぱい》ですから」

その言葉に、スミレは由美子《ゆみこ》をちらりと一瞥《いちべつ》した。

「先輩《せんぱい》？　……あぁ、あなたも声優なのね」

「――――」

その瞬間《しゅんかん》、彼女の雰囲気《ふんいき》が明瞭《めいりょう》に変化した。

抑《おさ》え込《こ》んでいたものがゆらりと漏《も》れ出《だ》すような、独特な変貌《へんぼう》。

目の前の人物が、全く別の人間に変わっていく。初めての感覚だった。

そこでようやく、由美子《ゆみこ》は悟《さと》る。

彼女はオーラがないわけではなく、意図的に消している。『普通《ふつう》』を演じているのだ。

明確な理由はわからないが、有名人の気苦労は絶えないし、大女優がそれを嫌《きら》って一般人《いっぱんじん》を装《よそお》ってもおかしくはない。

それができてしまう双葉《ふたば》スミレが、すごいだけで。

けれど、今この瞬間《しゅんかん》は『双葉《ふたば》スミレ』が顔を出し。

その一言と目の色で、彼女の感情を丸ごと叩《たた》き込《こ》まれた。

目は口ほどに物を言う、とはよく言ったものだ。

だが、双葉《ふたば》スミレはその感情を口にしたわけではないし、あくまでこちらが感じただけ。

由美子《ゆみこ》はいろんなものを飲み込んで、その視線を見なかったことにする。

……あるいは。

その凄《すご》みと雰囲気《ふんいき》に呑《の》まれて、何も言えなかっただけかもしれない。

「もしかして、あなたもそう?」

スミレの目は、今度は千佳《ちか》に向かった。

今のスミレからは異様な眼力を感じる。

普段《ふだん》あれほど強気な千佳《ちか》が、気圧《けお》されるほどだ。

だがそこは、渡辺千佳《わたなべちか》の意地っ張りが勝ったらしい。

真っ向から険しい目つきを返し、はっきりと告げる。

「はい、わたしも声優です。ミントちゃんとも共演しています」

「そう」

さらりと流される。

そこで千佳《ちか》も同じく、双葉《ふたば》スミレの持つ感情に気付いたらしい。

はっとして眉《まゆ》を顰《ひそ》めたが、彼女はもう千佳《ちか》を見ていなかった。

リビングに向かう。

廊下《ろうか》を歩く中で、彼女のオーラは徐々《じょじょ》にかき消えていった。

目の前にいるのが、あの双葉《ふたば》スミレだとわからなくなるくらいに。

リビングには、ミントとともに千佳《ちか》の母が座っている。

まだそこに大人がいるとは思っていなかったようで、スミレは意外そうに目を見開いたあと、ぺこりと会釈《えしゃく》をした。千佳《ちか》の母も黙《だま》って返す。

今度こそ、スミレの視線は俯《うつむ》くミントを捉《とら》えた。

「ミント。帰りましょう」

スミレが声を掛《か》けると、ミントの肩《かた》がビクっと動く。

決して顔は上げず、じっと手元を見つめていた。

明らかに怯《おび》えているミントに、スミレは淡々《たんたん》と言葉を突《つ》き付《つ》ける。

「なんで、こんなことをしたの？　何が不満なの？　言ってくれないと、お母ちゃんわからないわ。いいから、帰りましょう。ほかの人にこんなにご迷惑《めいわく》を掛《か》けて。恥《は》ずかしい」

咎《とが》めるような口調には、歩み寄りは見えない。声には苛立《いらだ》ちが含《ふく》まれていた。

それで、ミントはより萎縮《いしゅく》してしまう。

このままでは、ミントがただ母を困らせただけになる。

それに由美子《ゆみこ》は耐《た》え切《き》れず、思わずスミレとミントの間に割って入った。

「あ、あの！　ミントちゃんの、お母さん。あたしたち、さっき話を聞かせてもらって……。ミントちゃんは、声優活動に必死になって打ち込んでます。でも、それをお母さんに理解されてなかったのが、辛《つら》かったみたいで。それで、うちに来たんです。だから……、その。もっと、ミントちゃんのことを見てあげてくれませんか」

差し出がましいことをしている自覚はあったし、たどたどしくもなった。

でも、伝えずにはいられなかった。

「歌種《うたたね》さん……」

そこでようやく、ミントが顔を上げた。

きっと、ミントとスミレの間にある溝《みぞ》は深い。

だけど、あんなふうに泣くミントはもう見たくなかった。

「わたしからも。彼女は一役者として、確かな演技力を持っています。周りからも認められているから、今も仕事があります。その功績を、結果を、見てあげてほしいです」

千佳《ちか》も口を開いた。

彼女は世辞の類を言わないし、こういったときに声を上げるタイプでもない。

千佳《ちか》が同じような問題で悩《なや》んだことと、おそらく無関係ではない。

でも、ミントの実力を認めているからこそ、千佳《ちか》はそう口にした。

実際、八年の芸歴があるだけに、ミントの演技は堂に入っている。

親の七光りがなくとも仕事があるのは、相応の実力があるからだ。

ふたりの言葉を受けて、スミレは千佳《ちか》と由美子《ゆみこ》を順々に見る。

そして、ちらりとミントを一瞥《いちべつ》した。

「……………？」

そのとき、なぜだかスミレは困ったような顔を見せた。

それは一瞬《いっしゅん》のことで、すぐに由美子《ゆみこ》たちに向き直る。

そうしてから——、心から戸惑《とまど》った様子で、由美子《ゆみこ》たちに答えた。

「見てあげてほしい、と言われても……。いえ、わたしはミントがやりたいと言うのなら止めはしませんよ。ただ、あんなもの……。続けたところで何にもならないでしょう……？」

何を言われたのかわからなかった。

その声にも表情にも、一切《いっさい》混じり気のない、純粋《じゅんすい》で悪意のない、いや純粋《じゅんすい》で悪意がないからこそ、邪悪《じゃあく》そのものとしか思えない発言だった。

少なくとも、この場にいる声優三人にとっては。

あまりのことに由美子《ゆみこ》と千佳《ちか》が言葉を失《な》くしていると、スミレは困惑《こんわく》しながら続ける。

「声優なんて、俳優になれない人がやる妥協《だきょう》の仕事でしょう……。役者の出来損《できそこ》ない。アニメ、とかゲーム？　とか？　映像やほかの媒体《ばいたい》がないと、演技すらさせてもらえない半人前。『声だけの演技』と言えば聞こえはいいけれど、声だけでしか演じられないのでしょう……？　あまり、声優がどうとか〝本物の役者〟を前に言わないほうがいいですよ……？」

心の底からの、憐《あわ》れみの表情で諭《さと》されてしまう。

自分たちは〝本物の役者〟ではない。妥協《だきょう》に塗《まみ》れた半人前である、と告げられる。

そこには何の疑念もないようで、だからこそ双葉《ふたば》スミレは当惑《とうわく》していた。

そんなもの、許せるはずがない。

「そ、そんなことないです！　声優は、声だけの演技を追求した、声に特化した仕事なんです！　妥協《だきょう》なんかじゃないですよ！」

「そうです。さすがに今のは聞き捨てなりません。撤回《てっかい》してください」

由美子《ゆみこ》のぎこちない訴《うった》えとともに、千佳《ちか》は鋭《するど》い目つきで突《つ》き刺《さ》す。

自分たちの仕事をこうまでバカにされて、黙《だま》っていられるわけがない。

しかし、千佳《ちか》の眼光すらもスミレは涼《すず》しく受け流し、侮蔑《ぶべつ》の視線を返してきた。

「やめなさい、みっともない。あなたたちは自分が声優だから、そう思い込みたいだけでしょう？　まともに考えなさい。声優は、声だけでしか演技ができない。身体《からだ》すべてで表現する俳優に勝《まさ》るものなんてないわ。わたしだって、声優の仕事はやったことがあるんですよ。そのうえで言うけれど——、声優なんてだれでもできる。そんなものに一生を費《つい》やす価値はない」

その目。

聞くに堪《た》えない声優への侮辱《ぶじょく》もそうだが、その目がなにより許せなかった。

先ほど、由美子《ゆみこ》が「あなたも声優なのね」と告げられたときに、向けられた目。

その意味が、今ここで確信に変わる。

それは、心からの憐憫《れんびん》の目だった。

彼女は『役者の出来損《できそこ》ないである声優』の自分たちを、勝手に憐《あわ》れんでいる。

話にならない。

こんな価値観の人間が母親だというのなら、ミントが何も言えなくなるのも当然だ。

千佳《ちか》はなおも噛《か》みつこうとしたが、先にスミレが口を開く。

「大体、あなたは元々役者でしょう。舞台《ぶたい》でもやっていたんじゃないの」

「えっ……」

千佳《ちか》は突然《とつぜん》そう突《つ》き付《つ》けられ、勢いを失う。

千佳《ちか》は劇団出身。

スミレの言うとおり、元は舞台《ぶたい》役者だ。

なぜそれを、双葉《ふたば》スミレが知っているのか。

面喰《めんく》らっていると、スミレは己《おのれ》の喉《のど》を指差した。

「その発声の仕方。明らかに舞台《ぶたい》の人間じゃない。大方、舞台《ぶたい》役者をしていたけど通用しなくて、声優に逃《に》げたクチでしょう？」

発声の仕方が違《ちが》うなんて、由美子《ゆみこ》は意識したこともなかった。

その道に通じる人間だからこそ、わかるものなんだろうか。

千佳《ちか》が劇団に入った理由は声優になるためであって、順序が逆。

それは双葉《ふたば》スミレには理解できないだろうし、するつもりもない。

ただ、落伍者《らくごしゃ》のレッテルを貼《は》るだけだ。

「あなたも、ミントと同じです。逃《に》げた先の声優という道で、たまたま上手《うま》くいったかもしれない。でも、それがなに？　妥協《だきょう》した道で少し成功したくらいで、気が大きくなっているの？

その先には、何もありはしないのに」

名前を呼ばれ、ミントはビクっとする。

さっきまで顔を上げていたのに、今は肩《かた》を震《ふる》わせて下を向いていた。

母親が同僚《どうりょう》相手にあれほど否定の言葉を浴びせていたら、そうなっても仕方がない。

……いや。

違《ちが》う。

『同じ声優のあなたに言うべきじゃないかもしれないけど。とてもいい仕事だとは思えないわ。不安定で明日どうなるかもわからない、何の保証もない仕事は職業とは言えない。今はまだしも、あれで一生食べていこうだなんて……、ぞっとするわ』

『それに、声優って言うけれど、あれではまるでアイドルの真似事《まねごと》だわ。ステージで歌ったり踊《おど》ったり、雑誌やネットに顔を出して……。あんな若さと女を売るような仕事、情けない……』

かつて千佳《ちか》の母は、由美子《ゆみこ》の前で声優を真っ向から否定した。

声優という仕事の不安定さ、アイドル声優への危惧《きぐ》といった、声優に対して一定以上の理解があるからこそ、彼女はそれらを口にできた。

理解したうえで、否定した。

由美子《ゆみこ》だって思わず、『ろくなものじゃないですよ』と同調してしまうくらいには、千佳《ちか》の母の言葉に感じ入るものがあった。

しかし、双葉《ふたば》スミレは違《ちが》う。

これは、思考停止の全否定だ。

「え、ええと、ミントちゃんのお母さん？　そんな、言い方……。声優はそんな仕事ではないですし、まずはミントちゃんの気持ちを聞いて、それからでも……」

娘《むすめ》たちが好き放題言われていることに耐《た》えかねたのか、由美子《ゆみこ》の母が慌《あわ》てて口を開く。

それもスミレにじろりと睨《にら》まれ、口をつぐんだ。

『役者』として話をしているからか、彼女の凄《すご》みも眼光もいつの間にか色濃《いろこ》く出ている。

スミレの雰囲気《ふんいき》に呑《の》まれて、母には珍《めずら》しく気後《きおく》れしていた。

双葉《ふたば》スミレはそんな母を見て、面倒《めんどう》そうにかぶりを振《ふ》る。

「今まではミントがやりたいなら、と好きにさせてきました。ですが、そろそろ卒業してもいい頃《ころ》でしょう。再来年には中学生だもの。声優なんて、出演するにしてもアニメやゲーム。どちらもいい大人が触《ふ》れるものじゃないわ。だから、もういいでしょう？」

ふう、と息を吐《は》いてから、スミレは俯《うつむ》くミントを見下ろす。

「このまま声優なんてやっていても、意味はないわ」

はっきりとした否定。

諦観《ていかん》。

そのどれもが肌《はだ》がピリつくほどのマイナスの感情で、この場にいる全員がチリチリと焦《こ》がされているようだった。

双葉《ふたば》スミレが言っていることは、めちゃくちゃだ。

何もわかっていないくせに、ただ否定しているだけ。

ミントが由美子《ゆみこ》の家に逃《に》げ込《こ》んだ理由が、ようやくわかった気がした。

こんなふうに、思考停止で全否定されたらどうにもならない。

それに加えて、彼女は日本を代表する大女優。

その肩書《かたが》きと、圧倒的《あっとうてき》なオーラに由美子《ゆみこ》たちは怯《ひる》んでもいた。

千佳《ちか》でさえ、由美子《ゆみこ》の母でさえ、ペースを崩《くず》され黙《だま》り込《こ》んでいる。

ミントが声を上げられるはずがない。

場を鎮圧《ちんあつ》し、スミレは疲《つか》れたように目を瞑《つぶ》った。

そして、ミントの肩《かた》に手を置こうとして――。

「――ちっ」

舌打ちが、響《ひび》いた。

最初は千佳《ちか》かと思ったが、今まで何度も聞いてきた由美子《ゆみこ》にはわかる。

千佳《ちか》ではない。

では、だれか。

『裏営業疑惑《ぎわく》』での騒動《そうどう》や、元夫である神代監督《かみしろかんとく》を前にしても出なかった彼女の舌打ちが、今ここで初めて炸裂《さくれつ》した。

「――それが、親の言うことですか」

立ち上がり、真っ向から双葉《ふたば》スミレを睨《にら》むのは千佳《ちか》の母だった。

スミレと相対しても、千佳《ちか》の母は堂々としていた。

双葉《ふたば》スミレのオーラにたったひとり、萎縮《いしゅく》していない。

何を言っても無駄《むだ》、と放り投げることもなかった。

「あっ……」

千佳《ちか》の母の職業は、弁護士。

どんな相手にも怯《ひる》んではならないし、対話を放棄《ほうき》してもいけない職業だった。

双葉《ふたば》スミレは突如《とつじょ》参加してきた見知らぬ女性を、不快そうに見やる。

千佳《ちか》の母はその顔を見て、「この子の母です」と千佳《ちか》の肩《かた》に手をやった。

スミレは呆《あき》れたように目を細める。

「娘《むすめ》が声優をやっているから、その仕事を認めたいのはわかります。でもそれは、親の欲目ですよ。そうやって甘やかすから、彼女らが勘違《かんちが》いするんです」

「いいえ。わたしは、声優がいい仕事だとは思っていません。そしてそれは、俳優も同じです。不安定で明日どうなるかもわからない、何の保証もない仕事は職業とは言えない。わたしは心からそう思っておりますが」

千佳《ちか》母の突き放《はな》すような口調に、スミレは顎《あご》を上げた。

ひどく不愉快《ふゆかい》そうに、千佳《ちか》の母を見返す。

「雑な括《くく》りです。いっしょにしないでくれますか。大体あなたに、何がわかるのです」

「何もわかりません。何も。俳優も声優も、不安定でろくでもない職業としか思えません。ですが――」

千佳《ちか》の母は、スミレをまっすぐに見据《みす》える。

「あなたは娘《むすめ》がどう考えているのか、どんな仕事なのかをまるで理解しようとしない。ただ己《おのれ》の価値観を押し付けるだけで、何も見ていません。あなたは、俳優としての自分を誇示《こじ》したいだけではないですか。だから申し上げたんです。――それが、親の言うことですか、と」

千佳《ちか》の母は強い眼光を携《たずさ》え、双葉《ふたば》スミレを否定する。

千佳《ちか》が「あなたがそれを言うの？」といった目で母を見たが、それは違《ちが》う。

千佳《ちか》の母が声優を反対しているのは、そこにはらんだ危険性と不安定さのせい。

極端《きょくたん》な話、声優に危険がなく、安定した職業だったなら、千佳《ちか》の母だって認めていた。

双葉《ふたば》スミレとはまるで違《ちが》う。

双葉《ふたば》スミレは突然《とつぜん》噛《か》みついてきた千佳《ちか》の母を、鬱陶《うっとう》しそうに見ている。

「あなたには関係ないでしょう。人の家庭の問題に、首を突《つ》っ込《こ》まないでください」

「わたしだってしたくはありません。ですが、既《すで》に他人を巻き込んでいるんですよ。あなたが妄信《もうしん》して何も見ようとしないせいで。それでも関係ない、は、いささか乱暴でしょう」

「あなたは素人《しろうと》でしょう？　演技についての知見はないはずです。だというのに、役者に講《こう》釈《しゃく》を垂れるのは恥知《はじし》らずもいいところですよ。そうやって外野が口を出すから――」

静かながらも、熱の入った口論が繰《く》り広《ひろ》げられている。

だが、このふたりがわかり合えないのは目に見えていた。

お互《たが》いに価値観の違《ちが》いをぶつけているだけで、どちらかが引かなければ話は終わらない。

そしてふたりは引かない。

睨《にら》み合《あ》う母親ふたりを前に、今度は千佳《ちか》が立ち上がった。

「――わかりました。でしたら、声優が俳優に勝《まさ》るとも劣《おと》らない職業であることを、証明します。それができれば、ミントちゃんの声優活動を、そして声優を。認めますか。先ほどの発言を撤回《てっかい》しますか」

こちらもまた、熱のある声だった。

射るような眼差《まなざ》しの中に、怒《いか》りの炎《ほのお》が宿っている。

双葉《ふたば》スミレはふっと視線を外した。

面倒《めんどう》になったのか、どうでもよさそうに呟《つぶや》く。

「まぁ……。別にそれでもいいけれど」

気のない返事だ。

そこには明白に「証明できるわけがない」といった呆《あき》れの感情が入っていたが、千佳《ちか》は気にしなかった。

ここで噛《か》みついたところで、彼女の価値観を覆《くつがえ》せるわけではない。

別の方法が必要だ。

「どうやって証明するの？」「その方法は？」と当たり前のことを訊《き》いてこないあたり、スミレは本当に面倒《めんどう》くさくなっただけかもしれない。

そんな姿を見ていると腹も立つが、これ以上彼女と話をしたくなかった。

どうせ平行線だ。

そうして、佐藤《さとう》家の後味の悪い舌戦《ぜっせん》は閉幕となった。


結局、ミントと千佳《ちか》はそのまま家に泊《と》まっていくことになった。

ミントは母親と帰るのも気まずいだろうし、いいと思う。

スミレもミントが泊《と》まることには大きな反対はせず、そこは大人の対応で「よろしくお願いします」と由美子《ゆみこ》の母に頭を下げていた。

渡辺母娘《わたなべおやこ》は「ほら帰るわよ!」「嫌《いや》!」と何とも母娘《おやこ》らしいやりとりをしていたが、由美子《ゆみこ》の母の「ミントちゃんも、ユウちゃんがいっしょのほうが嬉《うれ》しいんじゃない~?」という鶴《つる》の一声で、彼女も泊《と》まっていくことになった。

と、いうわけで。

「さて」

気付けばいい時間になっていたので、由美子《ゆみこ》は晩ご飯に着手しようとキッチンに立つ。

今日は四人分。何を作ろうかな、と思案する。

すると、ミントがとたとたやってきた。

不思議そうに、由美子《ゆみこ》の手元を覗《のぞ》き込《こ》んでくる。

「本当に歌種《うたたね》さんがご飯を作るんですね」

「ん。そだよ。ミント先輩《せんぱい》、食べたいものあります? 作れるものなら、作ったげるけど」

「た、食べたいものですか……」

ミントはドキドキした様子で、胸に手を当てた。

そこにひょっこりと千佳《ちか》が顔を出す。

「佐藤《さとう》。わたしには? 訊《き》かないの」

「やかましい。子供……、あぁいや、先輩《せんぱい》に譲《ゆず》りなさい。大体あんた、しょっちゅううちに来てご飯食べてるでしょ」

「そうなんですか？」

ミントの邪気《じゃき》のない質問に、由美子《ゆみこ》は口を滑《すべ》らせたことに気付く。

由美子《ゆみこ》と千佳《ちか》は微妙《びみょう》な顔をして、視線をふわふわ宙に浮《う》かばせた。

「いや……、まぁ、ミントちゃんよりは、回数が多いだけ、だよ、うん……」

「しょっちゅう……、ではないわよ、本当に……」

「なんですか、この微妙《びみょう》な空気……。嫌《いや》な大人の気配がビンビンです……」

ミントになにやら引かれてしまったので、話を逸《そ》らすことにした。

彼女に笑いかけて、改めて尋《たず》ねる。

「それで？　ミントちゃん、なにが食べたい？」

「…………。それなら、カレーライスがいいです。できますか？」

「ん、おっけー。うちはばーちゃん直伝のカレーだから、味は保証するよ」

由美子《ゆみこ》が了承《りょうしょう》すると、ミントは嬉《うれ》しそうに目を輝《かがや》かせる。

一応、千佳《ちか》を見ると、「いいじゃない」という顔で頷《うなず》いていた。

それに加えて、「いいチョイスね。佐藤《さとう》のカレーはおいしいから」とでも言いたげに胸を張っているのは気になるが。人のご飯で偉《えら》ぶるんじゃないよ。

そんな千佳《ちか》は放っておいて、早速《さっそく》カレーの支度《したく》に取《と》り掛《か》かる。

手際《てぎわ》よく調理していると、ミントが口をぽかんと開けていた。

それから、ふんす、と鼻息荒《あら》くしてなぜか袖《そで》をまくる。

「歌種《うたたね》さんにだけ仕事はさせられませんね。よし、わたしが手伝ってあげましょう」

「結構です」

「なんでですか！」

「正直、いてもじゃま……、えー、あー、子供に包丁とか持たせたくないから」

口を滑《すべ》らしそうになって、慌《あわ》てて言《い》い換《か》えようとして、さらに口を滑《すべ》らせてしまった。

やべ、と思っても、出た言葉は引っ込められない。

案の定、ミントはぷんすかと怒《おこ》り出してしまう。

「子供扱《こどもあつか》いしないでください！　わたしだって、学校で調理実習とかしてるんですよ！」

「ふっ……」

「なに笑ってるんですか!?　バカにしてるんですか!?　わたし、先輩《せんぱい》ですよ!?」

「いや、ごめん、そういうのじゃないから。ほんと」

徐々《じょじょ》にいつものミントに戻《もど》り始めていて、嬉《うれ》しくなっただけだ。

それは喜ばしいけれど、調理実習程度で本物の実践《じっせん》に参加しないでほしい。

こちとら大きな小学生みたいな子に手伝ってもらって、一回ひどい目に遭《あ》ってるんだ。

ちらりと千佳《ちか》を見ると、千佳《ちか》は「任された」みたいな表情をする。

ミントを引き取ってくれるのかと思えば、そうではなく。

「わかったわ。わたしが手伝いましょう」

「いらん。なんでそんな結論になるんだ。あっちでテレビでも観《み》ててよ、頼《たの》むから」

これだけ長い付き合いしてて、そんな誤解することある？

あの焦《こ》げ切った目玉焼きとか、米研《と》ぎしかやることなかったの、忘れた？

「ふたりとも～？　ふたりはお客さんなんだから、ゆっくりしてて～。いいからいいから」

揉《も》めている声が聞こえたのか、母がやってきてくれた。

さすがに親が出てくると粘《ねば》る気もなくなるようで、千佳《ちか》たちはリビングに撤退《てったい》していった。

それを見送ってから、由美子《ゆみこ》の母が隣《となり》に立つ。

「それじゃ、ママは手伝っちゃおうかな～。ちゃっちゃと作っちゃおうか」

「……さすがだよ、ママ。ありがと」

由美子《ゆみこ》にとって、一番ありがたい選択肢《せんたくし》を取ってくれた。

すれ違《ちが》いを起こしながらぶつかり合う渡辺《わたなべ》家みたいな母娘《おやこ》もいれば、こうして以心伝心な佐《さ》藤《とう》家のような家庭もある。

その要素が少しでも双葉《ふたば》家にあれば、あんなことにはならなかっただろうに。

ミントが「喧嘩《けんか》をしたことがない」と言っていたのは、想像以上に大きな壁《かべ》だと感じた。

果たして大丈夫《だいじょうぶ》だろうか、と不安になってくる。

「由美子《ゆみこ》。そこは考えないでいいんじゃない？　今は楽しくご飯を食べて、ゆっくり眠《ねむ》るのがミントちゃんに必要なことだと思うわ。ね？」

「ん。そだね、ママ」

母に考えを言い当てられ、頭から追い出す。

とにかく今は、おいしいご飯を作ることが先決だ。


母に手伝ってもらったおかげで、いつもより早く料理は仕上がった。

テーブルに並べながら、リビングの彼女らに声を掛《か》ける。

「ご飯できたよ～」

「はいっ」

「はい」

ふたりともすぐさまやってきて、その姿にほっこりする。

ほかの親や羽衣纏《はごろもまとい》の妹である理央《りお》から聞いたことがあるが、「ご飯できたよ～」と声を掛《か》けても、なかなか家族がやって来ないことがあるという。

『あれ、もうマ～ジでムカつきますよ！　人に作らせておいて、何様!?　って感じ！　出来立てが一番おいしいのに、なんで自ら鮮度《せんど》を落とすんだ、ってイライラがすごいんですよ！』

と理央《りお》がブチキレていた。

それに比べると、千佳《ちか》とミントは素直《すなお》で大変よろしい。

四人揃《そろ》って着席し、みんなで手を合わせる。

いただきます、の声が重なった。

千佳《ちか》は早速《さっそく》、カレーをスプーンですくいあげ、はむっと口にする。

その瞬間《しゅんかん》、千佳《ちか》の表情がふわりととろけた。

すぐに由美子《ゆみこ》の顔を見て、興奮気味にカレーを指差す。

「佐藤《さとう》。おいしい。おいしいわ。やっぱりあなたのカレーは絶品ね。チョコブラウニーからグッズで出せば？　『歌種《うたたね》やすみのカレーライス』。わたしが買う」

「大袈裟《おおげさ》。声優のグッズでカレーって変でしょ」

いや、そういう目を疑うようなグッズを出す声優もいるが。

相変わらずいい反応をしてくれる千佳《ちか》に、由美子《ゆみこ》はにやけないように努める。

母も頰《ほお》に手を当てて、おいし～、と嬉《うれ》しそうに言ってくれた。

自分でも満点の出来だったが、ミントはカレーに視線を落としたまま固まっている。

「ありゃ。ミントちゃん、おいしくなかった？　辛《から》かったかな……」

辛《から》さは抑《おさ》えたつもりだが、足りなかったかもしれない。

今からでもどうにかできないか考えていると、ミントははっと顔を上げた。

「あ、い、いえ。お、おいしいです、すごく。ただ……」

「ただ？」

「こうやって、お家《うち》でみんなとご飯を食べるのが久しぶりだったので……」

その呟《つぶや》きで、微妙《びみょう》な空気が流れてしまう。

先ほど、目の前であの母親を見たばかりだ。

あぁそうなんだ……、と気まずくなってしまう。

「……まぁ。わたしも、母親といっしょにご飯を食べることはほとんどないわ。同じよ」

千佳《ちか》がさらりと言う。

ミントは千佳《ちか》を見上げるが、千佳《ちか》は気にした素振《そぶ》りもなく食事を進めていた。

千佳《ちか》には珍《めずら》しくいいフォローだと思うが、おそらくふたりには決定的な違《ちが》いがある。

ミントは、今でも母といっしょにご飯を食べたいのではないだろうか。

「お母さん、あんまり家にいないんだっけ」

由美子《ゆみこ》の質問に、ミントは笑《え》みを浮《う》かべる。

今までで一番、寂《さび》しい笑顔《えがお》だった。

「長い間いるときもありますが、帰ってこないときも多いです。仕事次第《しだい》ですね……」

「それなら、家にいるときはいっしょにご飯を食べられるんじゃ？」

「母はあまり、家では食事を摂《と》らないようにしてるらしくて……。身体作《からだづく》りとかで……」

今でも活躍《かつやく》する女優らしく、ストイックな生活を送っているらしい。

プロとして尊敬できる部分ではあるものの、娘《むすめ》との食事より優先すべきことなんだろうか。

それとも、この考え自体が双葉《ふたば》スミレにとっては甘えなのか。

「ミントちゃんは、普段《ふだん》はご飯どうしてるの～？」

母が気遣《きづか》いを感じさせない笑顔《えがお》で、ミントに尋《たず》ねる。

「あ……、普段《ふだん》はお手伝いさんがいるので……。その人といっしょに食べてます……。あ、お手伝いさんは食べないんですけど……」

お手伝いさんいるんだ……、そりゃいるか……、やっぱりすごいな双葉《ふたば》家……、いや山本《やまもと》家……？　と思考が逸《そ》れそうになるが、重要なのはそこではない。

その食事風景は、かなり歪《いびつ》だ。

お手伝いさんがわざわざ同席するのは、ミントが不憫《ふびん》だと感じているのかもしれない。

「お父さんは？」

千佳《ちか》が遠慮《えんりよ》のない踏《ふ》み込《こ》みを見せる。

千佳《ちか》は千佳《ちか》で複雑な家庭環境《かんきよう》だからこそ、訊《き》けてしまうのかもしれない。

ミントは再び、寂《さび》しそうな笑顔《えがお》になった。

「父は、海外で役者をやっています。滅多《めつた》に帰ってこないので、ほとんど会うこともなくて」

双葉《ふたば》スミレの夫が役者であることは、由美子《ゆみこ》も知っていた。

こう言ってはなんだが、あまり有名な俳優ではなかった。名前も覚えていない。

スミレより年下であること、いつからか海外で役者をやっていることは、由美子《ゆみこ》もおぼろげながら記憶《きおく》している。

家に寄りつかないのは、あの母親の性格のせいではないか。

そんな下世話なゴシップ記事のようなことを考える自分に、嫌気《いやけ》が差した。

ミントにとっては大好きなお母ちゃんだから、あまり悪く言いたくはない。

けれど声優をバカにしたこと、ミントを蔑ろ《ないがし》にしていることは許せなかった。

今だってミントは、こんなにも寂《さび》しそうな顔をしている。

「……よし！　じゃあミントちゃん、今日はあたしといっしょにお風呂《ふろ》入ろう！　それで、いっしょに寝《ね》よ。リビングに布団《ふとん》並べて、わたな……、ユウもいっしょに川の字になってさ。一旦《いったん》、今日のことは忘れて、楽しいお泊《と》まり会にしようよ」

「え……」

ミントは一瞬《いっしゅん》、きょとんとした。

その表情に明るいものが戻《もど》り始める。

それが自分でもわかったのか、慌《あわ》てて取《と》り繕《つくろ》うようにそっぽを向いた。

「ま、まぁ？　歌種《うたたね》さんがどうしてもっていうのなら、構いませんが？　わたしは先輩《せんぱい》ですし、後輩《こうはい》の頼《たの》みは聞いてあげたいですから」

「ミント先輩《せんぱい》、お願い！」

由美子《ゆみこ》が拝むポーズを取ると、ミントはまんざらでもなさそうに口をニヨニヨさせる。嬉《うれ》しそう。

これでちょっとは元気になってくれるといいな。

そう由美子《ゆみこ》が思っていると、千佳《ちか》が手を挙げた。

「佐藤《さとう》。三人で寝《ね》るのは構わないけれど。わたしはお風呂《ふろ》、いっしょに入らなくていいの？」

「なんでそこで入ろうと思うんだよ……。三人は狭《せま》いでしょうが」

何なら、ふたりでも狭《せま》かったでしょうが。

ミントや母の手前そこまでは言わずにいると、ミントが意外そうな声を上げた。

「えっ。三人で入れるのなら、そのほうがよくないですか？」

「……………。ミントちゃんが、そうしたいのなら……」

絶対三人のほうが楽しそう……、という顔で見られて、由美子《ゆみこ》が折れる。

苦渋《くじゅう》の選択《せんたく》だが、ミントの希望を第一にしたい……。

いや、あの湯船で三人はきつくない？　あぁ、交代で洗い場にいれば大丈夫《だいじょうぶ》か……。

千佳《ちか》の願いまで叶《かな》えてしまっているのは、癪《しゃく》だが……。

ミントちゃんいるんだから、いつものはなしだよ。ママもいるんだし。

そういった視線を向けてみるも、千佳《ちか》は素知らぬ顔でお茶を飲んでいる。

そんな三人を、由美子《ゆみこ》の母は温かい目で見守っていた。

ご飯のあとは宣言どおり三人でお風呂《ふろ》に入り、どんどん元気になっていくミントを相手しているうちに、夜も更《ふ》けていく。

リビングに三人分の布団《ふとん》を敷《し》くと、ミントが真っ先にダイブした。

「きゃー！　なんだか、自然教室みたいで楽しいですね！」

「自然教室……？」

「自然教室って、なに」

「自然教室ですよ。歌種《うたたね》さんたちの時代にはまだなかったんですか？　うちは五年生が毎年行くんですけど。山にある施設《しせつ》にみんなで泊《と》まって、キャンプみたいなことをするやつです」

「それ、林間学校じゃない？　うちではそう呼んでいたけれど」

「あー、うちも自然教室とは言わなかった気がする……。ていうかミントちゃん、ナチュラルにあたしらを古い世代にするのやめてね？　七つしか歳離《としはな》れてないからね？」

ミントは聞いているのかいないのか、枕《まくら》を持ってゴロゴロしている。

元気になったのはいいことだけれども。

今のミントは、家から持ってきた自分のパジャマに袖《そで》を通している。

モコモコした猫《ねこ》を模したパジャマで、大きな肉球がお腹《なか》についていた。

普段《ふだん》はまとめている髪《かみ》もほどき、さらさらと流している。

年齢《ねんれい》にしては背が低いのと、髪型《かみがた》で子供っぽく感じていたが、髪《かみ》を下ろすと急に大人びて見えた。顔立ちも可愛《かわい》らしいし、肌《はだ》もびっくりするほどすべすべだ。

思わず、尋《たず》ねてしまう。

「ミントちゃん、小学校でモテるんじゃない？　よく告白される？」

「えぇ？　そんなことないです。イジワルする男子ばっかですよ。わたし、男の子嫌《きら》いです」

ぷいっとそっぽを向いてしまった。何とも小学生っぽい発言に笑ってしまう。

テンションが高いミントをよそに、千佳《ちか》はいそいそと布団《ふとん》に入り始めた。

それを見て、ミントが声高《こわだか》に千佳《ちか》を指差す。

「あ、夕暮《ゆうぐれ》さん！　なにをもう寝《ね》ようとしてるんですか！　夜通しお話ししましょうよ！　ほら、演技論とか！　ぶつけましょう！」

また面倒《めんどう》くさいことを……、と由美子《ゆみこ》が呆《あき》れていると、千佳《ちか》がにやりと笑う。

上半身を布団《ふとん》からずずい、と出し、ミントに顔を向けた。

「いいわね。なかなか腰《こし》を据《す》えて話す機会もないし、そのテーマでゆっくり話そうじゃない」

千佳《ちか》は意外にも乗り気のようだ。

「あんま夜更《よふ》かししちゃダメだよ……、明日休みだけどさ」

一応、由美子《ゆみこ》は釘《くぎ》を刺《さ》しておく。

ただ、内心では興味があった。

何せ、ふたりとも子役、舞台《ぶたい》役者からそれぞれ声優に転身している。

そこには自分と違《ちが》う演技論があるはず。

どんな話を聞けるんだろう、と期待しながら由美子《ゆみこ》も布団《ふとん》に入った……、のだが。

「……寝《ね》ちゃった」

由美子《ゆみこ》と千佳《ちか》の間に挟《はさ》まれ、ミントはすっかり寝入《ねい》っていた。

かわいい顔を晒《さら》して、すぅすぅ、と寝息《ねいき》を立てている。

勢いよく話していたのは最初だけで、徐々《じょじょ》に瞼《まぶた》が重くなり、あっという間に眠《ねむ》りの中だ。

時計を見ると、小学生にしたって健康的な就寝《しゅうしん》時間だった。

由美子《ゆみこ》がほっこりしていると、千佳《ちか》がさらっと爆弾《ばくだん》を投下してくる。

「しょうがないわ。わたしの声って、熱を出しただれかさんを熟睡《じゅくすい》させるくらいだから」

「…………………」

それを言うのは、ズルじゃん……。

千佳《ちか》が言及《げんきゅう》しているのは、由美子《ゆみこ》が寝込《ねこ》んだときの話だ。

千佳《ちか》に台本の読み聞かせをお願いし、聞いているうちに由美子《ゆみこ》は眠《ねむ》ってしまった。

弱っていたとはいえ、千佳《ちか》に甘え倒《たお》した事実は、今でも強烈《きょうれつ》で新鮮《しんせん》な羞恥心《しゅうちしん》を呼び起こす。

千佳《ちか》もわかって言っている。

一方的にマウントを取られるのが嫌《いや》で、由美子《ゆみこ》は決死の覚悟《かくご》で言い返した。

「……あんたの声、すごく心地《ここち》いいから。聞いているうちに安心して、眠《ねむ》っちゃうんだよ」

千佳《ちか》は目を見開くと、頰《ほお》を赤くして口を曲げた。

由美子《ゆみこ》も負けず劣《おと》らず顔が熱くなっていたが、目は逸《そ》らさない。

赤面したままじっと見つめ合っていると、先に千佳《ちか》がギブアップした。

「……あなたのそういうところ、本当に嫌《きら》い」

ふん、と顔を逸《そ》らす千佳《ちか》に、由美子《ゆみこ》は内心で「勝った」とほくそ笑《え》む。

あの話を持ち出されるのは本当に恥《は》ずかしいので、これきりにしてほしい。

千佳《ちか》はそれ以上引っ張るつもりはないようで、ミントに視線を戻《もど》した。

「……ミントちゃんも、いろいろと大変なのね」

千佳《ちか》が物憂《ものう》げな瞳《ひとみ》で、ミントを見つめる。

ミントは満足そうに眠《ねむ》るばかりで、夢の世界から帰ってこなさそうだった。

ミントの件でうやむやになってしまったが、千佳《ちか》の一人暮らし問題は継続《けいぞく》している。

けれど今回のことで、千佳《ちか》の母はむしろ理解があるとわかったのではないか。

「あの人に比べたら、ママさんは渡辺《わたなべ》のことをよく考えてくれてると思うよ」

「そうかしら……。まぁ、そこはいいのよ。今はね」

千佳《ちか》はふっと息を吐《は》き、軽く頭を振《ふ》る。

今、その話に触《ふ》れるつもりはないようだ。

真剣《しんけん》な面持《おも》ちになると、きゅっと拳《こぶし》を握《にぎ》った。

「双葉《ふたば》スミレには、絶対に声優を認めさせるわ。許さないわよ、声優を侮辱《ぶじょく》したことを」

スミレが放ったひどい発言を思い出したのか、千佳《ちか》の目が途端《とたん》に鋭《するど》くなる。

闘志《とうし》が剝《む》き出《だ》しだ。

好戦的な態度には苦笑《くしょう》してしまうが、その意見には賛成だった。

いくら何でも、あれは許せない。

由美子《ゆみこ》も千佳《ちか》も、今まで関わってきた声優だって、皆《みな》、死《し》に物狂《ものぐる》いでこの道を進んできた。

由美子《ゆみこ》が尊敬してやまない、森香織《もりかおり》や大野麻里《おおのまり》。

めくるや乙女《おとめ》たちのような先輩《せんぱい》声優。

そして、夕暮夕陽《ゆうぐれゆうひ》という絶対に追いつきたいライバル。

だれもが妥協《だきょう》を許さず、必死に前に進み、最高の演技を摑《つか》むためにもがいている。

それらすべてをひっくるめて、あれほどまでに蔑《さげす》んだのだ。

許せるはずがなかった。

「ううん……」

由美子《ゆみこ》と千佳《ちか》の殺気を感じたわけではないだろうが、ミントが寝返《ねがえ》りを打った。

小さな手が投げ出される。

その穏《おだ》やかな寝顔《ねがお》を見ていると、ささくれ立った心が少し落ち着いてきた。

「…………………？」

そのせいなのか、ひとつの違和感《いわかん》が浮《う》かび上《あ》がってくる。

由美子《ゆみこ》と千佳《ちか》の純然たる怒《いか》り、『声優を認めさせてやる』という思いに偽《いつわ》りはない。

だというのに、ミントの顔を見ていると妙《みょう》な感覚が生じる。

それが何かはわからない。

答えを探《さぐ》るようにミントを見ていると、くすりと笑《え》みがこぼれてしまった。

双葉《ふたば》スミレの件も大事だが、それより先にしたいことが見つかる。

「……ミントちゃんを元気づけてあげたいね。ずっとひとりで、あのお母さんと向かい合ってきたんだもんなあ……。何かやれることがあるなら、してあげたいよ」

母親相手に縮こまっているミントは、見ていて辛《つら》かった。

いつものように、「先輩《せんぱい》ですから！」とちっちゃな身体《からだ》をいっぱいに使ってほしい。

投げ出されていた手を、由美子《ゆみこ》は己《おのれ》の手でやさしく包んだ。

千佳《ちか》のほうにもミントの手は放り出されていたので、千佳《ちか》もその手を握《にぎ》る。

「そうね……。あなたは、ミントちゃんを元気にすることを考えて頂戴《ちょうだい》。わたしは、双葉《ふたば》スミレに声優を認めさせる方法を考えるから」

「あいよ」
適材適所の役割分担だ。
あれほどまでに凝《こ》り固《かた》まった価値観を覆《くつがえ》せるかは不安だが、そこは千佳《ちか》に任せよう。
由美子《ゆみこ》は由美子《ゆみこ》の、できることをする。
由美子《ゆみこ》がミントの頭を撫《な》でると、彼女は幸せそうに唇《くちびる》を緩《ゆる》めた。
話をしていたのはそこまでで、由美子《ゆみこ》も千佳《ちか》も眠《ねむ》りにつく。
三人揃《そろ》って川の字で寝《ね》ていたのだが——。
「ふぎゃっ」
突如《とつじょ》顔に降《ふ》りかかった痛みに、睡眠《すいみん》を阻《そ》害《がい》された。
顔に何かが乗っていて、暗闇《くらやみ》の中でおそるおそる触《ふ》れてみる。
ミントの手だった。
本人を見ると、口をいっぱいに開けて健《すこ》やかに寝《ね》ている。
寝相《ねぞう》が悪いせいで、投げ出した手が由美子《ゆみこ》の顔にクリーンヒットしたらしい。
「…………………」
ミントの手をそっとどかしても、彼女は身じろぎひとつしない。
奥の千佳《ちか》はこちらに背中を向けているが、多分寝入《ねい》っているのだろう。
由美子《ゆみこ》は頭をポリポリと掻《か》きながら、身体《からだ》を起こした。

ミントの掛《か》け布団《ぶとん》が豪快《ごうかい》にめくれ上がっていたので、それを直しながら思う。

喉《のど》、渇《かわ》いた。

あくびを噛《か》み殺《ころ》しながらキッチンに向かい、麦茶を一杯《ぱい》飲む。

それで、目が冴《さ》えてしまった。

「だいぶ早くに寝《ね》ちゃったからなあ……」

それなりに眠《ねむ》ったはずだが、時計の針はまだ深夜を指している。

もうひと眠《ねむ》りするつもりではあるものの、すぐには眠《ねむ》れそうになかった。

なんとなく口寂《くちさび》しくなり、甘い物でも食べたくなる。

「渡辺《わたなべ》が買ってきてくれたゼリーがあったっけ……」

冷蔵庫をぱかりと開ける。

食後にみんなで食べようと思って冷やしておいたが、晩ご飯をたらふく食べたあとだったし、そのあともさっさと寝《ね》てしまった。

せっかくだからとゼリーを出して、テーブルにつく。

すると。

「……佐藤《さとう》。なにしてるの」

「うおっ」

するりと扉《とびら》が開き、そこに呆《あき》れ顔《がお》の千佳《ちか》が立っていた。

パジャマ姿で、髪《かみ》が撥《は》ねている千佳《ちか》は普段《ふだん》より幼く見える。

かわいい。

どうやら彼女も起きてきたようだ。

千佳《ちか》は何か言いたげに、由美子《ゆみこ》の手にあるゼリーをじっと見下ろしている。

「あ……、や、なんか目が冴《さ》えちゃって。渡辺《わたなべ》が買ってきてくれたゼリーでも食べようかなって……。あんたもどう？」

千佳《ちか》に向かって、ゼリーを持ち上げてみせる。

彼女はため息を吐《つ》くと、人の身体《からだ》をじろじろと見てきた。

「あなた、そんなふうに間食なんてするから、ライブ直前でダイエットっていう話になるんじゃないの。この間もアイス食べてたし」

「う、うるさいな……。ゼリーならカロリーそんな高くないし……。それで、お姉ちゃんはどうするの。食べるの、食べないの」

「……頂くわ」

結局食べるんかい、とは言わない。

共犯者がいると、罪悪感が薄《うす》れてよい。

テーブルに向かい合わせに座って、ゼリーをもふもふと食べる。

おっきなみかんがいっぱい入っていて、とてもおいしい。

しばらくお互《たが》いに無言で食べていると、千佳《ちか》がそっと呟《つぶや》いた。

「こんな夜中に甘い物を食べるなんて、なんだか変な感じ」

「おいしいっしょ。こんな時間に食べるからこそ、って感じしない？」

「まあね。罪悪感もプラスされているんでしょうね」

スプーンをぱくりと口に入れてから、千佳《ちか》は視線を宙に向ける。

「あなたといっしょに暮らしたら、わたしまで太りそうよね」

そんな何食わぬ発言に、由美子《ゆみこ》は眉《まゆ》を顰《ひそ》めそうになる。

どういう心配？

「なに急に。あたしら、いつの間にいっしょに暮らす予定になってたの？　同棲《どうせい》の約束なんてしてたっけ？　予約入ってないから、同棲《どうせい》もおひとり様でしてほしいんだけど」

「わたしだって御免《ごめん》よ。ただ、母が『由美子《ゆみこ》ちゃんとルームシェアしたらどう？』なんて変なことを言ってきたから。それをちょっと思い出したのよ」

今度こそ、由美子《ゆみこ》は眉《まゆ》を顰《ひそ》めた。

「なにそれ。なんでそんな話になんの？」

「さぁ。親の勝手な願望というか、変な幻想《げんそう》というか。好き勝手な妄想《もうそう》よ。本人たちの気持ちを全く考えない、ね。わたしたちがルームシェアして、上手《うま》くいくはずなんてないのに」

「そりゃそうだ」

そこは同意して、由美子《ゆみこ》はスプーンを口に運んだ。
ゼリーがするん、と喉《のど》の奥に消えるのを感じながら、由美子《ゆみこ》はふと考える。
夏休みの、一週間共同生活は驚《おどろ》くほどスムーズに進んだ。
大喧嘩《おおげんか》に発展し、途中《とちゅう》で断念することも危惧《きぐ》していたのに。
びっくりするほど穏《おだ》やかで、それでいて楽しい時間だった気がする。
もしルームシェアをしたら、案外上手《うま》くいくのかもしれない。
……まぁ、そんなこと。
絶対に口にはしないけど。
「まぁ。あなたのご飯は、毎日でも食べたいけれど」
千佳《ちか》はさらりと言って、ゼリーを食べ進めている。
彼女は彼女で、以前の生活を思い出しているのかもしれない。
由美子《ゆみこ》はそれに、言葉を返そうとして——。
「歌種《うたたね》さぁん……」
第三者の声ではっとする。
そちらを見ると、いつの間にかミントが起きていた。
「むわ。どったの、ミントちゃん」
千佳《ちか》と同じく目を覚ましたのだろうが、それにしては様子がおかしい。

目を瞑《つぶ》っていて、頭がフラフラ揺《ゆ》れている。

声も妙《みょう》にぼんやりしていて、まだ夢の中にいるようだった。

「お布団《ふとん》から抜《ぬ》け出《だ》して、何やってるんですかぁ……」

舌足らずにそう言い、こちらにフラフラ寄ってくる。

由美子《ゆみこ》が立ち上がると、ミントはそのまま抱《だ》き着《つ》いてきた。

腰《こし》に手を回し、きゅう～っと顔をうずめてくる。

「歌種《うたたね》さん～……、むう……」

「ええ、なにミントちゃん。急に甘えんぼさんじゃん」

顔をぐりぐりとしてくるミントは、普段《ふだん》の大人ぶる彼女とは似ても似つかない。

「……完全に寝惚《ねぼ》けているわね」

千佳《ちか》は若干《じゃっかん》気の毒そうに言う。由美子《ゆみこ》も同意見だった。

目を覚ましたときに、覚えていないことを祈《いの》るばかり。

ただ、今のミントはとても可愛《かわい》らしかった。

きゅうっと胸が高鳴っていると、ミントは意外にも力強く由美子《ゆみこ》を引っ張ってくる。

「歌種《うたたね》さぁん……、お布団《ふとん》に戻《もど》りましょう～……。夜は寝《ね》る時間ですよ……」

「あぁ、はいはい。わかったわかった。でもミントちゃん、歯磨《はみが》きさせて。あと……」

「んんんぅ～……」

聞いているのか、いないのか、彼女はぐずるような声を出す。

今度は逆に、抱《だ》き着《つ》いたまま動かなくなってしまった。

「……歯磨《はみが》きは寝《ね》かしつけてからでいいんじゃない。いっしょにお布団《ふとん》に行ってあげれば」

千佳《ちか》の助言に、それもそうか、と思い直す。

抱《だ》き着《つ》いてくるミントの頭を撫《な》でて、声を掛《か》けた。

「わかった、ミントちゃん。お布団《ふとん》いこっか。ね。……？　ねぇ……？　ちょっと？」

「んん～……」

なぜだか、顔をうずめたまま動かない。

これ、立ったまま寝《ね》てないだろうな……？

仕方がない。

抱《だ》っこして連れて行くか……、とミントの身体《からだ》を持ち上げる。

「んんんんん……ッ！　小学五年生、思ったよりおんも……っ！」

あまりにも子供っぽい態度と、身体《からだ》が小さいせいで油断した。

実際に抱《だ》っこしてみると想像以上にズシっと重く、負担が腰《こし》にズドンとくる。

すぐに降ろそうとしたが、ミントがぎゅうっと抱《だ》き着《つ》いてきてそれもできない。

ぷるぷる震《ふる》えながら、どうにか布団《ふとん》に向かうしかなかった。

「頑張《がんば》れ頑張《がんば》れ、やすみママ」

「渡辺《わたなべ》ぇ……！　他人事《ひとごと》だと思って……っ！」

無責任かつ感情のこもっていない応援《おうえん》に怒《いか》りの声を返すが、そちらを構う余裕《よゆう》もない。

するとミントが、千佳《ちか》に向かって手を伸《の》ばした。

「夕暮《ゆうぐれ》さんもぉ～……、いっしょにぃ～……」

「え。わたしも？」

千佳《ちか》は困惑《こんわく》しながら己《おのれ》の顔を指すが、ミントはぷらぷらと千佳《ちか》を手招きしている。

千佳《ちか》はなおも困った様子で、中途半端《ちゅうとはんぱ》な姿勢で固まっていた。

由美子《ゆみこ》は重いミントの身体《からだ》を支えながら、皮肉げに言う。

「ほら、呼ばれてるよ夕陽《ゆうひ》パパ」

「なんでわたしがパパなのよ……」

千佳《ちか》はため息をこぼして、今度こそ立ち上がる。

宙に浮《う》いたミントの手を千佳《ちか》が握《にぎ》ると、満足そうに握《にぎ》り返《かえ》したようだ。

そのまま、三人揃《そろ》って布団《ふとん》に戻《もど》っていく。

ミントがふたりを掴《つか》んで離《はな》さないせいで、妙《みょう》にくっついて寝転《ねころ》ぶことになった。

ふたりに挟《はさ》まれて身体《からだ》をきゅっとしているのに、ミントは満足そうに夢に戻《もど》っていく。

川の字というより、もはや大きな一本の線だ。

「ミントちゃん、こんな甘えんぼになるんだねぇ……」

彼女のさらさらした髪《かみ》を撫《な》でながら、由美子《ゆみこ》はぼんやりと言う。

千佳《ちか》もミントに目を向けたまま、小さく囁《ささや》いた。

「普段《ふだん》は、気を張っているのかもしれないわね……」

「…………」

そうかもしれない。

普段《ふだん》のミントなら、絶対こんなふうに甘えたりしない。

寝惚《ねぼ》けているから欲求を素直《すなお》に出しているだけで、普段《ふだん》は押し隠している。

その、隠《かく》さなければいけない状況《じょうきょう》、というのがどうしても気になった。

「ねぇ、渡辺《わたなべ》」

「なに」

「渡辺《わたなべ》が、双葉《ふたば》スミレに『声優を認めさせる』って言ったのは、だれのため？」

さっきから引《ひ》っ掛《か》かっていた違和感《いわかん》、その答えを得るために尋《たず》ねる。

由美子《ゆみこ》自身もよくわかっていない質問に、千佳《ちか》は眉《まゆ》を寄せた。

暗闇《くらやみ》の中でじっと由美子《ゆみこ》の目を見たあと、怪訝《けげん》そうに答える。

「それはもちろん、声優であるわたしのためでもあるけれど。ミントちゃんのためでもあるわ。同じ親に反対されている者同士、共感するものがあるから」

「うん……」

声優という仕事をバカにされて腹が立ち、双葉《ふたば》スミレをぎゃふんと言わせたい。

親に活動を反対された者同士、ミントとともに立ち向かいたい。

千佳《ちか》の持つ気持ちに、おかしなところはない。

もしも双葉《ふたば》スミレが自分たちに何の縁《えん》もない人物ならば、あんな侮辱《ぶじょく》は無視して終わり。

だが、双葉《ふたば》スミレはそうではない。

これからも仕事をともにする、声優。同僚《どうりょう》――、その、母親。

さっきまで、由美子《ゆみこ》だって「許せない！　絶対に訂正《ていせい》させる！」と奮起していた。

それは千佳《ちか》と同じく、声優である自分のためでもあるし、ミントのためでもある。

けれど。

今のミントを見ていると、どうにも引《ひ》っ掛《か》かるものがあった。

その引《ひ》っ掛《か》かる要因がわからない。

言葉にできないモヤモヤした何かが、由美子《ゆみこ》の中に巣くっていた。

やがてそのモヤモヤが、はっきりとした疑問を作り出す。

千佳《ちか》のように親に立ち向かい、見返すことが、本当にミントの望んだことなんだろうか？

すぅすぅと眠《ねむ》るミントの表情を見ていても、答えは出なかった。

「ゆ…………っ。………………」

「ゆ?」

「ゆ?」

「……ティアラ☆スターズ☆レディオー……。みなさん、ティアラーっす。今回パーソナリティを務める、和泉小鞠役、夕暮夕陽です」

「待て待て待て。あんなフェイント入ったのに、挨拶合うわけないでしょ。あ、みなさん、ティアラーっす。同じくパーソナリティを務める、海野レオン役、歌種やすみです」

「急に、『ゆ』って言い出すから何事かと思いました。みなさん、ティアラーっす! 今回パーソナリティを務めます、滝沢みみ役、双葉ミントです!」

「えー、この番組は『ティアラ☆スターズ』に関する様々な情報を皆さまに……」

「いやいや、普通に進行するんじゃないよ。え、なに? なんで最初に『ゆ』って言った?」

「……言ってないけれど。何のことか、全くわからないわ。進行に戻っていい?」

「あ! 夕暮さん、編集で何とかしてもらおうとしてる! インペイですよ、インペイ!」

「いや、本当なに? なんでいきなり、『ゆ』……。あ、わかった。ユウ、あんた『夕陽とやすみのコーコーセーラジオ!』の挨拶を言おうとしたんでしょ。『夕陽と』の『ゆ』だ」

「え!? 別番組じゃないですか……! 確かに歌種さんも、作家さんもコーコーセーラジオと同じかもしれないですけど! ミントのことは見えてなかったんですか……!?」

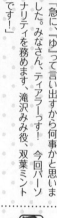

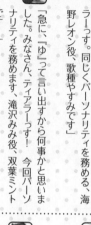

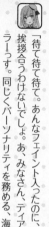

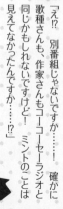

ティアラ☆スターズ☆レディオ！

「……あー、はいはいすみませんでした！　ちょっと考え事をしていたのかもしれないわね！　失礼しました！　話すこと多いんだから、この話題はこれで終わり！　閉廷！」

「ミントちゃん、これがかの有名な逆ギレだよ。こんな大人になっちゃダメだよ」

「最近はミントちゃん、このラジオの出演回数が多いわね！　先日終了した、『星屑が降る夜はいつだって』関連かしら！　御花さんもよく出演していたものね！」

「なんて強引な台本の戻り方……。あ、はい。御花さんとも、いっぱいおしゃべりしました！『星屑が降る夜はいつだって』はふたりを中心にしたストーリーでしたから！」

「めちゃくちゃ評判いいよね。レオンは出てないけど、感想見るだけで嬉しくなっちゃったな～。みみと亜衣がここまでガッツリ絡むことも少なかったしね。特にラストの……」

「あ！　ダメですよ、歌種さん！　ネタバレ厳禁です！　まだ読んでいない人もいるんですから！　めっ！　です！」

「ネタバレ警察が来たわね」

「イベント読んでないのに、ラジオ聴いてるほうが悪くない？」

「なかなかの過激派も来たわね」

「そうですよ！　なんてこと言うんですか！」

「まぁそれは冗談にしても。イベントから結構日数経ってるし、ネタバレ解禁なんじゃない？　どうなんだろ。あ、やっぱそうだって。感想メールも来てるから読むね――」

to be continued……

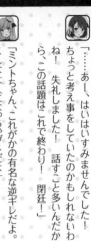

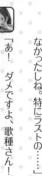

オッケーです、と調整室から声が掛《か》かり、由美子《ゆみこ》はイヤホンを外す。

第33回の『ティアラ☆スターズ☆レディオ』は由美子《ゆみこ》、千佳《ちか》、ミントの三人がパーソナリティを担《にな》っていた。

収録部分は問題なく、スムーズに進んでいたのだが……。

「お疲《つか》れ様《さま》でした」

立ち上がったミントはぺこりとお辞儀《じぎ》をしたあと、ブースからそっと出て行く。

ただでさえ小柄《こがら》な身体《からだ》が、さらに小さく見えた。声にも張りがない。

いつもの彼女なら、由美子《ゆみこ》たちに何かしら言ってきただろうに。

収録前もぼんやりしていたし、双葉《ふたば》スミレのことが尾《お》を引いているのは明白だった。

「ミントちゃん、やっぱり元気ないなぁ……」

由美子《ゆみこ》が思わず漏《も》らすと、朝加《あさか》がそれに反応する。

「ん～、確かにちょっと元気なかったね。収録中にそれを少しも感じさせないのは、さすがにプロだけど」

片付けをしながら、朝加《あさか》は答える。

元々『ティアラ☆スターズ☆レディオ』の放送作家は別の人がやっていたのだが、事情があって降りてしまったらしい。

作家は代わってしまったが、今のところ空気感に変化はない。

言ってはなんだが、朝加《あさか》相手だと由美子《ゆみこ》もやりやすかった。

そのせいか、つい普段《ふだん》の憎《にく》まれ口《ぐち》が出てきてしまう。

「ね、さすが芸歴長いだけあるよ。こっちの新人はぼうっとして挨拶間違《あいさつまちが》えたっていうのに」

千佳《ちか》をちらっと見ると、千佳《ちか》はすぐさま睨《にら》んできた。

「はいはい出た出た、お得意のマウントが出たわ。冒頭《ぼうとう》のミスをよくもまぁ後生大事に収録後まで覚えてるわね。収録中も指摘《してき》するのを楽しみにワクワクしてたんでしょう？　性格悪い」

「あんな印象的な失敗、忘れられるわけないでしょ。別番組の挨拶《あいさつ》言っちゃう、って。最悪あたしらだけならまだしも、ミントちゃんもいるのに間違《まちが》える？　ふつー」

「やかましいわね、ぴぃぴぃと……。大体、あなたに新人呼ばわりされる筋合いはないわ。何度も言っているけど、わたしは劇団に入っていたから芸歴は五年目なのよ、後輩《こうはい》」

「へーへー、五年目になってくると、挨拶《あいさつ》も間違《まちが》えるようになるんですねえ？」

「出たわ！　あなたのそういうところ、本当に嫌《きら》い！」

わぁわぁとした言い合いに発展してしまう。

ただ、千佳《ちか》が考え事をしていて挨拶《あいさつ》を間違《まちが》えたのは、ミントの件や自分の母親のことがあったから……、かもしれない。

だからこれ以上は、つつかないようにしておく。

「ミントちゃん、何かあったの？」

朝加《あさか》がさらりと尋《たず》ねてきた。

パーソナリティの異変に敏感《びんかん》だったり、こうしてフォローに回ろうとするのはさすがだが。

千佳《ちか》がこちらを一瞥《いちべつ》するのを感じながら、由美子《ゆみこ》は答える。

「まぁ……、ちょっと。いろいろとゴタゴタしてるみたいで」

彼女の事情を勝手にしゃべるわけにもいかず、ぼかして伝えた。

朝加《あさか》は察してくれたらしく、「あぁそうなんだ」とだけ返す。

それ以上は訊《き》いてこない朝加《あさか》に感謝しつつ、由美子《ゆみこ》のほうから尋《たず》ねる。

「ねぇ朝加《あさか》ちゃん。落ち込んでる子を元気づけるには、どうすればいいと思う？」

「えぇ？　それをやすみちゃんが訊《き》くの？　そういうのはむしろ、やすみちゃんの得意分野だと思うけど」

「そうなんだけどさぁ～……」

朝加《あさか》の言葉に、由美子《ゆみこ》は頭をぐりぐりとする。

ふっと息を吐《は》いて、背もたれに寄りかかった。

「普段《ふだん》のあたしだったら、甘い物食べに行こうよ～、とかって誘《さそ》うんだけど。ミントちゃんって寄り道せずに帰ってこい、って言われてるらしいんだよね。晩ご飯も食べなきゃだし、あんまりおやつを食べるのは許されてないみたい」

少し前に由美子《ゆみこ》は、ミントと仲良くなるためにお茶に誘《さそ》ったことがある。

そのときの返事は、先ほど言ったように「寄り道できない」「晩ご飯があるから」だった。

この条件は、なかなかに厳しい。

「土日に遊ぼうって声を掛《か》けても、こっちが気を遣《つか》ってるのがバレそうじゃん？　や、それがわかったうえで来てくれるタイプならいいんだけど……」

「まぁねぇ。ミントちゃんは、そういうの嫌《いや》がりそうだもんね」

朝加《あさか》のしみじみとした声に、由美子《ゆみこ》は頷《うなず》く。

変な気を遣《つか》わないでください！　なんて言われて、こじれるのも困る。

朝加《あさか》はうーんと唸《うな》ってから、ブースの外に目を向けた。

「わたしは事情を知らないから、見当違《けんとうちが》いのことを言っちゃうかもしれないけど……。理想的なのは、元気がなくなった原因を取り除いてあげることじゃない？」

「原因かぁ……」

それができたら話は早いが……、そう簡単な状況《じょうきょう》ではないから困っている。

由美子《ゆみこ》が唸《うな》っていると、黙《だま》っていた千佳《ちか》が鼻を鳴らした。

「わたしも、朝加《あさか》さんと同意見。一番は、その原因を取り除くことだと思うわ。そうすれば、彼女だって元気を取り戻《もど》すでしょう」

一番の原因。

それは、双葉《ふたば》スミレが声優を認めていないこと。

双葉《ふたば》スミレが声優とミントを認め、おかしなことを言ってごめんなさい、と謝れば、ミントの抱《かか》えていた問題はひとつ消える。

それが原因で元気がないのだから、立ち直ってくれるはずだ。

……と、由美子《ゆみこ》も思っていたけれど。

「それなんだけどさ、渡辺《わたなべ》。それって、本当にミントちゃんが望んでいることなのかな」

朝加《あさか》には悪いが、聞かれるとまずいので小声で囁《ささや》く。

千佳《ちか》はあからさまにむっとして、こちらに顔を近付けてきた。

「そこは疑うところじゃないでしょう。声優の自分を認めてもらうこと、それはミントちゃんが望んだことじゃない。なに、今さらそこに否定的になるのはおかしいわよ」

「いや、だってさ……。今のミントちゃんから、『そうしたい』とは聞いてないから。渡辺《わたなべ》がやろうとしてることと、ミントちゃんが求めていること。それが同じなのか、心配になってきたんだよ」

千佳《ちか》は『声優が俳優に勝《まさ》るとも劣《おと》らない職業であることを証明する』と宣言している。

ミントが進む声優の道は、軽《かろ》んじられるものでは決してない、と双葉《ふたば》スミレに突《つ》き付ける。

それで本当に、ミントは満足するのか？

彼女がその行為《こうい》を求めているのか？

それはミント自身の口から語られないと、由美子《ゆみこ》は踏《ふ》み出《だ》せないと思ったのだ。

なぜ、そう思ったかと言えば……、上手《うま》く言語化できない。

ミントの声優に対する姿勢やプロ意識を見ていれば、彼女が声優にプライドを持っていることは伝わる。母親に認められることを目標にもしていた。

だから、千佳《ちか》がそう主張するのはおかしくないし、由美子《ゆみこ》も途中《とちゅう》までは同じことを考えていたのだが……。

引《ひ》っ掛《か》かりを覚えるから、としか言えない。

そんな曖昧《あいまい》な理由を千佳《ちか》が許すはずもなく、共感もされなかった。

彼女は眉《まゆ》をつり上げ、こちらに指を差してくる。

「なら、このまま放っておけばいいってこと？　それで事態が好転するとでも？　随分《ずいぶん》と日和《ひより》見《み》が過ぎるじゃない。普段《ふだん》からあなたはもう少し落ち着いたほうがいいと思っていたけれど、突然《とつぜん》落ち着きすぎよ。縁側《えんがわ》でお茶をすすりたいなら、好きにすれば？」

ミントの事情から話が離《はな》れたせいか、彼女はいつもどおりの声量で煽《あお》ってきた。

かちん、と来て由美子《ゆみこ》も言い返す。

「こいつ……。あんたが元気になって嚙《か》みついてくるんじゃないよ。そうは言ってないでしょ。ただ、ミントちゃんから直接聞いてないのに、先走って行動するのはどうかって話」

「出たわ。あなたのそういうところ、本当に嫌《きら》い。普段《ふだん》は察しろだの空気を読めだの言うくせに、こんなときだけ言葉にしてないからどうのって言うの？　ダブスタも大概《たいがい》にして」

「あのねぇ――」

「ふふ」

ふたりでキャンキャン吠《ほ》え合っていると、なぜか朝加《あさか》がやわらかく笑っていた。

こちらは本気で言い争っているのに、外野がそんな顔をしていると気まずくもなる。

「……なに、朝加《あさか》ちゃん。なんでそんな顔で笑ってんの」

「や。子供の主体性を大事にしたいパパと教育ママの会話みたい、って思って」

「…………」

めちゃくちゃ嫌《いや》な言い方するな。

そんな言い回しをされると、こちらとしてもこれ以上口論を続けづらい。

朝加《あさか》なりの喧嘩《けんか》の止め方なんだろうが、あまりにも効果《こうか》覿面《てきめん》だった。

なにより、千《ち》佳《か》にダメージがいった。

「うちのお母さん、こんな言い方するわ……。ぇぇ……。こんなところも遺伝するの……？

本当に嫌《いや》なんだけれど……」

打ちひしがれて、ぐったりしてしまった。

これでこの話は打ち止めになったので、由美子《ゆみこ》は頭の後ろで手を組む。

「……まぁ。あたしは、ミントちゃんを元気にする方法を考えるとするよ」

千佳《ちか》は机に突《つ》っ伏《ぶ》していたが、「そうね」とだけ返してきた。

翌朝。

冷たい風に「さみぃ〜」と言いながら曇《くも》り空《ぞら》の通学路を歩き、どこか寒々しく感じる校舎の廊下《ろうか》を進む。

由美子《ゆみこ》がいつもどおり教室に入ると、嬉《うれ》しそうに駆《か》け寄《よ》ってくる女子生徒がいた。

親友の川岸若菜《かわぎしわかな》だ。

「ねぇ、由美子由美子《ゆみこゆみこ》〜。クリスマスにいっちょ遊ばない？　って話になってるんだけど、由美子《ゆみこ》もどうどうどう？」

ご機嫌《きげん》に笑いながら、そんな提案をしてくる。

寒いのに元気ねえ、と彼女の首に冷えた手を押し当てる。

きゃー！　と笑いながら、手を押しのけられた。

そんなじゃれ合いをしてから、由美子《ゆみこ》は肩《かた》を竦《すく》める。

「あたしら受験生よ？　クリスマスだからって浮《う》かれてどうすんの？」

「じゃあ由美子《ゆみこ》はパスでいいんだね？」

「行く行く。冗談《じょうだん》だって」

若菜《わかな》がいえ〜い、と手を出してきたので、意味もなくハイタッチする。

若菜《わかな》はにへらっ、と笑いながら、手をわきわきとさせた。

「まぁたまの息抜《いきぬ》きくらい、いいっしょ。むしろ一日休んだくらいでヤバくなる状況《じょうきょう》のほうがヤバい」

「そーね。あたしら、普段《ふだん》は真面目に勉強してるしね。真面目すぎるくらいよ」

罪悪感がないわけではなかったので、ふたりして言い訳を積み重ねる。

そうは言いつつも、由美子《ゆみこ》も若菜《わかな》も、模試では志望大学の合格圏内《けんない》。

ふたりは同じ大学・同じ学部に進学予定なので、お互《たが》い「よっぽどの慢心《まんしん》がなければ通るだろう」というのもわかっていた。

若菜《わかな》は、さっきまで話していただろう女子グループに目を向ける。

腕《うで》で大きな丸を作ると、彼女らは嬉《うれ》しそうに手を振《ふ》り返《かえ》してきた。

「ほかの子たちも、クリスマスくらい遊びたいよね！　って感じでさ。だって、高校最後のクリスマスだよ？　卒業したら、こんな当たり前みたいに集まることもないだろうし」

「あぁ……」

若菜《わかな》の言葉に、気の抜《ぬ》けた声を出してしまう。

今は十二月。

自分たちは三月には高校を卒業するし、二月には自由登校になってしまう。

夢中になって走り抜《はしぬ》けている間に、高校生活はゴールが見え始めていた。

それを考えると異常に落ち着かなくなり、みんなが入試を目前にして「遊ぼう！」と言い出した気持ちもわかってしまう。

大学が同じの由美子《ゆみこ》と若菜《わかな》はともかく、卒業すればなかなか会うこともなくなる。

それは――、千佳《ちか》も同じだ。

「…………」

つい、千佳《ちか》を見てしまう。

彼女はいつものように、自分の席でスマホをイジっていた。

あんなふうに教室にひとりでいる姿もそろそろ見納めだし、同じ空間で過ごすことももうない。進学先だって聞けずじまい。

それがどうしようもなく、切なさを運んできた。

しんみりしている由美子《ゆみこ》には気付かず、若菜《わかな》は女子グループを見ながら口を開く。

「普段《ふだん》から遊んでばっかなのはアレだけどさ。でも、今はなかなか休むのも難しいし。こういう口実があるときくらい、ちゃんと息抜《いきぬ》きしなきゃね～」

休息は必要なのに、息抜《いきぬ》きしづらい状況《じょうきょう》であることも事実。

理由もなく遊ぶのは抵抗《ていこう》があるし、「せっかくのクリスマスだし！」と理由付けして一休みするくらいは許してほしい。

理由は大事。

そこではっとする。思わず、若菜《わかな》の手を取った。

「それだ！　若菜、それだよ！　集まる理由！」

突然《とつぜん》、興奮気味に声を上げた由美子《ゆみこ》に、若菜《わかな》は困惑《こんわく》した目を向ける。

「え、なにどしたん、由美子《ゆみこ》。理由って？」

「や、こっちの話！　それで若菜《わかな》、集まるのはイブ？　クリスマス？　どっち？」

「イブだけど……」

「おっけ、イブは空けとく！」

目を丸くしている若菜《わかな》から手を放し、由美子《ゆみこ》は視線を千佳《ちか》に戻《もど》す。

彼女の元へ駆《か》け寄《よ》り、パっとスマホを取り上げた。

千佳《ちか》はぎろりとこちらを睨《にら》みつけ、「なに」と剣呑《けんのん》な声を出す。

おぉこわ。

相変わらず目つきが悪い。

しかし、そんな目には慣れっこの由美子《ゆみこ》は、構わず話を進めた。

「渡辺《わたなべ》！　クリスマスパーティ、しよう！」

「はあ？」

千佳《ちか》は予想に違《たが》わず、胡散《うさん》くさそうな顔になった。

嫌《いや》そうに教室の中を見回す。

「なに？　また去年みたいに付き合えって？　あのときに言ったでしょう、こういうのはもういいって。それとも、懲《こ》りずにまだパーティは素晴《すば》らしいっていう幻想《げんそう》に囚《とら》われてるの？　幻《げん》覚《かく》を見るのは勝手だけど、自分たちだけで見てくれないかしら。人を巻き込まないで頂戴《ちょうだい》」

「あぁもううるさいうるさい、張り切るんじゃないよ」

やかましい憎《にく》まれ口《ぐち》を流し、千佳《ちか》の耳元に顔を寄せる。

「ミントちゃんのことだって。元気づけたいって話はしたでしょ。どうすればミントちゃんが来やすいかなって考えてたんだけど――、クリスマスに誘《さそ》うのは、どう？」

千佳《ちか》は一旦《いったん》顔を離《はな》し、何かを言いかけて考え込む。

「……なるほどね。理由付けをすれば、彼女も来やすいってことね。いいんじゃない」

「そういうこと。で、渡辺《わたなべ》は？　予定ないなら渡辺《わたなべ》も来なよ」

ぼそぼそと耳元で話していたが、千佳《ちか》はそこで怪訝《けげん》そうな表情を浮《う》かべる。

「それ、わたしが行く必要ある？　理由付けならクリスマスだけで十分じゃない」

「『クリスマスにみんなで集まる』から意味があるんでしょ。ティアラのほかの人も誘《さそ》ってみるよ。こういうのは人数が多いほうが楽しいんだから」

彼女の嫌《きら》いな言葉の数々に、千佳《ちか》は見るからに不機嫌《ふきげん》になる。

それでも、ミントのことを考えれば一理あると思ったらしい。

はあ……、と大きなため息を吐《つ》いてから、由美子《ゆみこ》の手からスマホを回収する。

「……クリスマスね。イブじゃなくて、二十五日のほう。空けておくわ」

よし、と由美子《ゆみこ》は頷《うなず》く。

あとはミントに予定を聞いて、彼女がＯＫだったら本格的にティアラのメンバーに声を掛《か》けよう……、と考えていると。

肩《かた》を叩《たた》かれる。

振《ふ》り返《かえ》ると、そこにはなぜかクラスメイトたちが興味深そうに集まっていた。

その中には若菜《わかな》もおり、物欲《ものほ》しそうな目をしている。

「由美子《ゆみこ》と渡辺《わたなべ》ちゃん、クリスマスにパーティするの？」

「わたしたちも、いっしょしちゃダメ？」

「わたしも渡辺《わたなべ》さんとクリスマス過ごしたいよ〜」

あ、やば、と由美子《ゆみこ》は焦《あせ》る。

ぼそぼそと内緒話《ないしょばなし》をしていたつもりだったが、その前にしっかりと「渡辺《わたなべ》！　クリスマスパーティ、しよう！」と周りに聞こえる声で言ってしまった。

自分で言うのもなんだが、由美子《ゆみこ》はとてもモテる。

そのうえ、千佳《ちか》は千佳《ちか》で文化祭での演劇が尾《お》を引いているらしく、隙《すき》あらば距離《きょり》を縮めたいと思っている子たちがいた。

慌《あわ》てて、由美子《ゆみこ》は手を振《ふ》る。

「や、ごめん。これはそういうのじゃなくて。なんていうか……」

仕事、みたいなもの。

そう続けようとすると、クラスメイトは一様に納得《なっとく》した顔で「あ～」と声を上げた。

「渡辺《わたなべ》ちゃんと、ふたりで行きたい感じ？」

「は？」

予想外な誤解をされて、素で低い声が出てしまう。

千佳《ちか》も「は？」という顔をしていた。

彼女らはそれに気付かず、しょうがないか～、と口を揃《そろ》える。

「ふたりで行きたいなら邪魔《じゃま》できんな～」「そういえば去年も、ふたりで抜《ぬ》け出《だ》してたし」「あ、あたしもSNSでそれ見た」「あれびっくりした」「残念だけど、そう言われちゃあな～」

……おかしな誤解をされている。

そのあと、由美子《ゆみこ》が必死で「仕事関係で集まるから」と説明し、何とかわかってもらえた。

代償《だいしょう》として千佳《ちか》はクラスのクリスマスパーティにも参加することになり、本気で嫌《いや》そうにしていたけれど、まぁこれは些細《ささい》なことだろう。

翌日。

由美子《ゆみこ》と千佳《ちか》は、ミントが通う小学校の近くにやってきた。

下校時間と重なったようで、ランドセルを背負った小学生が校門からわんさか出てくる。

由美子《ゆみこ》たちは邪魔《じゃま》にならないよう、少し離《はな》れた場所で待機していた。

ミントには連絡《れんらく》してあるので問題ないはずだが、千佳《ちか》は居心地《いごこち》が悪そうだ。

時折、身じろぎをしている。

「まさか、わたしたちが出待ちする側になるとはね……」

「嫌《いや》な言い方すんなよ……。単に、待ち合わせしてるだけなんだから」

「周りはそう判断してくれるかしら。不審者《ふしんしゃ》として通報されないか、それだけが心配だわ」

「ない……、とは言い切れないけどさぁ……」

げんなりしてしまう。

実際、この状況《じょうきょう》はまぁまぁ気まずかった。

けれど幸いなことに、ミントはすぐに姿を現す。

「お、ミントちゃんだ」

校門に向かって歩く、ミントが見えた。

ランドセルを背負っていて、大人しそうな女の子といっしょだ。

さらにミントの周りには男子がふたり、ちょこまかとうろついていた。

ミントは小学五年生にしては背が低いが、その男子たちもかなり小さい。

高い声で何かを言っているのが、ここまで聞こえてきた。

「山本《やまもと》さぁ、いつになったら『YAMATO』とか『忍《しのび》の太刀《たち》』に出るんだよ！　お前、声優なんだろ！　早く出させてもらえよ！」

「自慢《じまん》させてくれよ〜。そんで、アフレコ？　に俺ら連れてけよ。作者のサインとかもらえるんだろ？　俺、ヤマト描《か》いてもらいたいな〜」

何やら騒《さわ》がしい男子たちに、ミントは冷ややかな目を向けている。

隣《となり》の女の子はあわあわと、「や、やめなよぉ……」と口を動かしているように見えた。

それでも、男子は囃《はや》すのをやめない。

自分たちも身バレをしてから、同級生からデリカシーのない言葉を受けることはあったが、ここまでではなかった。

子供だから、と言ったらそれまでだが、深いため息は出る。

「ミントちゃんって、あぁ見えて大人だったのね」

千佳《ちか》は小さく呟《つぶや》く。由美子《ゆみこ》も静かに頷《うなず》いた。

彼らの言う『YAMATO』や『忍《しのび》の太刀《たち》』は少年誌に掲載《けいさい》されている超人気漫画《ちょうにんきまんが》で、アニメも長年続いている。『YAMATO』の主人公役は大野麻里《おおのまり》で、周りもベテランばかり。

その辺の声優が、簡単に出られるような作品ではない。

そんなことはミントが幾度《いくど》となく説明しただろうから、あの冷ややかな目なわけだ。それでも、彼らは懲《こ》りずに言い続けてくる……、といったところか。

彼女たちが校門をくぐったので、由美子《ゆみこ》は千佳《ちか》の肩《かた》をぽんと叩《たた》く。

考えがあった。

「ここはひとつ、ミント先輩《せんぱい》を立ててこようかな」

「なに……。あまり恥《は》ずかしいことはしないでよ」

呆《あき》れた声を出すものの、千佳《ちか》は黙《だま》ってついてくる。

ミントのそばまで小走りで寄っていくと、ミントが「あ」と気付いた。

ほかの三人も、由美子《ゆみこ》たちを見る。

その瞬間《しゅんかん》、由美子《ゆみこ》はミントに向かって九十度のお辞儀《じぎ》をした。

「ミント先輩《せんぱい》、お疲《つか》れ様《さま》です！」

その姿に、ほかの三人が目を丸くする。

高校生のお姉さんがこんな慇懃《いんぎん》な態度を取るのだから、驚《おどろ》くのも無理はない。

一方、由美子《ゆみこ》の思惑《おもわく》に気付いたミントだけが、嫌《いや》そうに口を曲げていた。

千佳《ちか》からもうんざりした視線で突《つ》き刺《さ》されるが、気にしない。

由美子《ゆみこ》はほかの子たちに目を向け、キビキビした声を上げた。

「ミント先輩《せんぱい》のご友人ですか！　いつもミント先輩《せんぱい》にはお世話になっています！　押忍《おす》！」

由美子《ゆみこ》は膝《ひざ》に手を突《つ》き、頭を深々と下げた。

自分でもやりすぎだろ、と笑いそうになるが、彼らには効いたらしい。

彼らは口をパクパクさせてミントを見るが、ミント自身は渋《しぶ》い顔をしている。

単に辟易《へきえき》しているだけだと思うが、その態度は三人に「いつもこんな感じなんだ！」と誤解させるには十分だった。

由美子《ゆみこ》は話を続けながら、千佳《ちか》のそばに寄っていく。

「ミント先輩《せんぱい》のご友人なので、誤解だと思うのですが……。先ほど、ミント先輩《せんぱい》に失礼なことを言ってませんでした？　もしそうなら……」

由美子《ゆみこ》は千佳《ちか》の後ろに回り、彼女の前髪《まえがみ》を勝手にかき上げた。

当然、千佳《ちか》はこちらをぎろりと睨《にら》んでくる。

目つきの悪さを存分に見せつけながら、由美子《ゆみこ》は声のトーンを落とした。

「――どうなるか、わかっていますね？」

「「「ひっ……！」」」

三人の喉《のど》の奥から、悲鳴を押し殺した音が聞こえた。

高校生男子でも容易にビビらせる千佳《ちか》の眼光だ、小学生が耐《た》えられるはずがない。

男子ふたりは青い顔をして、バタバタと逃《に》げていった。

大人しそうな女子は震《ふる》えながらミントの陰《かげ》に隠《かく》れている。

すぐさま千佳《ちか》がこちらの手を振《ふ》り払《はら》い、ついでに肩《かた》をぱしんと叩《たた》いてくるので、「わははは」

と笑う。すると、追加でもう一発。

ミントはため息を吐《つ》いてから、面倒《めんどう》そうにこちらを見た。

「歌種《うたたね》さん、変な気は回さないでください。それに、大人げないですよ」

「いいのいいの、子供にはあれくらいで」

由美子《ゆみこ》は明るく笑い、千佳《ちか》は黙《だま》ってかぶりを振《ふ》る。

それで空気が変わったことに気付いたらしく、ミントの陰《かげ》に隠《かく》れた女子はぼそぼそとミントと話し始めた。

いくつか言葉を交《か》わしてから、手を振《ふ》って別れていく。

ミントはやさしい顔で手を振《ふ》り返《かえ》したあと、こちらを見上げた。

「それで？　何の御用《ごよう》なんですか。わざわざ学校にまで会いにくるなんて」

気が乗らない様子で対応するミントだったが、その声は若干《じやっかん》弾《はず》み始めている。

微笑《ほほえ》ましさを感じつつ、由美子《ゆみこ》は本題に入った。

「遊びのお誘《さそ》いだよ。ミントちゃん、クリスマスって空いてる？　ティアラの人たちで集まりたいな、って話をユウとしててさ。ミントちゃんも、よかったらどうかなって」

そう誘《さそ》いをかけてみると、ミントの目が瞬時《しゅんじ》に輝《かがや》いた。

「クリスマス……!?」と口を突《つ》いて出たくらいだ。

けれどすぐに、彼女はわざとらしい咳払《せきばら》いを始める。

「ま、まぁ？　みなさんが集まるなら、参加してもいいですよ。わたしは先輩《せんぱい》ですからね」

「………………」

あまりにも早い返事に、由美子《ゆみこ》はむしろ言葉に詰《つ》まる。

その理由を口にするかどうか迷っていると、千佳《ちか》がストレートに尋《たず》ねた。

「お家《うち》は大丈夫《だいじょうぶ》？　予定があるのなら、無理してこちらを優先させなくていいのよ。別に、わたしたちはいつでも集まれるのだし」

そう、家の話だ。

由美子《ゆみこ》の家も、当日ではなくても母とクリスマスパーティをする。

小学生時代は母も無理して休みを取り、祖母と三人で当日にパーティを行っていた。

ミントくらいの歳《とし》の子なら、家族でクリスマスを過ごすのではないか。

そうあってほしかったのかもしれない。

そんな願いは虚《むな》しく、ミントはごく自然に答えてしまう。

「うちはそういうのないですから。プレゼントは言えばもらえますけど。母はたぶん仕事でしょうし、一言伝えておけば問題ないですよ」

ミントの受け答えに、悲哀《ひあい》の色はない。

ただただごく自然に、「うちにはそういうのはない」と言っていた。

そこに寂《さび》しさを覚えてしまったけれど。

そういうことなら、由美子《ゆみこ》たちがいっしょに楽しめばいいだけの話だ。

「よし、ミントちゃん！　どこ行きたい？　ミントちゃんが行きたい場所を選んでいいよ」

「え、わたしが決めていいんですか？」

ミントは戸惑《とまど》いながら、由美子《ゆみこ》と千佳《ちか》を交互《こうご》に見やる。

ふたりが頷《うなず》くと、揺《ゆ》れる瞳《ひとみ》を地面に向けた。

難しい顔をして、そのまま黙《だま》り込《こ》む。一生懸命《いっしょうけんめい》、考えているらしい。

しばらくしてから、ぽつりと「プール……！」と声を漏《も》らした。

「え？」

あまりに意外すぎる場所に、由美子《ゆみこ》と千佳《ちか》も瞬時《しゅんじ》に反応できない。

聞《き》き間違《まちが》いではないことを主張するように、ミントは明るい声で手を挙げた。

「プールに行きたいです！　夏休みはティアラのレッスンで、小学校のプール開放にほとんど行けませんでしたし……、まだまだ泳ぎ足りないんです！」

「な、なるほど……。クリスマスに……、プールかぁ……」

由美子《ゆみこ》はつい、曇《くも》り空《ぞら》を見上げる。

髪《かみ》を揺《ゆ》らす風はなんとも冷たく、ミントを待っている間も「さむ～」と足をバタバタしていたくらいだ。特に由美子《ゆみこ》は真冬でもミニスカートなので、より寒い。

今も凍《こご》えているくらいなのに、プールと言われてもピンとこなかった。

ミントが学校のプールに行くくらい、泳ぐのが好きなのは伝わったけれど。

「まぁ……。温水プール施設《しせつ》はあるでしょうけど……」

千佳《ちか》が気まずそうに呟《つぶや》く。

泳げる場所がないわけではないし、由美子《ゆみこ》だってそういった施設《しせつ》は行ったことがある。

しかし、わざわざ真冬、しかもクリスマスに泳ぎに行くのはどうだろう……？

ふたりの反応が芳《かんば》しくないことを察したのか、ミントはきゅっと拳《こぶし》を握《にぎ》った。

「べ、別にどうしても行きたいってわけじゃないです！　訊《き》かれたから答えただけです」

ミントはつん、と鼻を持ち上げる。

怒《おこ》ったようにほっぺたを膨《ふく》らませていたが、すぐに虚勢《きよせい》はしぼんだ。

しゅるしゅると元気が失われていき、独り言のように囁《ささや》く。

「でも、おっきなプールって羨《うらや》ましくて……。そういうところって、子供だけじゃ行けないし……。お母ちゃんには……、言えなかったから……」

それは本当に独り言だったんだろう。

プールは、小学生が保護者なしで行く場所ではない。

かといって、ミントと双葉《ふたば》スミレが仲良くプールに行く姿も想像できなかった。

ほかの子の土産話《みやげばなし》を聞くばかりで、「行きたい」と言うことすら諦《あきら》めてきたのだろうか。

「……わかった。ミントちゃん、プール行こう！」

「！　……い、いいんですか？」

ミントの目が、なりふり構わず輝《かがや》きだす。

ここまで彼女が行きたい、と主張しているのだ。むしろ、行かない理由がない。

千佳《ちか》が大丈夫《だいじょうぶ》なの？　という視線を向けてくるが、問題なかった。

遊ぶことに関して、ギャルの、佐藤由美子《さとうゆみこ》の右に出る者はいないのだ。

『クリスマスはプールに遊びに行って、夜はパーティしない？』というお誘《さそ》いは、由美子《ゆみこ》の手によってティアラのメンバーに届けられた。

桜並木乙女《さくらなみきおとめ》は、「行く行く！　楽しいクリスマスになりそうだね！」とふたつ返事。

高橋結衣《たかはしゆい》は、「高橋《たかはし》プール大好きです！　夕陽《ゆうひ》先輩《せんぱい》の水着も楽しみです！」と嬉《うれ》しそうに。

御花飾莉《おはなかざり》は、「その日もイブもバイト〜。年末は稼《かせ》ぎ時《どき》だから〜」とのこと。

羽衣纏《はごろもまとい》は、「すみません、クリスマスは理央《りお》と過ごすと約束してしまって……」という何ともお姉ちゃんらしい返答。

「それなら、理央《りお》ちゃんもいっしょに来るのはどうですか？」と聞いてみると、「はーい、行きまーす！　ありがとうございます！」と理央《りお》から返事が来た。

さて。

ここまでは特に問題はない。

だが、こういった集まりを拒《こば》む人物がまだ残っている。

その人を待ち受け、由美子《ゆみこ》と千佳《ちか》はスタジオの外に待機していた。

またも出待ちスタイルだが、今回はミントと違《ちが》ってあらかじめ連絡《れんらく》はしていない。

なぜなら、連絡《れんらく》したら絶対逃《に》げられるから。

「いよいよ、本格的な出待ちだな……」

「警備員さんに見つかったら、まずいことになるかもね」

洒落《しゃれ》にならん。

さらっと背筋が寒くなることを言う千佳《ちか》に、由美子《ゆみこ》は苦笑いをする。

幸い、そこまで待つことなく、その人はスタジオから出てきてくれた。

真っ白なファーブルゾンに、ベージュのロングスカートという格好で、何とも愛らしい。

彼女の小さな身体《からだ》にとても似合っているが、ふっくら持ち上がる胸が大人っぽさと色気を感じさせる。マスクを着けていたが、彼女の可愛《かわい》さは隠《かく》し切《き》れていなかった。

無表情でとぼとぼ歩いていたが、由美子《ゆみこ》たちを視界に入れると「げっ」という顔をする。

「やっほー、めくるちゃん」

「…………」

由美子《ゆみこ》が愛想《あいそ》よく手を振《ふ》り、千佳《ちか》が小さく会釈《えしゃく》しても、物凄《ものすご》く嫌《いや》そうに固まっている。

ブルークラウン所属、柚日咲《ゆびさき》めくるだ。

彼女はマスクを外しながら、困惑《こんわく》に染まった顔でふたりを見た。

「……なに、あんたら。今から収録？」

「いんや。めくるちゃんを待ってたんだよ。〝くるメリ〟の収録だったんでしょ？」

由美子《ゆみこ》の問いに、めくるは訝《いぶか》しげな顔になる。

一歩後ずさりながら、警戒《けいかい》した声を出した。

「……なんで知ってんの。本当に怖《こわ》いんだけど」

「成瀬《なるせ》さんに聞きました。収録の曜日と時間を」

「あの人は……。なんで一番教えちゃいけない奴《やつ》らに教えるの……。こんな悪ガキどもに……。泥棒《どろぼう》に合鍵渡《あいかぎわた》すようなものじゃん……」

めくるは顔を覆《おお》い、脱力《だつりょく》しながら頭を振《ふ》る。

なんてこと言うんだ。

「で、なに？　わざわざ出待ちまでして。何が目的なの？　脅迫《きょうはく》？」

めくるはじろじろとこちらを見ながら、治安の悪い言葉を持ち出す。

由美子《ゆみこ》は苦笑《くしょう》しながら、待っていた理由を明かした。

「いや実はさ、クリスマスに遊ぼうって話になってんの。ティアラのみんなでね。だから、めくるちゃんと花火《はなび》さんもどうかなって。人数が多いほうが楽しいじゃん？」

めくるの眉《まゆ》がぴくりと動く。

明らかに呆《あき》れた様子で、怪訝《けげん》な表情を濃《こ》くした。

「……あのさ。いい加減、あんたらも学習してるでしょ。それに、わたしが行くと思う？」

「思いません」

「でしょうよ。わかってるのに、わざわざ誘《さそ》いに来たの？　断られるとわかってるのに誘《さそ》い続けるなんて、聖女……、桜並木《さくらなみき》さんじゃあるまいし」

乙女《おとめ》のことを聖女と呼びかけたことはスルーしつつ、由美子《ゆみこ》はわかりきった返事に頷《うなず》く。

柚日咲《ゆびさき》めくるは、プライベートで声優と関わりを原則持たない。例外は夜《よ》祭花火《まつりはなび》だけ。

そんなことは百も承知。このやりとりも何度も行ってきた。

さすがに、何の手土産《てみやげ》もなしに来るわけがない。

そのことに気付き、めくるははっとした。

顔に恐怖《きょうふ》を滲《にじ》ませて、泣きそうな声を出す。

「あ、あんたらまた脅《おど》しに来たの……⁉　本当に脅迫《きょうはく》⁉　だから、わざわざふたりで来たわけ……⁉　やめてよ、本当に！　あんたらに本気で脅《おど》されたら、どうしようもないのは知ってるでしょ⁉　もうわたしにできることは、良心に訴《うった》えかけることくらいなんだけど……⁉」

もう一歩後ずさり、彼女は口元を覆《おお》い隠《かく》す。

くわっと目を見開き、悲壮感漂《ひそうかんただよ》う声で訴《うった》えた。

「こんな、こんなふうに年上の限界オタクをからかって楽しい⁉　尊厳を破壊《はかい》して、みっともない姿を晒《さら》させて！　ねぇ、楽しい⁉」

「楽しいです」

さらりと答える千佳《ちか》の頭を、ぺちんとはたく。

何か言いたげにこちらを睨《にら》んできたが、無視。千佳《ちか》にしゃべらせるとろくなことがない。

由美子《ゆみこ》は安心させるように、できるだけやわらかい笑顔《えがお》を作った。

「まぁまぁ、めくるちゃん。あたしもね、無理にとは言わないよ。あくまでお誘《さそ》い。あたしはめくるちゃんたちにも来てほしいけど、お願いはしない。めくるちゃんが決めて」

「…………………」

由美子《ゆみこ》の言葉に、めくるは落ち着きを取《と》り戻《もど》したようだ。

警戒《けいかい》は解かれていないが、話は聞いてくれるらしい。

由美子《ゆみこ》は指折り数えながら、めくるを陥落《かんらく》させるための材料を持ち出す。

「まず、集まるメンバーね。あたし、ユウ、ミントちゃん、結衣《ゆい》ちゃん、纏《まとい》さんと、妹の理央《りお》ちゃん。それと、乙女《おとめ》姉さん」

「………っ」

めくるの目が見開かれる。

すっごい豪華《ごうか》！　と表情が物語っていた。

これがイベントの参加メンバーならめくるは手放しで喜んだだろうが、あくまでプライベート。すぐに瞳《ひとみ》の熱は失われる。

それを見た千佳《ちか》は、白々しく合いの手を入れた。

「それで、やす。その豪華《ごうか》な豪華《ごうか》なメンバーで、一体どこに行くのかしら」

由美子《ゆみこ》はもったいぶって大きく頷《うなず》いてから、手をパっと広げた。

「聞いて驚《おどろ》け、なんと～、行き先はプールで～す」

「あぁ？　プール？　……プ、プール⁉」

めくるは理想的な二度見をして、唖然《あぜん》とした表情を浮《う》かべた。

わなわなと唇《くちびる》が震《ふる》え始めるめくるを見ながら、千佳《ちか》は続きを口にする。

「ミントちゃんが、プールに行きたいと言っていまして。温水の室内プール施設《しせつ》があるので、そこに行くことになりました。全員、それは了承済《りょうしょうず》みです」

「つまり、今挙げたメンバーは全員水着を着るってわけですな。どう、めくるちゃん。やすやす、夕姫《ゆうひめ》、なによりさくちゃんの水着姿が目の前で拝めるんだよ？　こんなチャンス、棒に振《ふ》っていいの？」

これが由美子《ゆみこ》たちの交渉《こうしょう》材料。

めくるが自主的に来たがる要素だ。

その希少性にめくるは喰《く》いつくだろう、と思って、情報を晒《さら》したわけだが。

めくるは、呆然《ぼうぜん》としたまま固まっていた。

何も反応がないことに不安になり、千佳《ちか》を見る。

千佳《ちか》は口パクで、「気絶？」と伝えてきたが、さすがにそれはないと思いたい。

「……えーと、めくるちゃん？　で、どう……？」

自信満々に宣言したのに、スベったみたいな空気になってしまった。

おそるおそる、硬直《こうちょく》したままのめくるに声を掛《か》ける。

するとめくるは、スゥーっと涙《なみだ》を流し始めた。

「…………⁉」

「え、なに、な、なんで泣く……⁉」

唐突《とうとつ》すぎる落涙《らくるい》に、由美子《ゆみこ》も千佳《ちか》も狼狽《ろうばい》する。

その疑問に答えることなく、彼女はその場にしゃがみこんでしまった。

腕《うで》で顔を覆《おお》いながら、うわあああああん、と涙声《なみだごえ》で訴《うった》える。

「な、なんで、なんでそんな、ひどいことができるんだよぉ〜〜〜〜〜、人の心が、なあいい〜〜〜〜〜〜」

「な、なんで⁉　なんでそんな反応になんの……⁉」

顔を伏《ふ》せて号泣《ごうきゅう》を始めためくるに、由美子《ゆみこ》は困惑《こんわく》するしかない。

慌《あわ》てて彼女に駆《か》け寄《よ》りながら、改めて説明をする。

「えと、ええと、めくるちゃん。別に行きたくないなら、行かなくていいんだよ……？　めくるちゃんの自由意志だから……。だからそんな、変に思《おも》い詰《つ》めなくても……」

「い、行かなかったら絶対後悔《こうかい》するぅ……！　だって、だって水着見たいもの……！　でも、そんなの柚日咲《ゆびさき》めくるとして絶対行くわけにはいかない……、柚日咲《ゆびさき》めくるを保てる自信がないィ……！　なんで、なんでわたしを壊《こわ》そうとするの？　しかもこんな、的確に……！」

くぐもった声でそう訴《うった》えるめくるに、由美子《ゆみこ》は何もできなくなる。

よかれと思ってめくるに選択《せんたく》を委ねたのに、結果的に彼女を壊《こわ》してしまった……。

立《た》ち尽《つ》くす由美子《ゆみこ》に、もういろいろ諦《あきら》めた千佳《ちか》が無責任な声を投げてくる。

「あーあ、泣かした」

「うっさいな……、あんたも共犯でしょうが……」

そうは言いつつも、この提案をしたのは自分なので後ろめたい。

しかし、そういった感傷に付き合う気のない千佳《ちか》は、そっけなく告げた。

「難しいことは考えずに、後悔《こうかい》するくらいなら行けばいいんじゃないんですか。夜祭《よまつり》さんとやすがいるんだから、きっとフォローしてくれるでしょうし」

「あんたは本当に無責任な……」

文句を言いたくなるが、確かに千佳《ちか》の言うとおりでもある。

めくるにも響《ひび》いたのか、号泣《ごうきゅう》が一旦《いったん》止まった。

それでもひっく、ひっく、と嗚咽《おえつ》を漏《も》らしていたが、力なく答える。

「三日……、ちょうだい……」

そしてそれから、きっかり三日後。

由美子《ゆみこ》のスマホにバカ丁寧《ていねい》な、「藤井《ふじい》です」から始まる返事が届いたのだった。

◆

千佳《ちか》は自室で受験勉強に励《はげ》んでいた。

大学入試はいよいよ目の前に迫《せま》っている。

とはいえ、千佳《ちか》はずっと成績を維持《いじ》しているし、大学受験にもしっかり備えてきた。殊更慌《ことさらあわ》てることはない。今も習慣でやっているだけだ。

ただ、集中しているうちに深夜になっていた。

そろそろ切り上げるか……、とペンを置くと、同時にお腹《なか》がきゅるる、と鳴る。

「……お腹《なか》すいた」

深夜に空腹を覚えるなんて、いつぶりだろう。

しょっちゅう由美子《ゆみこ》の料理を食べているうちに、胃が大きくなったのかもしれない。毎回食べすぎてしまうからだ。

普段《ふだん》の千佳《ちか》なら、空腹なんて無視してさっさと寝《ね》ていた。

けれどそこで、由美子《ゆみこ》とゼリーを食べた光景が脳裏《のうり》をよぎる。

深夜に間食をするというスパイス、あれはなかなかに強烈《きょうれつ》だった。

「……何か、ないかしら」

フラフラと自室を出て、キッチンに向かう。

罪悪感の材料はないだろうか、とキッチンをごそごそ漁《あさ》った。

めぼしいものを見つける前に、間が悪く廊下《ろうか》から足音が聞こえてくる。

母だ。きっとトイレだろう。

まぁキッチンには来ないだろうし、と高をくくっていたが、予想に反して母はやってきた。

「……千佳《ちか》。何をしているの」

「……勉強していたら、お腹《なか》がすいたから。夜食でも食べようと思って。何かある？」

訝《いぶか》しげにしている母に、説明がてら尋《たず》ねてみる。

キッチンには自炊《じすい》にハマっていたときに購入《こうにゅう》した、カップ麺《めん》や冷凍《れいとう》食品が残っていた。

でも、なんとなくそんな気分ではない。

だから母に何かないか、と尋《たず》ねてみたのだが、彼女の表情は釈然《しゃくぜん》としないまま。

そのうえ、なぜか「座ってなさい」と言われてしまった。

「…………」

意図は読めないが、千佳《ちか》は椅子《いす》に腰掛《こしか》ける。

母は冷蔵庫を開き、なにやら作業を始めた。

スマホを部屋に置いてきたので特にすることもなく、その背中を見つめる。

そうしていると、以前の出来事が頭に浮《う》かんだ。

『――それが、親の言うことですか』

母が、双葉《ふたば》スミレに立ちはだかったときのことだ。

その姿を見て、千佳《ちか》はあることを実感していた。

今まで、ミントの境遇《きょうぐう》と自分の境遇《きょうぐう》は似ていると思っていた。

しかし、双葉《ふたば》スミレと母は似ているようで、全く違《ちが》う。

母は声優に理解がないようで、その実、きちんと見ていたと思う。

いやまぁ一年前に、『声優をやめさせろ』と事務所に乗り込んだのはやりすぎだろと今でも思うし、はらわたが煮《に》えくりかえるが、千佳《ちか》の身が危なかったのもまた事実。

あれも結局、千佳《ちか》を心配しての行動だった。

それまではぶつぶつと文句を言いつつも、声優をやらせてはくれた。

言い方とか態度とか、いろいろ言いたいことはあるけれど……。

それは千佳《ちか》も大概《たいがい》なので、とやかく言えることでもない。残念な血の繋《つな》がりを感じる。

――そう。千佳《ちか》は考えていた。

ただ全否定をしていた、双葉《ふたば》スミレと母との違《ちが》いを。

「千佳《ちか》。今年のクリスマスって、どうするつもりなの」

母の声に、我に返る。

母が背中を向けたまま、おかしなことを尋《たず》ねてきた。

クリスマス？　なぜ？　と訝《いぶか》しんだのは一瞬《いっしゅん》で、すぐに彼女の意図が透《す》けて見える。

いつものことだ。

「……イブは学校の人たちと集まるわ。クリスマスは、声優関係で集まる」

「……ふうん。そう」

母の動きが一瞬《いっしゅん》止まり、すぐに動き出す。空気がピリッとした。

しばらく考え込むように視線を彷徨《さまよ》わせると、彼女は静かに問いかけてくる。

「……それって、どっちも由美子《ゆみこ》ちゃんはいっしょ？」

「ええ」

「そうなの」

露骨《ろこつ》に安心したような声が返ってきて、千佳《ちか》はげんなりする。

母はたまに、「実はこっそり、恋人《こいびと》を作ってるんじゃ……？」と探《さぐ》りを入れてくる。

仕事で外泊《がいはく》するときですら、警戒心《けいかいしん》を見せたくらいだ。

ため息が出る。

ちなみに千佳《ちか》の学力を母はよく知っているので、「受験生なのに遊びに行くなんて！」と注意してくることはなかった。

「はい」

「え」

テーブルに、皿がことん、と置かれた。

皿の上には、ほのかに湯気が立つおにぎりと形のいい目玉焼き。

「……どういう風《ふ》の吹き回し？」

あまりにも意外な光景に、お礼よりも疑問が口を突《つ》いてしまう。

だって、母の料理なんてしばらく見ていない。

千佳《ちか》が声優を始めてからはお互《たが》い時間が合わないので、ともに食事をすることはごく稀《まれ》。

それも外食やテイクアウトばかりで、母が料理することなんてなかったのに。

「……本当にね」

母の顔を見ると、彼女は何とも言えない表情で皿を見下ろしていた。

彼女自身も、よくわかっていないのかもしれない。

一応、釘《くぎ》を刺《さ》しておく。

「こんなことをされても、わたしの一人暮らしの意思は変わらないわよ」

「……そういう意図はないわ」

呆《あき》れたような声で否定される。
未《いま》だに母は、千佳《ちか》の一人暮らしを認めていない。
諦《あきら》めさせるための何かしらの牽制《けんせい》かと思ったが、違《ちが》うらしい。
「もう寝《ね》るから。片付けはお願い。おやすみ」
そっけなく言い残し、母は逃《に》げるようにキッチンから出て行こうとした。
戸惑《とまど》う千佳《ちか》と、ほかほかのおにぎりと目玉焼きを残して。
だから、だろうか。
「お母さん」
千佳《ちか》は、自分でも気付かないうちに呼び止めていた。
なに、と母は足を止める。
胸に詰《つ》まった不思議な感情に流されるまま、千佳《ちか》は拳《こぶし》を小さく握《にぎ》る。
ずっと聞けなかったことを。
今、尋《たず》ねた。
「お母さんは——、わたしの声優活動を、どう思っているの」
ピリピリ、と唇《くちびる》が震《ふる》えるような感覚に陥《おちい》る。
お腹《なか》の奥に重いものが詰《つ》められたように、じわりと嫌《いや》な感触《かんしょく》が残った。
もし、母が以前と変わらず『声優なんて情けない』と思っていたら。

きっと自分は、ガッカリすると思う。

母にどう思われていようと構わなかったはずなのに、なぜそこで落胆《らくたん》してしまうのか。

千佳《ちか》自身にも、わからなかった。

母は、ぴたりと動きを止める。

一度視線が逸《そ》らされてから、ゆっくりとこちらに顔が向く。

彼女は仏頂面《ぶっちょうづら》のまま、普段《ふだん》と変わらない声を返してきた。

「どうも、何も。あのときの勝負は、『声優活動について、もう何も言わない』という条件だったでしょう。わたしから言うことは何もないわ」

「……前に喧嘩《けんか》したとき、『声優は〜』と言っていた気がするけれど」

根に持っているので、そこをつつく。

以前の口喧嘩《くちげんか》では勢い任せとばかりに、彼女は『声優は不安定だからうんぬんかんぬん』と文句を付けてきた。

千佳《ちか》の指摘《してき》に、母は気まずそうに目を逸《そ》らす。

「……言ってないわ。言っていたとしても、それは独り言よ。千佳《ちか》に向けた言葉じゃない。だから、『声優活動について、何も言わない』には抵触《ていしょく》しない」

「…………」

さすがに屁理屈《へりくつ》すぎるでしょう……、とは言えない。

千佳《ちか》たちはその屁理屈《へりくつ》で、あの勝負をゴリ押ししたのだから。

母は居心地《いごこち》が悪くなったのか、千佳《ちか》に背中を向けた。

「大体、わたしがどう思っていようと、あなたは声優を続けるんでしょう。それなら、わたしの意見なんて聞く必要ないじゃない」

彼女は突《つ》き放《はな》すような言葉を置《お》き土産《みやげ》にして、今度こそキッチンを去った。

母の言うとおりだ。

どれだけ反対されようが、絶縁《ぜつえん》されようが、千佳《ちか》は声優を続けていく。

だから、母がどう思っていようと関係がない。

理屈《りくつ》では、そうだ。

けれど――。

千佳《ちか》はキッチンにひとり取り残され、静寂《せいじゃく》にただ耳を傾《かたむ》けていた。

「……」

そっとおにぎりに手を伸《の》ばし、はむっとかぶりつく。

冷凍《れいとう》のご飯をレンジで温めたせいか、やたら熱々だった。それでも塩気がちょうどよい。

目玉焼きに箸《はし》を入れると、半熟の黄身がゆっくりと溢《あふ》れ出《だ》す。

それを口に運ぶと、控《ひか》えめな醤油《しょうゆ》の香りと黄身の甘さが口を満たした。

おいしい。

昔、母がよく作っていたことを思い出す、懐《なつ》かしい味だった。

こればかりは……、こればかりは、由美子《ゆみこ》の料理でも太刀《たち》打《う》ちできない。

今までの母なら、絶対にこんなことはしなかった。

それは、千佳《ちか》も同じ。

以前の関係だったら、母はわざわざキッチンに顔を出さなかっただろうし、「どうしたの」と訊《き》かれたところで、千佳《ちか》も「べつに」と返していた。

いろんなことが変わった結果だ。

千佳《ちか》も母も変化したのは――、言うまでもなく、由美子《ゆみこ》の影響《えいきょう》なのだろう。

初めて由美子《ゆみこ》が家に来て、母と話して、それから時々会うことになって。

千佳《ちか》も、母と会話する機会が増えて。

いろんなことが、変わっていった。


「……」


もぐもぐと食べ進めるうちに、頭に様々な思いが浮《う》かんでくる。

双葉《ふたば》スミレと母の違《ちが》い。

由美子《ゆみこ》が語った、千佳《ちか》と由美子《ゆみこ》の考えの違《ちが》い。

そして、ミントの想《おも》い。

それを徐々《じょじょ》に、千佳《ちか》は理解しつつあった。

NOW ON AIR!! 第88回

「ユウちゃん！」

「やっちゃんの？」

「コーコーセーラジオ～！」

「おはようございます～、ユウちゃんです！」

「おはようございます！　やっちゃんだよ！」

「ねぇねぇ、やっちゃん～。もうすぐ、クリスマスだねぇ。わたし、全然この話はしたくないんだけど、台本に書いてあるから、するね！」

「わぁ、ユウちゃん！　台本とか言っちゃダメだよ～！　やすみたちがクリスマスに予定がぁるからって、作家さんがわざわざ書いてくれたんだよ？」

「う～ん、感謝すべきなのかなぁ～。確かにわたしたち、テーマがないと益体もない話をむにゃむにゃするだけになっちゃうもんねぇ」

「それはやすみも同感だけど、ユウちゃん今日ちょこっと毒強いね！」

「クリスマスのことでイライラしてるのかも～？　ほら、やっちゃんったらわたしを売ったじゃない？　あれショックだったなぁ～」

「えぇ！　ひどいよぉ、ユウちゃん！　そんな言い方！　やすみはただ、ユウちゃんとイブもいっしょに過ごしたかっただけだよ？」

「本当～？」

「本当！　だってやすみ、ユウちゃん大好きだもん！　クリスマスもイブも楽しくいっしょに過ごそうね！」

「はぁ……」

「ガチため息やめて」

「いや、まぁ。クリスマス当日はいいのよ。わたしも納得しているから。でもイブは完全にもらい事故だったじゃない。憂鬱よ」

「つってもあんた、予定あったわけじゃないんでしょ。別によくない?」

「出たわ。あなたのそういうところ、本当に嫌い。イブだのなんだの浮かれるのはいいけど、人に押し付けないでほしいわ。静かに過ごすのが好きな人も……、いるって、聞くよ～?」

「う～ん! 確かにそうかも! ゆっくりとイブを過ごすのも、いいかもしれないね! ごめんね、ユウちゃん!」

···

「ううん、そんなことないよぅ。やっちゃんに誘ってもらって、すっごく嬉しかったもん。楽しいイブにしようねぇ?」

「うん! やすみ、ユウちゃんとイブを過ごせるなんて、幸せだなあ～!」

「わたしも! やっちゃん、大好き～!」

「やすみも大好き～!」

to be continued……

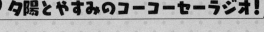

クリスマス。

街はすっかりクリスマス一色で、そこかしこでサンタクロースの姿が見られる。

夜になれば、美しいイルミネーションが街をいっぱいに着飾《きかざ》るのだろう。

人が溢《あふ》れ返《かえ》る光景にはげんなりする千佳《ちか》も、キラキラした街並を見るのは好きだった。

そうして街中がクリスマスに浮《う》かれる最中、そこから逆行するようなグループがある。

真冬にプールへ行く、女性声優陣《じん》だ。

雪でも降りそうな天候の中、彼女たちと合流するため千佳《ちか》は速足になっていた。

「……さむ」

白い息を吐《は》いているうちに、待ち合わせ場所の広場が見えてくる。

そこには既《すで》に、めくる、花火《はなび》、ミント、結衣《ゆい》の姿があった。

「あ！　夕陽《ゆうひ》せんぱーい！　こっちです、こっちー！」

結衣《ゆい》は満面の笑《え》みで、元気よく手を振《ふ》っている。

そちらに近付いていくと、由美子《ゆみこ》も同じタイミングで来たようだ。

ふたり揃《そろ》って合流すると、ミントが興奮した面持《おもも》ちで声を上げた。

「歌種《うたたね》さん、夕暮《ゆうぐれ》さん、おはようございます！」

「おー、ミントちゃん。元気そうだね」

ふんふん、と鼻息荒《あら》くしているミントに、由美子《ゆみこ》がやさしく笑いかける。

千佳《ちか》も挨拶《あいさつ》を返そうとすると、突如《とつじょ》、腹に強い衝撃《しょうげき》を受けた。

「ぐえっ」

「夕陽《ゆうひ》先輩《せんぱい》！　高橋《たかはし》、夕陽《ゆうひ》先輩《せんぱい》とプールに行けるなんて夢のようです！」

フィジカル溢《あふ》れる結衣《ゆい》のタックルを、千佳《ちか》は為《な》す術《すべ》なく喰《く》らう。

挨拶《あいさつ》代わりのダメージにぐったりしていると、そばにいた女性が大きな笑い声を上げた。

ブルークラウン所属、夜祭《よまつり》花火《はなび》だ。

「やーやー、今日は誘《さそ》ってくれてありがとね。みんなとクリスマスなんて久しぶりだよ」

からからと笑う花火《はなび》と、その隣《となり》に無表情で立っているめくる。

由美子《ゆみこ》はさりげなく花火《はなび》たちに近付くと、そっと耳打ちした。

「花火《はなび》さん、すみません。普段《ふだん》はめくるちゃんとふたりで過ごしてるんですよね」

「ん。いや、だいじょぶだいじょぶ。昨日はふたりでイブを楽しんだし」

花火《はなび》が快活に笑い飛ばし、由美子《ゆみこ》はほっとした顔になった。

そのまま笑顔《えがお》でめくるに「めくるちゃん、おはよ。来てくれてありがと」と告げたものの、めくるは普段《ふだん》どおりに「ん」と返すだけだった。

プールに行くよ、と言われただけで号泣《ごうきゅう》していた人はどこに行ったんだろう。

しかし、「みんな～！」と明るい声が聞こえてくると、めくるの肩《かた》がびくりと震《ふる》えた。

笑顔《えがお》の桜並木《さくらなみき》乙女《おとめ》が、小走りでやってくるところだった。

綺麗《きれい》な髪《かみ》がさらさらと揺《ゆ》れているせいで、何かのコマーシャルのようだ。

なんというか、キラキラに輝《かがや》いている。

年々貫禄《かんろく》がつく人だと思っていたが、今はオーラの放ち方がすごい。

千佳《ちか》は由美子《ゆみこ》の袖《そで》を引っ張ると、小声で尋《たず》ねた。

「……佐藤《さとう》。桜並木《さくらなみき》さん、あんなに全開でオーラを振《ふ》りまいているけど、周りにバレたりしない？　場合によっては、芋《いも》づる式にここの面子《めんつ》までバレるわよ」

「まずいかもしんない。乙女《おとめ》姉さん、テレビとかも出てるし」

由美子《ゆみこ》とぼそぼそ話しているうちに、乙女《おとめ》が合流する。

嬉《うれ》しそうに笑うせいで、さらにオーラがピカッと強くなった。

めくるが眩《まぶ》しそうに目を細めていたが、耐《た》えられなくなったのか顔ごと逸《そ》らす。

慌《あわ》てて由美子《ゆみこ》は、両手を下げる仕草を乙女《おとめ》に見せた。

「姉さん。ちょっとオーラ抑《おさ》えて。光源みたいになってるから」

「え、なに？　オーラ？　それよりわたし、楽しみで！　こんなふうに、みんなと集まることってあんまりないじゃない？　なんと今日は、めくるちゃんも花火《はなび》ちゃんもいるし！」

滅多《めった》に集まれない人たちがいるから、余計にテンションが上がっているらしい。

乙女《おとめ》、めくる、花火《はなび》は同期だが、プライベートではほとんど顔を合わせないそうだ。言うまでもなく、めくるの事情のせいである。

花火《はなび》は気さくに「や、乙女《おとめ》ちゃん。おひさ～」なんて挨拶《あいさつ》を交《か》わしているが、めくるは完全に仕事用の笑顔《えがお》に逃《に》げている。既《すで》に怪《あや》しい。

千佳《ちか》がそう思っていると、めくるは由美子《ゆみこ》のそばに寄り、切羽詰《せっぱつ》まった表情を見せた。

「歌種《うたたね》……。あんたに、こんなことを頼《たの》める義理なんてないんだけど……。もしものことがあったら、助けて……。あんたと花火《はなび》しか、頼《たよ》れないから……」

「ん、んんん、いいけど。めくるちゃん、あたしにヘルプ出すほどヤバいの……？」

めくるは相当追い込まれているらしい。そこに千佳《ちか》はそっと近付く。

「柚日咲《ゆびさき》さん。わたしは？」

「あんたは歩く爆弾《ばくだん》でしょうが。味方のふりをした敵。人狼《じんろう》。ジョーカー。近付かないで」

ひどい言いぐさだ。

少しわからせてやろうか、と手をわきわきさせたが、こういうことをするからダメなのかもしれない。大人しく、引っ込める。

そこで千佳《ちか》がなんとなく時計を見ると、既《すで》に待ち合わせ時間が過ぎていた。

「あとは……、羽衣《はごろも》さんたち？」

ほかのメンバーは全員揃《そろ》っているが、羽衣姉妹《はごろもしまい》だけが来ていない。

そこで、「すみません！」と女の子の声が響《ひび》いた。

よく似た姉妹《しまい》が、急いでこちらに走ってきている。

いや、ちゃんと走っているのは理央《りお》だけで、その後ろを纏《まとい》がフラフラとついてきていた。

纏《まとい》によく似た少女、理央《りお》は到着《とうちゃく》してすぐに頭を下げる。

「すみません、遅《おく》れました……！　姉が、逆方向の電車に乗っちゃって……」

「理央《りお》……、そんなこと……、わざわざ……、言わなくても……、げほげほっ！　す、すみません、遅《おく》れて申し訳ないです……っ」

「ねぇねが確認《かくにん》しないくせに、自信満々に電車に乗るからでしょお……!?」

そのやりとりに、由美子《ゆみこ》たちは苦笑いを浮《う》かべている。

纏《まとい》は膝《ひざ》に手を突《つ》き、荒《あら》い呼吸を繰《く》り返《かえ》してはむせているが、理央《りお》はすぐに回復したようだ。

シャキっとした様子で、ハキハキと挨拶《あいさつ》を口にする。

「纏《まとい》の妹の、理央《りお》と言います！　今日は誘《さそ》ってもらってすっごく嬉《うれ》しいです！　よろしくお願いします！」

理央《りお》と面識があるのは千佳《ちか》と由美子《ゆみこ》だけだったが、理央《りお》は物怖《ものお》じしないし、悪い印象を抱《いだ》かれるタイプでもない。

何人かが自己《じこ》紹介《しょうかい》をしたあと、快く迎《むか》え入《い》れられていた。

「レンタカーはもう用意してあるからさ。あっちの駐車場《ちゆうしやじょう》まで来てくれる？」

今日は免許《めんきょ》を持っている花火《はなび》が、みんなを乗せて運転してくれる予定になっていた。

ありがとうございます、とお礼が重なる中、纏《まとい》が花火《はなび》に近付く。

「夜祭《よまつり》さん。帰りはわたしと運転を交代する、という話で大丈夫《だいじょうぶ》でしょうか」

「あ、はいはい。そうでしたね。じゃ、帰りは羽衣《はごろも》さんお願いしまーす」

……今、さらっと聞き捨てならないことを言わなかった？

纏《まとい》が運転？

思わず、隣《となり》にいた由美子《ゆみこ》と顔を見合わせる。彼女も顔色が悪くなっていた。

普段《ふだん》なら絶対しないけれど、命の危険を感じて互《たが》いの手を握《にぎ》り合ってしまう。

「……纏《まとい》さんが運転すんの？　纏《まとい》さんが？　え、纏《まとい》さんが？　あたしたち死ぬってこと？」

「どういう罰《ばつ》ゲーム？　いや、もうこれじゃただの罰《ばつ》じゃない……、しかも厳罰《げんばつ》……」

「だ、大丈夫《だいじょうぶ》です、ふたりとも！　姉は意外と運転上手ですから……！」

理央《りお》がフォローしてくるが、そんな言葉で安心できるはずがない。

大きな不安を残しながらも、一行はプールに向かった。


温水プール施設《しせつ》に着いたあと、一行は早速更衣室《さっそくこういしつ》に入っていく。

大人数のために、「着替《きが》えてから、プールの入り口に集合でいい？」という話になり、それぞれで着替《きが》えることになった。

いち早く着替《きが》え終わった千佳《ちか》は、更衣室《こういしつ》からプールに足を踏《ふ》み出《だ》す。

「おお……」

中は存外広かった。

施設《しせつ》内はドーム状に覆《おお》われており、真冬に水着だというのにびっくりするほど暖かい。南国を模しているようで、人工的なヤシの木や花が溢《あふ》れている。流れるプールがそれらをぐるりと囲っていた。波のプールや、スタンダードなプールも見える。

ウォータースライダーや売店なども充実《じゆうじつ》しており、室内といえど十分と言えた。

あと、お客さんがそれほど多くないのがいい。

冬休みなので多少の家族連れは見掛《みか》けるものの、クリスマスにわざわざプールに来る人は少ないようだ。

まぁ今日、普通《ふつう》に平日だし。

そこは職業の強みが出ている。

「お姉ちゃーん」

千佳《ちか》が待ち合わせ場所できょろきょろしていると、後ろから声を掛《か》けられた。

二番目は由美子《ゆみこ》のようだ。

健康的に肌《はだ》を出したビキニ姿で、胸は大きいのに下品ではない。肌《はだ》も綺麗《きれい》で目を惹《ひ》く。

どこか爽《さわ》やかな色気を感じる格好で、彼女の魅力《みりよく》をより引き立てていた。かわいい。

由美子《ゆみこ》は、千佳《ちか》の水着姿を見て「おお」と声を上げる。

ニカっと笑った。

「渡辺《わたなべ》の水着、いいじゃん。かわいいかわいい。よく似合ってるよ」

「……そうかしら」

千佳《ちか》はあまり肌《はだ》を出したくなかったので、大きめのレースが飾《かざ》るオフショルの水着だ。

素直《すなお》な賞賛には慣れておらず、気まずく顔を逸《そ》らしてしまう。

そもそも、保護者以外とこういったプールに行くこと自体が初めてだった。

さらに由美子《ゆみこ》は、何かに気付いたように胸やお腹《なか》に顔を近付けてくる。

近い。

「……ちょっと、佐藤《さとう》。なに？　いくら女同士といえど、さすがに不躾《ぶしつけ》じゃない？」

「ん。いや。千佳《ちか》ちゃん、ちょっとお肉ついたんじゃない？」

言われて、自分の身体《からだ》を見下ろす。

フリルの間から覗《のぞ》く平べったいお腹《なか》、細い腕《うで》や脚《あし》。膨《ふく》らみの少ない胸。

普段《ふだん》から細かくチェックしているわけではないし、慣れない水着姿でもある。

そう言われたところで、千佳《ちか》には判断できなかった。

ただ、心当たりがないわけではない。

食べる量が増えた気がするし、つい先日、夜食にも手を出した。

「そうかしら……。そんなに太った？」

「そこまでじゃないよ、ちょっとだけ。でも、まだまだ細すぎるくらいだから。渡辺《わたなべ》はもっと太らなきゃ。このまま肉ついていくといいね。健康的にさ」

由美子《ゆみこ》は千佳《ちか》の身体《からだ》を見ながら、本当に嬉《うれ》しそうに笑った。

そのふわっとした笑顔《えがお》は、驚《おどろ》くくらいに穏《おだ》やかだった。

「………………」

他人の体重が多少増えたところで、普通《ふつう》はこんな顔をしない。

本当にこの子は……、と落ち着かなくなり、普段《ふだん》の憎《にく》まれ口《ぐち》すら出てこなかった。

しかし、そんな照れくさい空気は一瞬《いっしゅん》で霧散《むさん》する。

「夕陽《ゆうひ》せんぱーい！」

「ぐえっ」

結衣《ゆい》が、背後から勢いよく抱《だ》き着《つ》いてきたのだ。

振《ふ》り返《かえ》ると、腰《こし》に水着姿の結衣《ゆい》がくっついていた。

結衣《ゆい》は競泳水着の形にくっきり日焼け跡《あと》が残っているが、今日はスポーティなビキニを着ている。白いお腹《なか》を出していた。

彼女は千佳《ちか》を抱《だ》きしめながら、ご満悦《まんえつ》な声を上げる。

「夕陽《ゆうひ》先輩《せんぱい》、めっちゃかわいいです！　水着、すっごく似合ってますよ！　高橋《たかはし》といっしょに写真撮《と》りましょう！　ね、ね、ね？」

「あのね、高橋《たかはし》さん……。何度も、本当に何度も言っているのだけれど、タックルも抱《だ》き着《つ》くのもやめて頂戴《ちょうだい》……」

「あ、そうですね。お互《たが》い肌《はだ》出してると、くっついてるのも恥《は》ずかしくなりますね！」

「恥《は》ずかしいなら離《はな》れて……。あと、脚《あし》を撫《な》でないで……」

「そうは言いつつも、夕陽先輩《ゆうひせんぱい》は抵抗《ていこう》しないじゃないですかぁ。嫌《いや》ならひき剝《は》がしてくれてもいいんですよ？」

「あなたの力が強すぎるからでしょう⁉　ぐ、ビクともしない……！　なにこの体幹……！」

「ふふ、夕陽先輩《ゆうひせんぱい》、力よわぁ……。かわいい……。水着姿でジタバタする夕陽先輩《ゆうひせんぱい》……」

「こわい！　こわいのよ、あなた！　こんなところで正気を失《な》くさないでくれる⁉」

「おっと！　失礼しました、それどころじゃないですね！　夕陽先輩《ゆうひせんぱい》！　せっかくなので腋《わき》も見せましょうよ！　ばんざいしてください！　はい、ばんざーい！」

「気持ち悪……。どっちに転んでも最悪……」

「は、はぁ……⁉　き、気持ち悪くないですよ！　ねぇ、やすやす先輩《せんぱい》！　腋《わき》を見たいっていうのは、そんなにおかしくないですよね……？」

「普通《ふつう》に気持ち悪いから、やめたほうがいいと思う」

「えー⁉　高橋《たかはし》、孤軍奮闘《こぐんふんとう》ですか……⁉」

「それを言うなら孤立無援《こりつむえん》じゃない？」

「確かに高橋《たかはし》さんは、ひとりで勝手に闘ってる感じはするけれど……」

結衣《ゆい》の騒《さわ》がしさに辟易《へきえき》しているうちに、続いて纏《まとい》と理央《りお》がやってくる。

彼女たちはふたり並んで歩いていたが、なぜか既《すで》に揉《も》めていた。

「ねぇ、理央《りお》。ねぇねが財布《さいふ》持つってば。危ないもの。ねぇ、理央《りお》。聞いてる?」

「やだ。ねぇね、絶対落とすから。それよりわたしの隣《となり》にいないで。離《はな》れて」

「な、なんでそんなひどいこと言うの……!?」

理央《りお》はそそくさと姉から離《はな》れようとして、纏《まとい》が泣きそうな顔で追いかけている。

いやでもまぁ、気持ちはわかる。

「……纏《まとい》さん、脚《あし》なっが……。あの人、本当スタイルいいな……」

由美子《ゆみこ》が驚《おどろ》きの声を上げ、千佳《ちか》も無言で頷《うなず》いた。

背が高いうえに、脚《あし》がすらりと長い。腰《こし》の位置が全然違《ちが》う。

着こなしが難しいワンピース水着を、さらっと着こなしているのもスタイルの良さゆえだ。

色素が薄《うす》い印象を与《あた》える彼女だが、水着姿ではより際立《きわだ》つ。不思議な雰囲気《ふんいき》を纏《まと》っていた。

あれで極度の偏食《へんしょく》、野菜も食べないというのだから、素質とはおそろしい。

言ってはなんだが、理央《りお》は普通《ふつう》の女の子。

スタイル抜群《ばつぐん》な姉の隣《となり》にいたくないのはわかる。

そして、羽衣《はごろも》姉妹《しまい》とミントはいっしょに着替《きが》えていたようだ。

彼女たちのそばから、「歌種《うたたね》さん！」という声が響《ひび》いた。

ミントは一瞬《いっしゅん》走り出そうとして、纏《まとい》から「ダメですよ！」と止められる。

ぐっと踏《ふ》みとどまってから、ミントはしっかりとした足取りでやってきた。

彼女はごくごく普通《ふつう》のスクール水着を着用していたが、見るからに喜色満面。

早速《さっそく》、興奮気味に由美子《ゆみこ》の手を引っ張っていた。

「歌種《うたたね》さん！　何から行きますか⁉　流れるプールですか、あの海みたいなやつですか、それともウォータースライダー⁉　早く行きましょう、早く！」

「あー、待って待ってミントちゃん。まだめぐ……、柚日咲《ゆびさき》さんたちと乙女《おとめ》姉さんが……」

由美子《ゆみこ》がそう言いかけたところで、「おまたせ～」という花火《はなび》の声が届く。

そこには、花火《はなび》とめぐるの両名がいた。

花火《はなび》は落ち着いた色とデザインの、めぐるは可愛《かわい》らしさと大人っぽさを共存させたタンキニ水着を着ている。

ふたりとも、水着は似合っているが……。

なぜか、冗談《じょうだん》のように大きいハートのサングラスを掛《か》けていた。

「なに、みんなこれ気になる？　いいでしょ、クソデカサングラス」

花火《はなび》はサングラスをカチャカチャ動かしながら、愉快《ゆかい》そうに笑っていた。

そういうのが好きそうな由美子《ゆみこ》は、案の定、羨《うらや》ましそうにしている。

「かわいいですね、それ。花火《はなび》さんの水着も似合ってますし」

「そ？　ふふ、歌種《うたたね》ちゃんコレ掛《か》けてみ」

花火《はなび》がサングラスを由美子《ゆみこ》に手渡《てわた》す。

由美子《ゆみこ》が言われたとおりに掛《か》けると、すぐに「えっ、暗っ」と声を上げた。

花火《はなび》はそっと顔を寄せて、千佳《ちか》と由美子《ゆみこ》にしか聞こえない声量で囁《ささや》く。

「これはね、めくるの秘策。これだけ視界を暗くしておけば、推《お》しの水着姿を見てもそこまで衝撃《しょうげき》は強くならないだろう、という……」

「……柚日咲《ゆびさき》さん、虚空《こくう》を見ていますが」

「えっ」

花火《はなび》が振《ふ》り返《かえ》ると、めくるは何もない空間をただ見つめていた。

千佳《ちか》や由美子《ゆみこ》には一切《いっさい》目を向けていない。表情も死んでいる。

それを見て、花火《はなび》は慌《あわ》てて駆《か》け寄《よ》っていった。

「め、めくる～。大丈夫《だいじょうぶ》だって。ずっと見ないでいるつもり？　まずは慣らさないと。せっかくプールまで来たんだし、見なかったら結局後悔《こうかい》……。あぁいや、わかるけど。え、鼻血？　出たら……、まぁ……、うん……」

なにやら、ぼそぼそと話し合っている。

普段《ふだん》なら真っ先にめくるのそばに行きそうな由美子《ゆみこ》も、気を遣《つか》って遠巻きにしていた。

めくるが爆弾《ばくだん》を抱《かか》えているのなら、千佳《ちか》も不用意に近付けない。流血沙汰《ざた》はさすがに嫌《いや》だ。

けれどそういった判断ができるのは、ふたりがめくるの事情を知っているから。

「あ、みんな～！　場所間違《まち》えちゃった！　おまたせ～！」

何も知らない無自覚の破壊者《はかいしゃ》、桜並木《さくらなみき》乙女《おとめ》がやってきてしまった。

彼女はフリルの付いたレースのビキニを着ている。清純派のイメージを崩《くず》さない、可愛《かわい》さと美しさ、色香を上手《うま》くかけ合わせた姿だった。それでも、肌《はだ》の露出《ろしゅつ》はそれなりに多い。

なにより、とても似合っていた。

その声に反応してしまい、めくるは振《ふ》り返《かえ》ってしまう。

その瞬間《しゅんかん》、「あっ……！　サングラス割れた……！　やばい、直撃《ちょくげき》する！」「いや、割れてないって！　幻覚《げんかく》に支配されるな！　自分のイメージに負けるな！」という声が聞こえてきたが、千佳《ちか》はもう面倒《めんどう》くさかったのでそっちを見ないようにしていた。

「歌種《うたたね》さん、スライダー行きましょう、スライダー！」

「いいよぉ」

全員集合したので、これから適当に遊んでいきましょう、となったところで。

ミントはピカピカの笑顔《えがお》で、由美子《ゆみこ》の手を握《にぎ》っていた。

今日はミントを元気づけるのが目的だし、そういった行為《こうい》をからかう飾莉《かざり》もいない。

はしゃぐミントに、由美子《ゆみこ》は顔をほころばせていた。

千佳《ちか》がぼうっと彼女たちを眺《なが》めていると、ミントが勢いよくこちらを向く。

「夕暮《ゆうぐれ》さんも！　行きましょう！」

「わたしも？」

由美子《ゆみこ》の手を握《にぎ》ったまま、ミントは千佳《ちか》に手招きをする。

戸惑《とまど》っていると、ほらほら、早く！　と急《せ》かされてしまった。

おそるおそるそばに寄ると、ミントはごく自然に千佳《ちか》の手を取る。

由美子《ゆみこ》と千佳《ちか》でミントを挟《はさ》み、仲良く三人で手を繋《つな》ぐ形になってしまった。

千佳《ちか》が面喰《めんく》らっていると、ミントはその視線にはっとする。

弁解するように、早口で言葉を並べ立てた。

「う、歌種《うたたね》さんが言ってたんですよ。女子高生はすぐに手を繋《つな》ぐって！　わたしは先輩《せんぱい》ですから、おふたりのリュウギに合わせてあげただけです！」

まぁ、そういう人もいるけれど。

千佳《ちか》はもちろん、由美子《ゆみこ》もそういうタイプではない。

由美子《ゆみこ》を見ると、彼女はしれっとした顔で何も言わなかった。

どうせ、迷子を予防したい由美子《ゆみこ》の方便だろう。

否定するのもどうかと思い、千佳《ちか》も手を握《にぎ》り返《かえ》す。

すると、由美子《ゆみこ》がそっと顔を寄せてきた。

「渡辺《わたなべ》も、随分《ずいぶん》と懐《なつ》かれちゃったねえ」

「…………………」

千佳《ちか》の表情を見て、由美子《ゆみこ》がおかしそうに笑う。

なんと言っていいかわからず、ふん、と顔を逸《そ》らした。

そこでミントは、あっ、と声を上げる。

握《にぎ》った手の力を弱め、おほん、と咳払《せきばら》いをした。

「ん、んんっ！　ちょっとはしゃぎすぎましたね。わたしは先輩《せんぱい》ですから、おふたりが行きたいところユウセンでいいですよ。先輩《せんぱい》ですからね、はい」

あれだけはしゃいでおいて、今さら取《と》り繕《つくろ》うつもりらしい。

千佳《ちか》は由美子《ゆみこ》を見る。

普段《ふだん》の彼女なら、ミントがこうなったときは先輩《せんぱい》として立てつつ、それでも彼女の希望どおりになるよう誘導《ゆうどう》することが多い。

今回もそうなるかと思ったが、由美子《ゆみこ》は微笑《ほほえ》ましさに頬《ほお》が緩《ゆる》んでいた。

「いやいや、ミントちゃんのやりたいことをやってよ。あたしは、ミントちゃんがやりたい！って言って目をキラキラにしてるところが好きだなあ。ね」

「え？」

ミントは目を丸くして、由美子《ゆみこ》をまじまじと見つめた。

由美子《ゆみこ》は首を傾《かし》げる。

てっきり、「子供扱《こどもあつか》いしないでください！」と言って怒《おこ》ると思っていたので、千佳《ちか》もその反応は意外だった。

ミントは驚《おどろ》いた表情のまま、おずおずと口にする。

「わたし、そんな顔してました？」

「？　うん。良《い》い顔してるよ、ミントちゃん。プールだって、ミントちゃんが行きたいって言ってくれたからじゃん？　だから、もっと好きなこと言ってよ」

「…………」

なぜか、ミントはそのまま黙《だま》りこくってしまった。

おかしなこと言った？　と由美子《ゆみこ》は千佳《ちか》を見るが、そんなことはない。首を振《ふ》る。

微妙《びみょう》な空気になりそうなところだったが、それをぶち壊《こわ》すうるさい人物がひとり。

結衣《ゆい》がにゅっと顔を出してきた。

「夕陽《ゆうひ》先輩《せんぱい》が行くのなら、高橋《たかはし》も行きます！　ウォータースライダーならあれ乗りましょう、二人乗りの浮《う》き輪《わ》のやつ！　やすやす先輩《せんぱい》とミントちゃん、高橋《たかはし》と夕陽《ゆうひ》先輩《せんぱい》のコンビで！」

「声でか……。嫌《いや》よ、あなたとなんて。どさくさに紛《まぎ》れて、変なところ触《さわ》ってきそうだし」

「……」

「ちょっと……？　黙《だま》るのやめてくれる……？」

結局ウォータースライダーに行くことになり、そのあとはミントも元のテンションで存分に楽しんでいた。

彼女だけではなく、それぞれがプールを満喫《まんきつ》していた。

遊ぶ場所によって面子《めんつ》も入《い》れ替《か》わりながら、楽しく遊んでいたと思う。

それはもしかしたら、千佳《ちか》自身も。

ただ、こういったことに慣れていないのも事実だった。

「ちょっと飲み物を買ってくるわ」

流れるプールでぷかぷかしていたが、疲労《ひろう》と喉《のど》の渇《かわ》きを覚えてプールから上がる。

それに、ミントが「わたしも行きます」とついてきた。

ふたり並んで、飲み物を買いに行く。

ジュース片手に借りているパラソル席にまで戻《もど》り、千佳《ちか》は椅子《いす》に腰掛《こしか》けた。

その瞬間《しゅんかん》、疲《つか》れがぐっと身体《からだ》を覆《おお》ってきて、ふぅ、と息を吐《は》く。

「ミントちゃん、わたし少し休憩《きゅうけい》してるから」

ジュースをストローでズゴゴ……、と飲んでいたミントは、頷《うなず》いて隣《となり》に腰《こし》を下ろした。

「わたしもそうします」

「…………」

彼女はハイペースではしゃぎ倒《たお》していたから、疲《つか》れを覚えてもおかしくはない。

だが、気まずい他人とふたりきりになるくらいなら、席を外すだろう。

由美子《ゆみこ》の言うとおり、本当に懐《なつ》かれたのかもしれない。

それに何とも言えない感情を抱《いだ》きながら、千佳《ちか》は黙《だま》ってジュースを口に含《ふく》む。

特に会話もなかった。

泳いだあと特有の重い身体《からだ》を持て余しながら、流れるプールをただ眺《なが》める。

しばらくそうしていると、小さな声がそっと浮《う》かんだ。

「わたし、こういうの初めてです。だれかとおっきいプールに行くのも、こんなに遊ぶのも」

独り言じみたミントの言葉に、千佳《ちか》はすぐに反応できない。

以前、彼女はそのようなことを言っていた。

行ってみたいけど子供だけじゃ行けない、かといって親は連れて行ってくれない。

彼女がスクール水着を着用しているのは、その証明でもあった。

千佳《ちか》は「わたしもよ」と言いかけて、すぐに飲み込む。

千佳《ちか》は友人と行ったことがないだけで、母には何度か連れて行ってもらった。

「はしゃぎすぎて危なっかしいから、ふたりで動物園に行くのは無理だと思った」とは母の言

だが、プールには比較的《ひかくてき》連れて来てくれたと思う。

プール教室で水の怖《こわ》さを教えられていたので、プールでなら千佳《ちか》は無茶をしないから。そう言っていた覚えがある。

遠い過去に思いを馳《は》せていると、当時母に言われた言葉が自然とこぼれた。

「楽しい？」

それが、己《おのれ》の口から出てきたことに自分でも驚《おどろ》いた。

ミントは見開いた目をこちらに向け、口を開ける。

そのまま、固まった。

いつものミントだったら、もっと別のことを言ったかもしれない。

でも、今日のミントは。

「――そうですね、楽しいです。とっても」

子供らしい顔で、素直《すなお》に笑った。

それに千佳《ちか》が目を奪《うば》われていると、彼女の表情が別のものに変わる。

こちらの顔を覗《のぞ》き込《こ》み、おずおずと尋《たず》ねてきた。

「夕暮《ゆうぐれ》さんは、どうなんですか？」

「わたし？」

こちらに矛先《ほこさき》が向いてしまった。

「…………」

それこそいつもの千佳《ちか》なら、相手が由美子《ゆみこ》なら、きっと適当な皮肉を投《な》げ掛《か》けた。

かといってミントのように素直《すなお》になるには、千佳《ちか》はひねくれ者の年季が入りすぎている。

だから。

「どうでしょうね。わたしはこういった集まりは、あまり得意ではないから」

ごまかしてしまう。

去年のクリスマス会でも、由美子《ゆみこ》に同じようなことを伝えたはずだ。

だが、去年は無理やりだったし、今回とはまた違《ちが》う。

だからというわけではないが——、ここでは、言葉を付け加えた。

「ただ、一年前の自分に言っても信じないでしょうね。声優仲間といっしょにプールに行く、だなんて」

去年の自分なら、強引《ごういん》に誘《さそ》われても行かなかったかもしれない。

あれだけ嫌《いや》がっていたのに、今年も由美子《ゆみこ》とクリスマスを過ごしているなんて。

不思議なことがあるものだ、とぼんやり思う。

ミントは一度前を向き、手に持ったオレンジジュースに視線を落とした。

「……わたしもです。きっと、信じなかったと思います。こんなふうに、ほかの人と……、声優と。遊びに行く、なんて。いっしょにいられる、なんて」

「……？」

その声がやけに熱を帯びていて、千佳《ちか》は彼女を見る。
ミントはジュースのカップをきゅっと握《にぎ》り、確かめるように目を瞑《つぶ》っていた。
なんとなく声を掛《か》けづらく、千佳《ちか》は前に向き直る。
髪《かみ》についた水滴《すいてき》が、ぽたりと落ちた。
千佳《ちか》は、思い耽《ふけ》る。
彼女に訊《き》きたいことがあった。
由美子《ゆみこ》だったら、きっと尋《たず》ねることを躊躇《ためら》う質問だ。
けれど千佳《ちか》は、人の気持ちがわからない女だと言われ続けているので。
由美子《ゆみこ》が呆《あき》れるくらいの直球を投げた。
「ねぇ、ミントちゃん。聞いていいかしら」
「なにをですか」
「あなたは、お母さんにどうしてほしい？」
ミントの表情が固まる。
これはミントを元気づけるための集まりだが、そうなった原因は消えていない。
だから、問わずにはいられなかった。直接聞かなければならない、と思っていた。
ふたりきりで。
母に声優活動をよく思われていない、千佳《ちか》とミントのふたりだけで話したかった。

どこかのだれかさんが、ずっと引《ひ》っ掛《か》かっているから。

「わたしはね、ずっと考えているの。あなたのお母さんを――、双葉《ふたば》スミレを、納得《なっとく》させる方法を。だって許せないもの。あの人は、声優を侮辱《ぶじょく》したわ。あの言葉は絶対に撤回《てっかい》させる」

ミントは気まずそうに身じろぎする。

母が同僚《どうりょう》に失礼なことを言い、そのうえ同僚《どうりょう》がやり返そうとしているのだから、当然だ。

問題は、そこにある。

「でもね、ミントちゃん。それはわたしの個人的な感情だって、気付いたの。わたしはてっきり、あなたも同じ考えだと思っていたわ。母を納得《なっとく》させ、声優を肯定《こうてい》させ、そのうえで声優の道に進むことを認めさせる。それが、あなたの望んだことだって」

双葉《ふたば》ミントは、母親にずっと目を逸《そ》らされていた。

だからこそ、これでどうだ！　と見せつけて、母を納得《なっとく》――、あるいは屈服《くっぷく》させれば、ミントは満足する。千佳《ちか》はそう考えていた。

だが、由美子《ゆみこ》はずっと「それがミントちゃんの望んだことかなぁ……」と懐疑的《かいぎてき》だった。

人のやることに反対するくせに、ミントが望んでいるものは見えない、ときた。

最初はその態度に腹を立てていたが、それも仕方がないと今なら思う。

あんなにも温かい家庭で、母と協力しながら生活しているのだから。

以前はそこに、祖母もいたという。

由美子《ゆみこ》が祖母を語るときのやわらかな口調や、倒《たお》れた乙女《おとめ》に祖母を重ねて取り乱した姿を見ていれば、由美子《ゆみこ》がいかに祖母を愛していたかがわかる。

由美子《ゆみこ》よりも、千佳《ちか》のほうがミントに近いのだ。

だから、もしかしてこうなんじゃないか、という気持ちを見つけていた。

それは決して、共感はできないけれど。

指摘することはできる。

「あなたは単に、母親に自分を見てほしいだけじゃないかしら。声優は手段に過ぎない。声優にこだわる必要はない。何であれ、母が自分を見てくれれば。――ミントちゃん。あなたは、ただ寂《さび》しいだけなんじゃない？」

「――――」

「それならあの人が言うように、声優の道に進む理由はないかもしれない――」

これは、声優・双葉《ふたば》ミントを否定する言葉だ。

もしかしたら、彼女が目を逸《そ》らしてきた現実かもしれない。

由美子《ゆみこ》ならきっと、気遣《きづか》って伝えることはできなかっただろう。

だが、ミント自身が言っていた。

『わたしは……、わたしはぁ……。いつか声優として成功して、お母ちゃんにすごいねって言われることを……、目標にしていたのに……』

目標は、その道を進む理由だ。

彼女が母親に振《ふ》り向《む》いてほしいだけなら、もう声優の道にこだわる必要はない。

進んでも無駄《むだ》だ、とわかってしまったから。

ミントは切なげな瞳《ひとみ》をこちらに向ける。何も答えずに、ただじっと千佳《ちか》を見ていた。

唇《くちびる》が震《ふる》え、開きかけ、ゆっくりと閉じる。

膝《ひざ》の上に置かれた小さな手が、きゅっと握《にぎ》られた。

千佳《ちか》はふっと息を吐《は》き、静かに話を続ける。

「もしそうだとしても、責められる謂《いわ》れはないと思うわ。しょうがないとも思う。あなたが母に振《ふ》り向《む》いてほしい、という目標を持ち続けたのも、悪いとは言わない。でも本当にそうなら、わたしたちが出しゃばる必要もなくなる」

いや、元々出しゃばる必要はないのだけれど。

千佳《ちか》たちが双葉《ふたば》スミレに噛《か》みついたのは、声優仲間の母親だから。

声優を見下し、それを理由に活動を反対するのなら、言い返したくもなる。

でももし、ミントが今回のことで声優を続ける理由を失った、と言うのなら。

千佳《ちか》たちが憤激《ふんげき》する理由もなくなる。

由美子《ゆみこ》はきっと、それが言いたかった。

引《ひ》っ掛《か》かっていた違和感《いわかん》の、正体。

何せ由美子《ゆみこ》は、つい最近まで声優の道を進むかどうか迷っていたくらいだ。

大きな目標を見失えば、その場に立《た》ち尽《つ》くしてしまうのもよくあること。

それでもこの道を進もうと言うのなら、理由が必要だ。

「…………………」

そこまで考えて、ふと思う。

由美子《ゆみこ》には『プリティアになる』という目標があり、ミントにも追いかけてきた目標があり、めくるや乙女《おとめ》にも目標がある、という話を聞いたことがある。

なら、自分は？

『神代《かみしろ》アニメに出演する』という夢が叶《かな》った今、自分にはどんな目標があるんだろう。

ほかのロボットアニメにも出演したいし、由美子《ゆみこ》の前を歩き続けるという目標は変わらないけれど、もっと自分の根幹になるような何かが――。

「わたしは――」

ミントの声に、はっとする。

ミントは何かを言いかけたが、それが言葉になることはなかった。

彼女自身も薄々《うすうす》わかっていたのだろう。

俯《うつむ》いたまま動かないミントに、千佳《ちか》は言葉を重ねる。

「あなたの気持ちがわたしの言ったとおりなら、わたしたちは何もしない。できない。でも……、ただ、そうね。わたしがこんなこと言えた義理じゃないけれど――」

義理じゃないうえに、似合わない。

だから、言葉に詰《つ》まってしまった。

由美子《ゆみこ》がそばにいれば、おそらく「あんたがそれを言うの？」と鼻で笑う。

でもこれは、言ってしまえば由美子《ゆみこ》の代わり。

あの子なら、どうせこんなことを言うんだろうな、と思ったから。

千佳《ちか》は声がするほうに目を向けた。

どこかで合流したのか、由美子《ゆみこ》たちが勢ぞろいでこちらに向かっている。

由美子《ゆみこ》がミントのために、集めてきた声優仲間たちだ。

「あなたが、ほかの人の力を借りたいと言うのなら――。手を貸してくれる人たちは、たくさんいると思うわ」

似合わないことをしている自覚はある。

でも千佳《ちか》は、母親に追いすがるミントを見ていられなかった。

ミントたちを見ていると、どうしても強い感情が湧《わ》いてくる。

それが何なのか、今の千佳《ちか》にはわからないけれど。

わからないなりに、動こうと思ったのだ。

「わたしは………」

ミントは呟《つぶや》きかけるものの、やはり言葉になることはなかった。


プールを存分に楽しんだあと、千佳《ちか》たちは再び移動することになった。

クリスマスにプールとはなんとも風変わりだったが、今からは普通《ふつう》にご飯とケーキを食べる、クリスマスパーティになる手筈《てはず》らしい。その辺りは由美子《ゆみこ》が上手《うま》く手配していた。

行きと同じく、九人でレンタカーに乗り込む。

運転席には纏《まとい》、助手席には理央《りお》が座った。

理央《りお》の言うとおり、纏《まとい》は想像以上に運転が丁寧《ていねい》で、意外にも安心して乗れた。

由美子《ゆみこ》がそれを本人に伝えると、「名古屋《なごや》で鍛《きた》えられましたから……」となぜだか暗い顔をしていたが。

前の席には由美子《ゆみこ》、ミントを挟《はさ》んで、千佳《ちか》。

真ん中の座席に結衣《ゆい》と乙女《おとめ》。

最後部にはめくると花火《はなび》を乗せて、レンタカーは暗くなった道路を走っていく。

プールでは元気いっぱいだったミントも、今は静かだ。

ほかの人たちは「プールではしゃぎ疲《つか》れたんだろう」と思っているようだが、そうではないと千佳《ちか》は知っている。

ミントはずっと、考え込んでいた。

「ミントちゃん、疲《つか》れちゃった？　いっぱい泳いだもんねぇ」

由美子《ゆみこ》がミントの顔を覗《のぞ》き込《こ》みながら、やさしく尋《たず》ねる。

普段《ふだん》のミントなら、「子供扱《こどもあつか》いしないでください！　元気いっぱいですよ！」と強がるか、曖昧《あいまい》に答えて眠《ねむ》そうにしているか。

由美子《ゆみこ》の予想はその辺りだったのだろうが、ミントは違《ちが》う反応を見せた。

無表情のまま、由美子《ゆみこ》の顔をじっと見つめ返したのだ。

「？」

由美子《ゆみこ》が首を傾《かし》げると、ミントは千佳《ちか》を見た。纏《まとい》たちを見た。乙女《おとめ》たちに目を向けた。

そしてゆっくり、前に向き直る。

深呼吸したのが、千佳《ちか》からはわかった。

「──みなさん、少し話を聞いてもらってもいいですか。お力を、借りたいんです」

その声は真剣《しんけん》なもので、どこか大人びて聞こえた。

それほど大きな声量ではなかったが、車のエンジン音に負けないよく通る声だった。

ただの雑談ではないことは明白で、空気が固くなっていく。

由美子《ゆみこ》が身じろぎするのを横目で見ていると、ミントははっきりと口にした。

「わたしの母──、双葉《ふたば》スミレのことです」

ミントはそれから、自分のこれまでの気持ちと、千佳《ちか》たちが目の前で見たことを話した。

自分は元々子役として活動していたが、才能がなくて声優に専念したこと。

母の期待を裏切ってしまい、それから目を掛《か》けてもらえなくなったこと。

母は声優を軽《かろ》んじており、千佳《ちか》や由美子《ゆみこ》を含《ふく》めて、侮辱《ぶじょく》をしたこととその内容。

それらを端的《たんてき》に説明したあと、ミントは意志の決まった声で続ける。

「――わたしは、お母ちゃんに声優という仕事を認めさせたいです。ちゃんとした役者なんだ、って言いたいです。声優を下に見た言葉を全部、撤回《てっかい》させなければなりません」

ミントはまっすぐに前を向いたまま、静かに話を締《し》めくくった。

千佳《ちか》は何とも言えない感情で、彼女の横顔を見つめる。

けれど由美子《ゆみこ》は、その感情をはっきりと口にした。

「ミントちゃん。それでいいの？　本当に、それで。それが、ミントちゃんの意思？」

心配で仕方ないと言わんばかりの表情で、由美子《ゆみこ》はミントの肩《かた》に手を置く。

ミントは、そっと目を伏《ふ》せた。

その瞳《ひとみ》は、迷ったように揺《ゆ》れている。

「……正直に言うと、わかりません。ずっと、考えてはいたんです。自分がどうしたいのか。でも、答えは出なくて……。だから、自分の気持ちに正直になって……。とにかく、前に進もうって。やりたいことをやろう、って思ったんです」

ミントは顔を上げる。

その表情に陰《かげ》りは見えるものの、どこか晴れ晴れとして見えた。

彼女の瞳《ひとみ》は、輝《かがや》きを取《と》り戻《もど》す。

「お母ちゃんにどう言われようと、わたしは声優をやりたいです。この仕事が好きです。声優は年齢《ねんれい》も、親の七光りも関係ない、声だけで演じられる〝役者〟です。それは本当にすごいことだと思うんです。だからわたしは、ここにいます」

はっきりとそう宣言してから、周りに目を向ける。

その目に、悲《ひ》哀《あい》の色はない。

拳《こぶし》をぎゅっと握《にぎ》り、高らかに持ち上げた。

「これからのわたしのために、声優としてのわたしのために！　母にあの言葉を撤回《てっかい》させなきゃダメなんです。だからみなさん。力を貸してください！　お母ちゃんを、わたしはぎゃふんと言わせたいです！」

大人びて見えた横顔は普《ふ》段《だん》どおりに戻《もど》ったけれど、活力が溢《あふ》れ出《だ》していた。

母親のことを割り切ったわけじゃない。

それでも彼女は、とにかく前に進むことを決めたようだ。

彼女は自分がやりたいことを提示されたとき、いつも瞳《ひとみ》を輝《かがや》かせていた。

『声優をやりたい』という気持ちに、きっと嘘《うそ》はない。

先ほど由美子《ゆみこ》が言った、「やりたいと言ってほしい」という言葉が後押《あとお》しした部分もあるかもしれない。それだけ、ミントが由美子《ゆみこ》を信用している証左でもあった。

当の由美子《ゆみこ》はずっと心配そうな表情をしていたが、ミントの顔を見て吹《ふ》っ切《き》れたらしい。

ぐっと唇《くちびる》を引き結んだあと、力強く拳《こぶし》を握《にぎ》った。

「――ん。ミントちゃんが、そう言うなら。あたしは、ミントちゃんの力になるよ。何でも言って、協力するから」

千佳《ちか》もそれに頷《うなず》く。

既《すで》に、由美子《ゆみこ》と千佳《ちか》は乗りかかった船だ。

それでも、ミントは嬉《うれ》しそうな顔をしていた。

「……ミントちゃん、その話。本当なんだね。お母さん、そんなこと言うんだね」

突然《とつぜん》、低い声が後ろから介入《かいにゅう》した。思わず、振《ふ》り返《かえ》る。

声の主は唇《くちびる》を笑《え》みの形にしたまま、目を細めていた。

笑っているように見えるのに、めちゃくちゃ怒《おこ》っているのが伝わる。

普段穏《ふだんおだ》やかな人が怒《いか》りを見せると、凄《すご》みが出るのだと千佳《ちか》は知った。

「許せないなあ」

桜並木《さくらなみき》乙女《おとめ》、意外にもブチギレである。

珍《めずら》しい表情に千佳《ちか》はもちろん、由美子《ゆみこ》も戸惑《とまど》っていた。

その顔が見たかったのか、最後列のめくるがそわっとしている。

「お、乙女《おとめ》姉さん、めちゃくちゃ怒《おこ》ってんね」

「だってぇ！　許せないよ！　声優をそんなふうにバカにして！　しかも、何十年も役者をやってきた人が！　よく知りもしないのに！　そんなのおかしいよ！」

ぷんすか、と乙女《おとめ》は怒《おこ》り出す。

戻《もど》った、と由美子《ゆみこ》が笑っていると、乙女《おとめ》がズズイと身を乗り出した。

乙女《おとめ》は前の座席に手を置き、勢い込んでミントに言う。

「ミントちゃん！　わたしも協力するから！　なんでも言って！」

ミントは「ありがとうございます」と素直《すなお》に笑った。

乙女《おとめ》がそこまで怒《おこ》り出すのは正直予想外だったが、彼女は今や若手のトップ声優。

前をひた走る人間だからこそ、思うところがあるのかもしれない。

それに同調したわけではないだろうが、乙女《おとめ》の隣《となり》にいた結衣《ゆい》も声を上げた。

「高橋《たかはし》も許せないです！　夕陽《ゆうひ》先輩《せんぱい》も含《ふく》めて、尊敬する先輩《せんぱい》がたくさんいる世界なんですから！　高橋《たかはし》もやります！　みんなで協力すれば、きっとぎゃふんと言わせられますよ！」

こっちは平常運転。

ただ、結衣《ゆい》の発言は的を射ていた。

自分たちをバカにされただけなら、千佳《ちか》たちは力のなさに悔《くや》しさを覚えるのみ。

けれど業界全体、先を行く先輩《せんぱい》たちをも丸ごと否定されては、身を乗り出したくもなる。

そうやって結衣《ゆい》たちが盛り上がる中、大人っぽい落ち着いた声が飛んできた。

「ちょー、待った待った。協力するのは全然いいし、あたしも声優をバカにされるのは納得《なっとく》いかないけどさ。どうやって声優を認めさせるの？　その方法って難しくない？」

花火《はなび》だ。

よく通る声を最後列から投げ込まれ、いきり立っていた千佳《ちか》たちはぐっと言葉に詰《つ》まった。

さらに、めくるの静かな声が追加される。

「わたしも、声優って仕事は好き。でも、演技の幅《はば》が広くて、声優〝も〟できる俳優に、『俳優の下位互換《かいごかん》だ』って言われるのは、ある意味しょうがないと思う。理解がないなら無理にわかり合う必要はないと思うけど、今回は認めさせるわけでしょ。その方法は、難しいよ」

正論だった。

簡単にわかり合えるのであれば、双葉《ふたば》スミレはあんなことを言っていない。

理解できない、しようとしない相手を納得《なっとく》させるには、大きな力が必要だ。

認識《にんしき》を上書きするほどの力を、千佳《ちか》たちは用意しなくてはならない。

声優の強み、声優だからこその魅力《みりょく》、俳優では届かないもの。

それは一体、なに？

千佳《ちか》たちが悩《なや》み始めると、そこに涼《すず》やかな声が浮《う》かんだ。

「ねぇ、理央《りお》。理央《りお》はこの中で唯一《ゆいいつ》声優じゃない、言ってしまえば普通《ふつう》の人だけど。どう思う？　声優って、何が強みだと思う？」

纏《まとい》が穏《おだ》やかな口調で、理央《りお》に問いかけている。

気を遣《つか》って黙《だま》っていただろう理央《りお》が、「え、わ、わたし？」と困惑《こんわく》していた。

姉から話を振《ふ》ることで理央《りお》の意見を出しやすくしたのだろうが、それでも理央《りお》はちらちら千《ち》佳《か》たちを窺《うかが》っていた。気を遣《つか》っているのが見て取れる。

それに、由美子《ゆみこ》は前のめりになった。

「そうじゃん。理央《りお》ちゃんは声優じゃないからこそ、率直《そっちょく》な意見が言えるんじゃない？　あたしらはどうしても身内びいきしちゃうけどさ。理央《りお》ちゃんの考えは貴重だよ。教えて？」

「う、うーん……」

そこまで水を向けられても、理央《りお》は渋《しぶ》っていた。

纏《まとい》が頷《うなず》いてみせると、理央《りお》は言いにくそうにしながらも答え始める。

「いやまぁ……、よくわかんないっていうのが正直なところですよ。わたしは声優には詳《くわ》しくないから、すごい声優とかすごい演技って言われても、ピンとこないし……。わかりやすくはないと思います。俳優は、まぁなんとなく雰囲気《ふんいき》でわかる気もしますけど」

普通《ふつう》の高校生らしい意見だった。

ドラマや映画と違《ちが》って、アニメやゲームは歳《とし》を重ねるにつれて、触《ふ》れる回数が少なくなることも珍《めずら》しくない。その中で、声優の演技がどうだと考える人はさらに少ない。

「そっかぁ、まぁそんなもんだよねぇ」と由美子《ゆみこ》が頭を傾《かたむ》けた。

千佳《ちか》は顎《あご》に指を添《そ》えて、ぼそりと呟《つぶや》く。

「……まるで知らない世界だから、よくわからない、わからないからこそ下に見る、というのはあるかもしれないわね。そういう人、ネットにもよくいるし」

由美子《ゆみこ》はそれを聞いて、げんなりとしていた。

背もたれに身体《からだ》を預けて、口を開く。

「まぁねぇ……。たまにネットでも見るもんなぁ……。声優なんてだれでもできる、みたいな野次。だれでもできるなら、こんな悩《なや》んでないってーの」

「わたしたちは、アイドル声優をやっていたから余計言われやすいしね」

ファントムのときは裏営業だのコネだの騒《さわ》がれたし、未《いま》だにそれを信じている人もいる。

声優なんて結局容姿、それかコネだろ、なんて悪評は絶えない。

言いやすい業界だろうな、とは思う。

だからこそ、双葉《ふたば》スミレのような人間には受け入れられないのだろうか。

千佳《ちか》が考え込んでいると、由美子《ゆみこ》が腕《うで》を組んだまま呟《つぶや》く。

「まるで、知らない世界だから……。知らない……？　それは無関心だから？」

独り言だったらしく、それは近くにいた千佳《ちか》とミントの耳にしか届かなかった。

それが何かの意見になる前に、『アイドル声優』という言葉に理央《りお》が反応する。

「あ、でも、あれは感動しましたよ！　ティアラのライブ。姉が歌ってるところを見たとき、泣いちゃいましたもん。お客さんも熱くて、盛り上がってて……。その熱の先にねぇねがいるのは、誇《ほこ》らしかったなぁ……。あの光景を見たときは、声優ってすごいなって思いました」

しみじみと言う理央《りお》に、纏《まとい》は恥《は》ずかしそうに言葉を控《ひか》えていた。

あの光景は確かに、心を動かす。

光《ひか》り輝《かがや》くサイリウムの海と、お客さんの熱い歓声《かんせい》には、凄《すさ》まじい力がある。

そこに反論をしたのは、意外にも結衣《ゆい》だった。

「高橋《たかはし》もライブに両親が来てくれて、すごいすごいって何度も褒《ほ》めてくれましたけど……。あれはどちらかというと、家族が頑張《がんば》ってる姿に感動してる感じが……。声優に対して、すごいって言ってるわけじゃない気がします……」

「そうね。うちの親も、声優のことよくわかってないけど、すごいって言うわ」

めくるの言葉も付け足され、理央《りお》も「それはそうかも……」と納得《なっとく》してしまった。

双葉《ふたば》スミレを『親として』感動させてしまうのは、違《ちが》う。

ミントは声優として、双葉《ふたば》スミレは俳優として、ぶつかる必要がある。

でも、それはどうすればいい？

結局、その日は何も答えが出ずに、声優たちを乗せた車はクリスマスの街を走り続けた。

DAIKICHI entertainment agency

Talent Profi

大吉芸能事務所

双葉ミント

Futaba Mint 【ふたば　みんと】

生年月日	20××年11月10日
趣味	ドッヂボール・ゲーム
SNS ID	Mint-F

出演履歴

【テレビ】

『ぷうぷう山のぷう子ちゃん』メインキャラクター（ぷう子）

『ティアラ☆スターズ』メインキャラクター（滝沢みみ）

『世紀末!最後の嘘つき伝説』メインキャラクター（やちよ）

『かすたーど・ぷりんちゃんの冒険』サブキャラクター（くりーむちゃん）

『ハムハムハム太となかよしのこびとたち』サブキャラクター（あかいこびとさん）

『夜明け前の天体観測』メインキャラクター（角屋羊子）

『キング・タイガー』サブキャラクター（虎虎トラ子）

『R-リターン-』サブキャラクター（赤色の星）

【ゲーム】

『ティアラ☆スターズ』滝沢みみ

『クリスタルファンタジー』ピース・メモリアル

『LAST FLOWER』騎士マリー

『戦国英雄譚』初

【ラジオ】

『ティアラ☆スターズ☆レディオ』

担当コメント

小学生でありながら芸歴八年を誇る、実力派声優です。大人顔負けの演技力を持ちながら、まだまだ成長途中の可能性の塊です！　幼さを感じさせない声色を使い分け、幅広いキャラクターを演じることができます。また、最近はアイドル声優活動にも力を入れており、これから成長していく姿をファンの方に見せることができます。安定した実力を持ちながら、活動できる期間はほかのアイドル声優の比ではありません！　基礎的なところは完成されながらも、まだまだ伸びしろのある双葉ミントをよろしくお願いします。

※本人たちの意向により、双葉スミレの娘という触れ込みはご遠慮いただけると幸いです。

DAIKICHI entertainment agency

連絡先　大吉芸能事務所

TEL:00-0000-0000
SNS ID:000000000

「さて、これが年内最後の放送になるのだけれど」

「そうねー。やー、もう年末か。こう、現場に来るとその忙しなさで年末を実感するね」

「スタッフも作家もマネージャーも、年末進行で駆け回っているものね。わたしたちも、年末はどうしても詰め込まれるし」

「この収録も実は二本録りだしね。今は一本目でーす」

「まだ年末なのに、年明けの放送分も録るのよね。今年ももう終わりね、っていう話と年が明けたわね、っていう話を同収録でするんだから、いろいろとおかしくなりそうだわ」

「どうせ来年の抱負とか言わされるんでしょ？　まだ年明けてないのに。鬼が笑うよ？」

「まぁそれは三十分後くらいのわたしたちに任せるとして。今から何の話をしましょうね。時空の歪みがあるから、若干及び腰だわ」

「今は年末なのか年始なのか、もうあたしたちにもわかんないよ」

「あぁ。あの話をするのは？　ほら、さっきの。朝加さんの」

「あ、そうだそうだ。これ言っていいの？　プライベートだから別にいい？　いや、実はね。急遽、みんなで初詣に行くことが決まってね。しかもさっき。朝加ちゃん、その理由も言ってもいい？」

「……ダメ。ダメなんですか。はぁ。やす、どう思う？」

「ダメならしょうがないな。そうかぁ、朝加ちゃんが親に嘘吐いたから、

夕陽とやすみのコーコーセーラジオ！

って話は言っちゃダメなのかぁ」

「帰省から逃げるための、後付けの口実ってことも言っちゃダメなんですね」

「――わはは。朝加ちゃん、珍しく焦ってら」

「……いや、あの。朝加さん。『まぁどうせ聴いてないからいいけど』って言うのやめてくれませんか。いろんな意味で悲しくなります」

「まぁ朝加ちゃんの親が聴いてたら、それはそれで変な緊張するけど……。えー、そういうわけでね。あたしたちで、初詣に行くことになったんだけど」

「今のわたしたちは、まだ年末だから。そして年明けのわたしたちも、今のわたしたちだから。話すにしても、二回先の放送でしょうね」

「その頃まで、初詣であったことをちゃんと覚えてるといいなぁ」

「時空の歪みの弊害よね。いざ話そうとすると、時間が経ちすぎて忘れてるっていう」

「大体、年明け二回目の放送って、もう正月気分抜けてるし」

「……これ、前フリしておいたのに、話すようなことが一切起きなかったらどうする？」

「忘れたってことにしよう。リスナーも察して。わざわざ確認のメール送ってこないでね」

「録れ高ゼロの初詣だったんだな、って思っていて頂戴」

「初詣に録れ高求めるな、って話だけども」

to be continued……

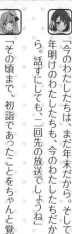

コーコーセーラジオ、第89回の収録日。

その打ち合わせ。

千佳《ちか》と由美子《ゆみこ》が会議室で朝加《あさか》を待っていると、ゆっくりと扉《とびら》が開いた。

いつもはへろへろながらも暗い顔を見せない朝加《あさか》だが、今はどう見てもげんなりしている。

渋《しぶ》い顔でスマホを仕舞《しま》ってから、「ふたりとも、おはよう～」と普段《ふだん》どおりの挨拶《あいさつ》。

由美子《ゆみこ》がその異変を無視するわけがなく、すぐさま尋《たず》ねた。

「どったの、朝加《あさか》ちゃん。なんかあった？　しっぶい顔してたけど」

朝加《あさか》は表情の切《き》り替《か》えに失敗していたことに、今気付いたらしい。

はっとしたあと、ばつが悪そうに冷えピタに手をやった。

由美子《ゆみこ》の質問には答えず、ふたりに向かって口を開く。

「やすみちゃん、夕陽《ゆうひ》ちゃん。元旦《がんたん》、暇《ひま》だったりしない？」

元旦《がんたん》。

思わぬ誘《さそ》いに、千佳《ちか》は由美子《ゆみこ》と顔を見合わせる。

「あたしは今のところ、特に予定はないかな。お雑煮《ぞうに》くらいは作るけど」

「うちも特にありません。祖父母の家に行くのは二日ですし」

元日なら母は家にいるだろうが、何かするわけでもない。ただの休みと変わらなかった。

ふたりの返事に、朝加《あさか》はほっと息《はく》を吐《は》く。

席に着きながら、尋《たず》ねた理由を口にした。

「そっか。それならふたりとも、初日の出でも見に行かない？　車出すからさ」

「え、なにどうしたの、朝加《あさか》ちゃん。朝加《あさか》ちゃんがそんなこと言うなんて」

「またドッキリ企画《きかく》でもやるんですか？　正月からなんて、仕事熱心すぎませんか」

「いやいや、そうじゃなくて」

あまりに似つかわしくない提案に違和感《いわかん》を申告《しんこく》し、朝加《あさか》が失笑《しっしょう》を返す。

その笑《え》みを隠《かく》すように、朝加《あさか》は口元に手を当てた。

「いやね。さっき、親から電話が掛《か》かってきて。正月は帰ってくるんでしょ〜、って言われてさ。元日に親戚《しんせき》で集まりがあるんだから、あんた顔出しなさいよ、なんて言われて……」

朝加《あさか》は、表情に疲《つか》れを滲《にじ》ませている。

由美子《ゆみこ》はあっけらかんと答えた。

「いいじゃん。親戚《しんせき》の集まり。帰ればいいのに」

「やだよ。親だけでも面倒《めんどう》くさいのに。親戚《しんせき》たちにまで結婚《けっこん》しろだの仕事はどうなんだ、って言われたくないんだって。説明しても理解できないのに、聞いてくるんだから、もう」

朝加《あさか》はふるふると頭を振《ふ》っている。

そういえば前に、親とは仕事のことで確執《かくしつ》がある、と話していた。

それは親戚《しんせき》も同じらしい。

「朝加《あさか》さんは、帰省しないんですか？」

「いや、帰りはするけどね。何もないときに帰省したくて。でも、親がそう言ってくるもんだから、つい『もう予定作ったから』って電話切っちゃってさ。そうなるとさぁ、さすがに家でのんびりしてるのは罪悪感あるでしょ？」

肩《かた》を落とす朝加《あさか》に、由美子《ゆみこ》は苦笑《くしょう》を浮《う》かべている。

千佳《ちか》は、不思議な気分でそれを聞いていた。

朝加《あさか》くらい立派に大人をしていても、親に対してそんなことを考えたり、自分をごまかすことをするんだな、と。

そこで、朝加《あさか》は前のめりになった。

「で、ふたりに聞いたってわけ。ふたりとも受験生だけどさ、それなら合格祈願《きがん》くらいしてもいいんじゃないかと思って」

そういうわけらしい。

千佳《ちか》も一度くらいは神社に行こうと思っていたし、車を出してもらえるのならありがたい。

ただ。

「朝加《あさか》さん。仕事はいいんですか？」

「ん。そこは大丈夫《だいじょうぶ》。今年は、年末年始くらいは休めるよ。まぁ仕事だったら、何の罪悪感もなく仕事、って言えたんだから、良《い》いんだか悪いんだか」

朝加《あさか》は腕組《うでぐ》みをしながら笑っている。

そういうことなら、と千佳《ちか》も由美子《ゆみこ》も行くことにした。

さらに朝加《あさか》は「あ、ほかに声優誘《さそ》ってもいいよ。車に乗れる人数までなら。まぁ正月に出てこられる人なんて、あんまりいないだろうけど」と言葉を付け加えた。

それを聞いて、由美子《ゆみこ》は千佳《ちか》に顔を近付けてくる。

「ミントちゃんってお正月、暇《ひま》かな」

「あぁ……。どうでしょうね……。案外暇《ひま》かもしれない……、聞いてみたら？」

由美子《ゆみこ》は早速《さっそく》スマホを取り出す。

普通《ふつう》、小学五年生が正月に暇《ひま》していることはなさそうだが、双葉《ふたば》家ならわからない。

もし暇《ひま》なら、クリスマスと同じく、元気づけるために呼びたいのだろう。

さらに由美子《ゆみこ》は、「あとはもうひとりかな」と呟《つぶや》いた。


と、いうわけで。

正月早々、声優たちで集まることになったわけだが。

お参りを済ませられるのなら、と千佳《ちか》も賛同したけれど、朝起きたときに少し後悔《こうかい》した。

何せ、寒い。

夜はまだ明けておらず、外は真っ暗。

冷たい空気に身体《からだ》を震《ふる》わせながら、千佳《ちか》は足早に暗い道を歩いていた。

集合場所には既《すで》に由美子《ゆみこ》と朝加《あさか》が来ていたので、一応新年の挨拶《あいさつ》から入る。

「あけましておめでとうございます」

「あけましておめでとう、夕陽《ゆうひ》ちゃん」

「あけおめ」

ふたりとも寒そうにしていた。

時刻は午前五時。一番寒い時間帯だから、それも当然と言える。

朝加《あさか》は上品な白いコートを着ていて、中はタートルネック、下はベージュのワイドパンツを穿《は》いていた。普段《ふだん》と違《ちが》ってきちんと髪《かみ》をまとめ、冷えピタもない。赤い眼鏡を掛《か》けていた。

年末は本当に休めたようで、目の下のクマも消えている。

「ん。どしたの、夕陽《ゆうひ》ちゃん」

「……いえ。外仕様の朝加《あさか》さんを見ると、少し困惑《こんわく》するだけです」

自分たちも大概《たいがい》、裏と表で姿が違《ちが》うが、彼女もそれに匹敵《ひってき》すると思う。

それを聞いて、由美子《ゆみこ》が嬉《うれ》しそうに朝加《あさか》の背中を撫《な》でた。

「朝加《あさか》ちゃん、普段《ふだん》からオシャレしたらいいのに」

「絶対やだ」

朝加《あさか》は口を曲げているが、確かに普段《ふだん》のスウェット姿より何倍も見栄《みば》えがいい。

ただ、朝加《あさか》は単純にあの格好を気に入っている気がする。

そこでぴゅうっと風が吹《ふ》いて、由美子《ゆみこ》が「うわあ、さむぅ」とその場で足踏《あしぶ》みを始めた。

彼女は白のニットに淡《あわ》い桃色《ももいろ》のショートコートを重ね、下は歩きやすそうなブーツ。

と、黒のミニスカート。

めっちゃ脚《あし》出しとる。

アホなのかな。

出している脚《あし》にペタッと触《さわ》ったらめちゃくちゃ冷たかったうえに、「意味もなく触《さわ》るんじゃないよ」と頭をはたかれてしまった。

「お、来た」

三人で話し込んでいると、最後のひとりがやってきた。

「あけましておめでとうございます〜。朝加《あさか》さん、今日はよろしくお願いします〜」

頭を下げるのは、ダウンジャケットに身を包んだ女性。

マフラーを首に巻き、口元は隠《かく》れている。暖かそうなニットの帽子《ぼうし》をかぶっていた。

それでもぶるぶる震《ふる》えながら、ポケットに深く手を突《つ》っ込《こ》んでいる。

御花飾莉《おはなかざり》だ。

彼女も実家には帰らず、正月はこっちで過ごすらしい。

彼女に挨拶《あいさつ》を返したあと、朝加《あさか》は笑《え》みを浮《う》かべる。

「飾莉《かざり》ちゃん、来られたんだ。さすがにお正月は、バイトもお休み？」

「バイトは昼からです～。年末年始は稼《かせ》ぎ時《どき》なので、休むわけにはいかないんですよぉ。昨日もラストまでだったし」

「え、そうなの？　今日大丈夫《だいじょうぶ》なの？　あんま寝《ね》てないでしょ」

「ま～……、でも午前中は空いてるので～」

「飾莉《かざり》ちゃん、前の集まりに来られなかったの、気にしてるんだもんね」

由美子《ゆみこ》の茶々入れに、飾莉《かざり》はあからさまにむっとする。

「そんなんじゃないですけどぉ」と、由美子《ゆみこ》の肩《かた》を小突《こづ》いていた。

今回は、この四人とミントで初詣《はつもうで》に向かう。

前回と違《ちが》って人数は半分近くになったが、帰省しないのはこの面子《めんつ》くらいらしい。

朝加《あさか》は車のキーを取り出しながら、前を歩き出す。

「それじゃ、まずはミントちゃんの家にいこっか」

「ん。運転ありがとね、朝加《あさか》ちゃん」

朝加《あさか》が運転してきた車に乗り込む。

ナビに住所を登録し、ミントの家に向かった。

さすがに小学生を真冬の早朝に呼び出すわけにはいかず、迎《むか》えに行くことになっていた。

程《ほど》なくして、朝加《あさか》の車は指定された住所に辿《たど》り着《つ》く。

ナビが目的地に着いたことを告げ、車は速度を落としながら道路の端《はし》に寄る。

「……おおう。これ？」

朝加《あさか》は窓からそれを見上げ、ぼんやりと呟《つぶや》いていた。

千佳《ちか》も窓の外に目を向けると、そこにはいかにも豪邸《ごうてい》といった一軒家《いっけんや》。

白を基調にしたモダンな雰囲気《ふんいき》のお家《うち》で、上品でオシャレ。それが大きく横に広がり、高い塀《へい》がぐるりと囲んでいる。その大きさもさることながら、気品のある風格に怯《ひる》んでしまう。

「いやぁ、さすが大女優の家だなあ……」

由美子《ゆみこ》も呆然《ぼうぜん》と見上げている。

「こんなおっきな家に住めたら、いいよねぇ……」

飾莉《かざり》がため息まじりで呟《つぶや》いていたが、表情は見えなかった。

車を停《と》め、おそるおそる降りていく。

早朝にインターフォンを鳴らすのは抵抗《ていこう》があるが、幸い家屋には電気が灯《とも》っていた。

朝加《あさか》がインターフォンを押すと、「すぐ出ます」と女性の声が返ってくる。ミントではない。

例のお手伝いさん？　正月早朝から？

顔を見合わせていると、扉《とびら》が開く音が聞こえた。

ふたつの足音が近付いてきて、音の主が門から姿を現す。

「えっ」と声を上げたのは由美子《ゆみこ》だが、ほかの人も出してしまったかもしれない。

何せ、そこにはミントと手を繋《つな》いだ――、双葉《ふたば》スミレの姿があったからだ。

まさか、スミレがわざわざ出てくるとは思っていなかった。

「あけましておめでとうございます。今日はミントがお世話になります」

「え、あ、いえ。はい、全然、大丈夫《だいじょうぶ》です、あ、あけましておめでとうございます……」

大女優がぺこりと頭を下げるので、朝加《あさか》も焦《あせ》っていた。

スミレは以前のように風格を纏《まと》うことなく、ごく普通《ふつう》のパジャマ姿だ。

羽織っているコートやパジャマは高級そうだが、普通《ふつう》のお母さんに見えなくもない。

そして、肝心《かんじん》のミントは頭をぐわんぐわんさせていた。

格好自体は、前に佐藤《さとう》家に来たときと同じもの。そこにモコモコした手袋《てぶくろ》を追加していて、やけに膨《ふく》らんでいるから中も着込んでいるのだろう。

頭を揺《ゆ》らしながら目を瞑《つぶ》っていて、寝惚《ねぼ》けている……、というより、ほとんど寝《ね》ていた。

スミレは、ミントの背中にそっと手をやる。

「ほら、ミント。今日はよろしくお願いします、は？」

「きょうはひれほりはらほりしましゅ……」

「なんて？」

まぁ小学生にここまでの早起きはしんどいかもしれない。

スミレは不安そうにミントを見つめていたが、由美子《ゆみこ》が代わりに手を繋《つな》ぐと、少しだけ安心したような顔つきになった。

その仕草や朝加《あさか》にお礼を言う姿は、ただの母親のように見えるけれど。

彼女はミントの母親であり――、同時に〝双葉《ふたば》スミレ〟でもあるのだ。

「ミントちゃんのお母さん」

スミレは、顔をゆっくりとこちらに向けた。

千佳《ちか》の声色《こわいろ》が真剣《しんけん》なものだったからだろう、スミレの目に鋭《するど》さが宿る。

それだけでスミレから圧迫感《あっぱくかん》を覚え、後ずさりしそうになる。

明確にスイッチが入っていた。

今、彼女は母親ではなく、女優として千佳《ちか》と相対している。

それでも千佳《ちか》は何とか踏《ふ》ん張《ば》り、真っ向から口を開いた。

「以前の話を覚えていますか。声優が俳優にも劣《おと》らないと証明すると、わたしは宣言しました。今日はまだできませんが、近いうちに必ず話を付けに来ます」

双葉《ふたば》スミレは返事をせず、こちらの目を覗《のぞ》き込《こ》む。

彼女の迫力《はくりょく》に呑《の》まれそうになるが、ぐっと堪《こら》えた。

黙《だま》って睨《にら》み合《あ》ったあと、スミレはあのときと同じ憐憫《れんびん》の目を向けてくる。

「ええ、覚えていますとも。ただ、あまり恥《は》ずかしいことを口にしないほうがいいですよ。どうせそんなこと、できやしないのだから。無駄骨《むだぼね》を折った挙句、さらに恥《はじ》をかくだけ」

空気がピンと張《は》り詰《つ》める。

火花が散って、今すぐにでも破裂《はれつ》しそうだった。

その見下した態度に、千佳《ちか》の苛立《いらだ》ちは振《ふ》り切《き》れそうになる。

だがそこで、「ほら、ミントちゃん足上げてー」「ふああい……」「返事だけじゃ〜ん。やすみちゃん、もう抱《だ》っこしたほうが早くない？」というやりとりが、車の前から聞こえてきた。

スミレはそちらを見てから、小さく息を吐《は》く。

「……ミントと遊んでくださることには、感謝しています。だからそのまま、忘れてもらって構わないのに」

いつの間にか、スミレからは気迫《きはく》がかき消えていた。

その意図は読めなかったが、千佳《ちか》とこれ以上言い争いをするつもりはないようだ。

いってらっしゃい、とミントに声を掛《か》け、朝加《あさか》に再び頭を下げる。

その姿を見せられれば、千佳《ちか》も車に戻《もど》るしかなかった。

車が発進した途端《とたん》、ミントは早速《さっそく》寝息《ねいき》を立て始める。

飾莉《かざり》の肩《かた》に思いきり頭を預けていたが、飾莉《かざり》はそれどころではないようだ。

「ふあー！　緊張《きんちょう》した！　あたし、生の女優って初めて見たよ〜」

「わたしもあそこまでの有名人は初めてかも……。いやぁ、びっくりしたねえ」

ミントの事情を知らない飾莉《かざり》と朝加《あさか》は、大女優を見られた興奮に浸《ひた》っていた。

ただ、そのまま話に花を咲《さ》かせるつもりはないらしい。

飾莉《かざり》はちらりと千佳《ちか》を見て、そのあと由美子《ゆみこ》に目を向けた。

「ふたりともちょっと訳アリな感じだった～？　双葉《ふたば》スミレと何かあったの？」

飾莉《かざり》が踏《ふ》み込《こ》む。

突《つ》っ込《こ》みづらい空気だったのに、それでも構わず口にするのは、空気を読んでいないのか、読んでいないふりなのか。

朝加《あさか》も同じように気付いただろうが、彼女は「見てないよ」という顔をしていたのに。

千佳《ちか》は爆睡《ばくすい》しているミントを見やる。

口を開けて寝《ね》ている姿は、まるきり子供だ。

「……たぶん、ミントちゃんから相談されると思いますよ」

同じティアラの仲間である飾莉《かざり》、放送作家として関わるようになった朝加《あさか》の力は、おそらくミントも求めている。相談できる相手、考える頭が増えるのはありがたいはず。

だが、千佳《ちか》や由美子《ゆみこ》が勝手に話すわけにはいかない。

飾莉《かざり》は答えをもらえなかったことに不満そうだったが、朝加《あさか》が「ふうん。そっか」とだけ言って、さっさと別の話題を持ちかけたため、この話題は終わった。

そうしているうちに、目的地に辿《たど》り着《つ》く。

少し離《はな》れた場所にある、有名な神社だ。

空は白んですらいないのに、通行人がどんどん増えていって、駐車場《ちゆうしやじよう》も混み合っていた。

ぎゅうぎゅうの駐車場《ちゆうしやじよう》に一苦労しながら車を停《と》め、朝加《あさか》はエンジンを切る。

そこでようやく、ミントが目を覚ました。

「……はれ？　ここ、どこですか？　あれ？　夕暮《ゆうぐれ》さんに御花《おはな》さん？　なんで？　……あっ、初詣《はつもうで》！　あれ、もう着いてる！」

急速に意識を覚醒《かくせい》させると、ミントは高い声を上げた。

飾莉《かざり》の「も〜、ミントちゃんお子ちゃま〜」という揶揄《やゆ》も無視し、車の外に飛び出す。

手をバッと大きく広げて、目を輝《かがや》かせた。

「まだ夜なのに、たくさん人がいる！　すごいですね！」

「もう早朝だけれどね」

とはいえ、陽《ひ》が昇《のぼ》るにはまだ時間があった。

その陽《ひ》を一目見ようと、神社の長い石段をせっせと上る人が多いこと多いこと。

ミントは人だかりを見ながら、その場で一回転していた。

ミントほど身軽にはなれず、千佳《ちか》たちはのそのそ車を降りる。

彼女はそれすら待ちきれない、とばかりに駆《か》け寄《よ》ってきた。

「それで！　初詣《はつもうで》っていったい何をするんですか？」

ここまで来ておいて、その質問には脱力《だつりょく》する。

由美子《ゆみこ》がわはは、と笑ってから、境内《けいだい》のほうを指差した。

「お参りだよ。そんで屋台で何か食べるなり時間潰《つぶ》して、お日様が出るのを待つの」

「そうなんですね！」

わかっているのかいないのか、ミントはその場でジャンプした。

とにかくテンションが高い。

まぁ小学生が夜に（早朝だが）外で遊ぶとなれば、こうなるのも仕方がない。

「……ううん。これ、番組か何かで来たほうがよかったかな」

ミントの反応がやけによかったからか、朝加《あさか》がぽつりと呟《つぶや》く。

千佳《ちか》は肩《かた》を小さく竦《すく》めて、囁《ささや》くように答えた。

「お正月なのに、仕事熱心すぎませんか。それに、ミントちゃんは番組なら猫被《ねこかぶ》りますし」

「あ、そうだった。ま、正月から撮影《さつえい》っていうのもみんな嫌《いや》だよね」

気の抜《ぬ》けた笑《え》みを浮《う》かべる朝加《あさか》とともに、千佳《ちか》たちも階段の列に加わる。

まずはお参り。

初日の出とセットと考える参拝客は多いらしく、混雑具合に千佳《ちか》はげんなりする。

そこから意識を逸《そ》らすように、千佳《ちか》は隣《となり》の由美子《ゆみこ》に問いかけた。

「佐藤《さとう》は何をお願いするの。やっぱり合格祈願《きがん》？」

「んー……。それもあるけど、一番はミントちゃんのことかな。受験は何とかなるでしょ」

由美子《ゆみこ》はさらっと答える。

少し前まで、受験勉強やベー！　と焦《あせ》っていたはずだが、今はすっかり落ち着いていた。

いや、一月のこの土壇場《どたんば》で慌《あわ》てていたら、もう挽回《ばんかい》は難しいだろうが。

でもそれなら、仕事が増えるようお願いすればいいのに。

以前はそれで、大きく崩《くず》れていたくらいなのだから。

まぁ彼女の場合、たまたま仕事がない期間が重なっただけだが。一月のアニメには普通《ふつう》に出るし、受験が終わればオーディションに精を出すだろう。

だから今は、そこまで焦《あせ》っていないのかもしれない。

千佳《ちか》は空き教室で、襟首《えりくび》を摑《つか》まれたときのことを思い出していた。

嫉妬《しっと》にまみれ、激情をむき出しにし、牙《きば》を剝《む》くように歯を食いしばっていた彼女。

あの表情は、どこまでも——。

「あん？　なに」

「……なにも」

気付かないうちに、由美子《ゆみこ》の横顔をじっと見ていたらしい。

彼女の顔を見ていれば、この人混みでも少しは気も紛《まぎ》れると思ったが。

千佳《ちか》は大人しく、前に向き直った。

「……うう」

千佳《ちか》は境内《けいだい》にあるベンチに腰掛《こしか》けて、ぐったりしていた。

何とかお参りを済ませたものの、そこに至るまでも戻《もど》るまでも、人混みにもみくちゃにされた。勘弁《かんべん》してほしい。

境内《けいだい》にはたくさんの人が行きかっているし、屋台で飲み食いをしている人も多い。

だが、ここから立ち上がり、あそこに加わろうとはとても思えなかった。

「わはは。人酔《ひとよ》いしてら」

由美子《ゆみこ》がバカにしてくるが、弱々しい声で「出たわ……。あなたのそういうところ、本当に嫌《きら》い……」と返すのが精いっぱいだった。

「そろそろ日の出ですよ！　夕暮《ゆうぐれ》さん！　早く上に行きましょう！　善は急げ！　一年の……、あの、なんか、は元旦《がんたん》にあり！　ですよ！」

テンションがうなぎ上りのミントは、今にも駆《か》け出《だ》しかねない勢いで石段を指差した。

この神社には展望台のような場所があり、そこで日の出を待つ参拝客は多い。

当然、混雑している。

せっかくなら高い場所からご来光を拝みたいが、人混みに突《つ》っ込《こ》む元気はもうなかった。

断ろうとすると、先に由美子《ゆみこ》が口を開く。

「ミントちゃんたち、先行っててよ。あたしはユウを見てるから。元気になったら行くよ」

由美子《ゆみこ》のごく自然な物言いに、ミントたちは顔を見合わせる。

朝加《あさか》が「じゃあそうさせてもらおうか」と返事をして、石段に向かい始めた。

ここでいっしょに残るほうが、千佳《ちか》の負担になると考えたのだろう。

うずうずしているミントを縛《しば》るのも悪い。

由美子《ゆみこ》は、千佳《ちか》の隣《となり》にすとん、と腰《こし》を下ろした。

彼女は黙《だま》って、賑《にぎ》やかな参拝客を楽しそうに見ている。

「……佐藤《さとう》。あなたも行ってきていいのよ。わたしに気を遣《つか》わないでも」

「あん？　いいよ、べつに。あんた放っておいて行くほど、見たいもんでもないし」

そっけない言い方でも、温かみがあった。

それに悔《くや》しいながらも気持ちが和《やわ》らいでいると、由美子《ゆみこ》はスッと席を立った。

ホットのミルクセーキとブラックコーヒーを持って、戻《もど》ってくる。

「ほれ」と片方を差し出してきた。

「ありがとう……」

そのさりげない気遣《きづか》いに腹が立つ。

モヤモヤしながら缶《かん》に口を付けると、その甘さと温かさにほっとした。

由美子《ゆみこ》と並んで、参拝客の流れを見つめる。

今日から、新しい一年が始まる。

そんな日に、しかも暗い時間から、由美子《ゆみこ》とふたりでいることが不思議だった。

気分は妙《みょう》に落ち着かず、ふわふわと浮《う》き立《た》っている。

それは、人酔《ひとよ》いして気持ち悪いだけかもしれないけど。

心のどこかで、こんな時間ももう長くない、と感じているのかもしれない。

だって、自分たちはこの春には高校を卒業する。

当たり前のように会う機会はなくなるし、それに応じてこんな時間も減るに違《ちが》いない。

それによって生じた気持ちを、表現することはないけれど。

人酔《ひとよ》い、初詣《はつもうで》、卒業を意識する――――、と様々な要素が重なっていくうちに。

千佳《ちか》の口は、気付かないうちに緩《ゆる》んでいた。

「ねぇ、佐藤《さとう》」

「なに」

「わたし、一人暮らしをするって言ったわよね」

「あぁ……、そうね。それで、ママさんと喧嘩《けんか》したって話も」

そう言われると、なんだか随分《ずいぶん》と前のことのように感じる。

ついこないだの出来事だっていうのに。

母と何度か言い争いを繰《く》り返《かえ》し、佐藤《さとう》家も巻き込んだ、千佳《ちか》の一人暮らし問題。

双葉《ふたば》家の話に紛《まぎ》れてしまったものの、その問題は依然《いぜん》続いている。

その中で、千佳《ちか》は自身の気持ちに気付き始めていた。

それを他人に話すのは、千佳《ちか》からすれば信じられないことだ。

けれど、由美子《ゆみこ》にならば。

この問題に巻き込んだ相方には、聞いてもらいたかった。

「わたしは朝加《あさか》さんに、『なんで一人暮らしをしたいの？』って訊《き》かれた。それに『自立したいから』と答えたわ。でも、それはちょっと違《ちが》うと思ったの」

ほかの人の話を聞いていくうちに、気付いたことがある。

千佳《ちか》は、実家からでも十分に大学に通える。

それでも、千佳《ちか》は家を出たかった。

それは『自立したい』から？

「束縛《そくばく》されたくない、という思いはあったわ。いえ、どちらかと言うと干渉《かんしょう》、ね。これ以上、自分の生活や仕事について、母親から首を突《つ》っ込《こ》まれたくなかった。あなたと出会う前は、揉《も》めることも多かったから」

母は、千佳《ちか》の声優活動に反対している。

勝手な言い分を突《つ》き付《つ》けられ、母に辟易《へきえき》した回数は数え切れない。

それは由美子《ゆみこ》にも伝えたことがあるし、弱った千佳《ちか》を由美子《ゆみこ》も見ている。

ただそれは。

今となっては、過去の話だった。

「――でも、今はそんなことない。母はもう声優活動について、とやかく言うことはなくなったわ。生活の時間が合わないから、干渉《かんしょう》は元々多かったわけじゃない。かといって、わたしは一人暮らし自体が楽しみなわけじゃないの」

ならば、なぜ一人暮らしをしたいと思ったのか。

その答えは、ミントの背中を見ていてわかった。

最初は信じられなかったし、何度も自問自答を繰《く》り返《かえ》したけれど。

それでも、最後に残った答えは、そのひとつ。

そのひとつを、なぜだか由美子《ゆみこ》にも聞いてもらいたかった。

「だから……、だからね」

ミルクセーキを一口飲み、その温かさが胸に浸透《しんとう》する。

それを追いかけるように撫《な》でながら、千佳《ちか》は己《おのれ》の気持ちを由美子《ゆみこ》に伝えた。

「たぶん――、わたしは母に自立した……、と『思われたい』んじゃないかって。母に一人前になった姿を、見せたかった。それは声優のことと、無関係とは言えない。わたしはきっと――、母に、『声優のわたし』を……、『夕暮夕陽《ゆうぐれゆうひ》』を、認めさせたかったのよ」

ミントの気持ちに触《ふ》れ、ほかの親子の話に触《ふ》れ、ミントの母に触《ふ》れ。

ミントとスミレの話を聞いていくうちに、徐々《じょじょ》にわかった自分の気持ち。

それは、『母に否定され続けた夕暮夕陽《ゆうぐれゆうひ》を、認めてほしかった』というもの。

それが、一人暮らしの件に無意識ながらも繋《つな》がっていた。

「自分が人として未熟だから、声優としての自分を認めてもらえない。夕暮夕陽《ゆうぐれゆうひ》を認めさせられない。そんなふうに感じていたんだと思う。そんなこと、関係ないのに」

母はいつまで経《た》っても、千佳《ちか》のことを子供扱《こどもあつか》いしているように思う。

自立していないから、いつまでも子供だから、声優として認めてもらえないのか。

それなら、一人前の大人になりたかった。

きっと自分は、無意識のうちにそう思っていたのだ。

その事実から目を逸《そ》らすように、千佳《ちか》は温かいミルクセーキを口に含《ふく》む。

由美子《ゆみこ》は黙《だま》って、こちらの顔を見つめていた。

その目が、話の続きを促《うなが》している。

ちくりと胸に痛みが走った。

この気持ちを晒《さら》すのは、やはり抵抗《ていこう》があった。

ここまで散々、自分の心を見せてきたのに、まだそんな気持ちになるなんて。

だけど、由美子《ゆみこ》にならい。

「……わたしはきっと、ミントちゃんに自分を重ねていたのよ。だからだれより双葉《ふたば》スミレを許せないと思ったし、認めさせようと思った。わたしは、母に自分を認めさせたくて、双葉《ふたば》スミレに反抗《はんこう》したのよ。おかしいわよね、それでわたしたちが変わるわけじゃないのに」

由美子《ゆみこ》の「それはだれのため？」という質問は、まさしく千佳《ちか》を指していた。

あのとき千佳《ちか》は、「自分のためでもある」と答えたけれど。

それは、ミントの声優仲間である『夕暮夕陽《ゆうぐれゆうひ》』としてだけでなく。

声優を反対された『渡辺千佳《わたなべちか》』として、答えていたのだと思う。

思えば千佳《ちか》は、この件に関しては自分でも「らしくない」と感じることを繰《く》り返《かえ》していた。

ミントを諭《さと》すことも、他人のことで憤《いきどお》るのも、とても千佳《ちか》らしくない。

きっと、ずっと冷静じゃなかったのだ。

千佳《ちか》の言葉に、由美子《ゆみこ》は「おかしくなんてないよ」とやさしい声色《こわいろ》で答えた。

コーヒーをこくんと飲んだあと、彼女は少し背中を丸める。

由美子《ゆみこ》はふたりきりになると、時折このように猫背《ねこぜ》になった。

前を向いて、独り言のように呟《つぶや》く。

「それが普通《ふつう》なんじゃない。自分と同じことで困ってる人を見たら、何とかしたいって思う。だれよりも共感する。渡辺《わたなべ》がミントちゃんを手助けしたい、って思って行動したことは、嘘《うそ》じゃないわけだし。それに、渡辺《わたなべ》が言う『声優としてのわたし』を認めてもらうっていうのは、ミントちゃんと同じで――」

由美子《ゆみこ》はそう言いかけ、動きを止めた。

なに？　と彼女の顔を覗《のぞ》き込《こ》んでも反応はない。

口元に手を当てたまま、由美子《ゆみこ》はぶつぶつと独り言を重ねる。

「……ミントちゃんに必要なのは、『声優』を認めてもらうことじゃない……？　『声優としての自分』……、を認めて、いや、知ってもらう、こと……？」

「佐藤《さとう》？」

名前を呼ぶと、由美子《ゆみこ》は目を瞬《しばたた》かせた。

頭を抱《かか》えて、ん～、と唸《うな》る。

「……ダメだ。考えがまとまんない。あとにしよう」

よくわからないことを呟《つぶや》き、コーヒーを一気に飲み干した。

彼女は仕切り直しとばかりに、かつん、と缶《かん》をベンチに置く。

「渡辺《わたなべ》の気持ちはわかったよ。あたしだって、ママさんや渡辺《わたなべ》の話を聞いているから、あんたがそう感じるのもわかる。いろいろあったんだし……。それを踏《ふ》まえて聞くけど、それでも渡《わた》辺《なべ》はミントちゃんを手伝いたいんでしょ？」

「ええ。その気持ちは変わらないわ」

即答《そくとう》する。

自分の隠《かく》れた気持ちに気付いたからといって、元々あった感情が消えるわけではない。

双葉《ふたば》スミレは許さないし、声優を認めさせたい、とも思う。

千佳《ちか》がその気持ちを確かめていると、由美子《ゆみこ》は頷《うなず》いてから肩《かた》を寄せてきた。

おずおずと口を開く。

「でもね、渡辺《わたなべ》。前にも同じ話をしたけど……。渡辺《わたなべ》に必要なのは、ママさんとちゃんと話をすることだと思うよ。声優業を、どう思っているのか。今でも気持ちは変わってないのか……。聞くのがこわいっていうのは、わかるけどさ……。すごく大事なことだ、って思うんだ」

遠慮《えんりょ》がちながらも、由美子《ゆみこ》ははっきりと言う。

千佳《ちか》を気遣《きづか》っていることがわかる瞳《ひとみ》で、こちらをまっすぐに見つめていた。

母に質問をして、はぐらかされたことは彼女に伝えていない。

あそこで千佳《ちか》が引き下がったのは、やはり答えを聞くのが怖《こわ》かったのだろう。

千佳《ちか》の返答を求めているわけではないようで、由美子《ゆみこ》は小さく微笑《ほほえ》んだ。

そこで、空気が変わったことがわかる。

気を取り直したように、由美子《ゆみこ》が手を組んだ。

「そんで、渡辺《わたなべ》。今日もミントちゃんのお母さんと、軽くバトってたけど……。なんかいい方法って思い付いた？」

ミントの話に戻《もど》ったので、千佳《ちか》も気持ちを切《き》り替《か》えることにした。

「そこなのよね……」

千佳《ちか》はベンチに手を突《つ》き、はあ、と脱力《だつりょく》してしまう。

双葉《ふたば》スミレに声優を認めさせる方法。

あれから、ずっとずっと考えていた。

それは由美子《ゆみこ》も同じだろうし、ほかの人だってそうだろう。

それでだれも何も言ってこないのだから、おそらく同じように難航している。

由美子《ゆみこ》は難しい顔で髪《かみ》を撫《な》でながら、口を開いた。

「わかりやすさで言ったら、イベントやライブだと思うんだよ。お客さんの熱って、やっぱすごいから。乙女《おとめ》姉さんのライブとか、すんごいことになってるし。それを感じられれば、それほど心を動かす存在なんだ！　って声優の凄《すご》さを伝えられる」

「理央《りお》さんの意見よね。それは悪くないと思うけれど……」

あの考え方はとてもよい、いい意見だったと思う。

結衣《ゆい》たちの言うとおり、家族としてのひいき目はあるかもしれない。

それを差し引いても、あの熱は目を見張るものがあるのではないか。

ただ、懸念《けねん》点はあった。

「あれはどちらかと言えば、声優というより『アイドル声優』のアイドルのほうに重きがあるのよね……」

問題は、そこだ。

双葉《ふたば》スミレは、声優を役者として下に見ている。

それを否定したくて、千佳《ちか》たちはこうして頭を悩《なや》ませているわけだ。

なのにアイドル声優としての力を見せても、違《ちが》う気がする。

……まぁ。

〝オリオン〟VS〝アルフェッカ〟のときの、レオンを宿した歌種《うたたね》やすみなら、声優の力を実感させられると思うけれど。

「……？　なに、渡辺《わたなべ》。まだ気持ち悪いの？　横になる？」

彼女をじっと見ていたら、無言で訴《うった》えていると勘違《かんちが》いされた。

由美子《ゆみこ》はやさしく千佳《ちか》の背中を擦《さす》り始めたので、「そうじゃない」とやめさせる。

かといって、「あなたの演技を見せれば一発だと思ったの」と言うわけにもいかなかった。

大体、あれは海野《うみの》レオンを理解していないと、なんのこっちゃ、という話だ。

双葉《ふたば》スミレはミントの作品を観《み》ていないし、そういった文脈ありきの方法は使えない。

だからこそ、難航している部分もあった。

興味のない人にでも伝わる、声優の凄《すご》さって一体なに？

千佳《ちか》が考え込んでいると、由美子《ゆみこ》は再び猫背《ねこぜ》になって呟《つぶや》く。

「あたしは……、やっぱり演技だと思うんだよ。俳優は声の演技もできる、って言われたけど

い。その道に特化したからこそ、辿《たど》り着《つ》ける領域。それは間違《まちが》いなくあると思う」

「それを見せられる場がないのよね……。森《もり》さんや大野《おおの》さんがいる現場に、双葉《ふたば》スミレを連れて行くわけにもいかないし。かといって、アニメを観《み》てもらうのもなんだか違《ちが》う……」

「そうなんだよなぁ……」

さ。じゃあ双葉《ふたば》スミレが森《もり》さんや大野《おおの》さんを超《こ》えられるかって言ったら、とてもそうは思えな

その道のプロには、勝てない。

それは、千佳《ちか》も考えたことだった。

歌種《うたたね》やすみのシラユリ、森《もり》や大野《おおの》のような大ベテランが見せる化け物じみた演技力。

断言してもいいけれど、それは絶対に双葉《ふたば》スミレが超《こ》えられるものではない。

だが、それも現実的な案とは言えなかった。

由美子《ゆみこ》は腕《うで》を組んで、はあ、とため息を吐《つ》いてしまう。

目の前ですごい演技を見せつければ、認識《にんしき》を塗《ぬ》り替《か》えられるかもしれない。

肝心《かんじん》の、その方法が見当たらなかった。

アニメならすぐに観《み》せられるが、あんな価値観の人が素直《すなお》に観《み》てくれるとも思えない。

由美子《ゆみこ》が難しい顔をして、身体《からだ》ごと傾《かたむ》ける。

千佳《ちか》にくっつき、由美子《ゆみこ》の髪《かみ》が千佳《ちか》の肩《かた》を滑《すべ》り落《お》ちた。

千佳《ちか》のすぐそばで、由美子《ゆみこ》は力の抜《ぬ》けた声を出す。

「映像やほかの媒体《ばいたい》がないと、演技もできない……。あの人が言ってたけど、反論しづらいんだよなぁ……。アニメにしても吹《ふ》き替《か》えにしても、ゲームにしても。それらがあって、やっと演技ができるっていうのはそのとおりだし」

「だからと言って、下に見る理由にはならないと思うけれど……。それに、声優ならそれ以外でも演技をする場は多いでしょう。たとえば、ラジオドラマとか。アニラジなら、ラジオ内でミニドラマをすることもあるわ」

「あ、確かに。ドラマCDだってその系統だもんね。最近はオーディオブックなんてものもあるし。あぁそっか、『声だけの演技』に限定すると、案外出てくるもんだね」

由美子《ゆみこ》の感心したような声に、千佳《ちか》は頷《うなず》く。

ほかの媒体《ばいたい》がないと演技ができない、という弁は双葉《ふたば》スミレの勘違《かんちが》いであり、視野が狭《せま》い。

アニメや映画に比べると知名度が低いだけで、声優の活躍《かつやく》の場はむしろ多かった。

今までの仕事を振《ふ》り返《かえ》ると、『声優だからこその仕事』はいくつも経験している。

そうした積み重ねがあるからこそ、この道を歩いてきたからこそ、より実感する。

今までの、積み重ね。

「――――――」

そこまで考えて、何かが閃《ひらめ》きそうになる。

しかし、千佳《ちか》がそれに辿《たど》り着《つ》く前に、由美子《ゆみこ》が別の道に入ってしまった。

「そう考えるとさぁ、舞台《ぶたい》ってわかりやすいよなぁ。あたしら、文化祭で劇やったじゃん？あんな感じの場があったらいいのにね。そしたら、目の前で演技を見てもらえるのに」

「それはそうね。まぁ、あれこそ俳優のフィールドだけれど……」

千佳《ちか》と由美子《ゆみこ》は、高校の文化祭で演劇を行った。

千佳《ちか》は急遽《きゆうきよ》の参加だったが、プロの声優ふたりが真剣《しんけん》にやった劇は成果を上げ、ふたりはたくさんの拍手《はくしゆ》に包まれた。

あのときのように、双葉《ふたば》スミレが演技を見る場が設けられれば。

それは、声優ではなかなか難しい。

「声優が人前で演技をすることなんて、そうはないものね……」

アニメや吹《ふ》き替《か》えもそうだし、ラジオドラマやオーディオブックだって、マイクの前で声を吹《ふ》き込《こ》む。人前でやることはあまりない。

由美子《ゆみこ》は眉間《みけん》にしわを寄せながら、呻《うめ》くように言った。

「公開アフレコなんて、そんな都合よくないしなぁ……」

「そうね……。そういったイベントがあればよかったのだけれど。近々にあるのは、ティアラのイベントぐらいかしら……。あれだって普通《ふつう》のイベント……」

はた、と千佳《ちか》は動きを止める。

同時に、由美子《ゆみこ》も気付いたようだ。

ゆっくりと顔を見合わせる。

「……ティアラのイベント、あったね。作品由来のイベントが」

「そういったイベントで、演技をする、機会。あるわよね」

人前で演技を見せる、数少ないイベント。

ステージに立ち、台本を読み上げ、何もない空間にキャラクターと情景を浮《う》かばせる。

それ自体のイベントも存在するが、作品由来のイベントではコーナーとして取り入れられることも多い。

千佳《ちか》も由美子《ゆみこ》も、何度か経験したことがあるもの。

ラジオドラマ、オーディオブックのように、まさしく声だけの演技をする場。

ふたりは同時に指を突《つ》き付《つ》け、それを口にした。

「「朗読劇！」」

朗読劇だ。

小道具も映像も必要のない、声だけで魅《み》せる演技。

『媒体《ばいたい》がなければ演技すらできない』という言葉を、まるごと否定できるもの。

そこで、双葉《ふたば》スミレを納得《なっとく》させせられる演技ができれば。

彼女も声優を、認めざるを得ないのではないか。

『俳優が認めるほどの演技』の質の問題は一旦《いったん》置いておくにしても、これはいい手段だ。

由美子《ゆみこ》は勢いよく立ち上がり、ふたり分の缶《かん》を手早く捨てたあと。

千佳《ちか》の手を強引《ごういん》に取った。

「よし、朝加《あさか》ちゃんに聞きに行こう！　ほら、渡辺《わたなべ》！　行くよ！」

「あ、ちょ、待って……！」

千佳《ちか》の言葉なんて聞かず、由美子《ゆみこ》はすぐさま走り出す。

手を引っ張られてつんのめりそうになりながらも、千佳《ちか》は彼女とともに走った。

いつの間にか、人酔《ひとよ》いはなくなっていた。

人混みの間を抜《ぬ》けて、石段をふたりでどんどん上っていく。

息は荒《あら》くなり、厚着をしているので汗《あせ》ばんできたが、それでも彼女は手を離《はな》さなかった。

階段を駆《か》け抜《ぬ》けていると、千佳《ちか》と由美子《ゆみこ》の間を一筋の光が抜《ぬ》けていく。

そちらを見ると、陽《ひ》が昇《のぼ》るところだった。

地平線の奥から、淡《あわ》い橙色《だいだいいろ》の光が輝《かがや》き始める。

なぜだか、ライブ会場のサイリウムを思い出した。

それを綺麗《きれい》だと思う暇《ひま》もない。

初日の出に照らされながら、千佳《ちか》と由美子《ゆみこ》は石段を上り切った。

その先は開けた場所になっており、たくさんの人が初日の出に目を奪《うば》われている。

息切れしながら辺りを見回し、ミントたちを見つけた。

「ん〜？　あ、ふたりとも遅《おそ》いよぉ。もう初日の出、昇《のぼ》っちゃったよ？」

千佳《ちか》たちに気付いた飾莉《かざり》が太陽を指差すが、それどころではなかった。

由美子《ゆみこ》は朝加《あさか》に詰《つ》め寄《よ》り、勢いよく尋《たず》ねる。

「朝加《あさか》ちゃん！　次のティアラのイベントって、何するか決まってる？」

穏《おだ》やかな顔をしていた朝加《あさか》だったが、それを聞いて「うっ」と表情が曇《くも》った。

正月早々、仕事の進捗《しんちょく》を聞かれて気の毒だとは思うが。

朝加《あさか》は指を合わせながら、そっと顔を逸《そ》らす。

「いやあの……、年末年始でみんな立て込んでてさ……。連絡《れんらく》も取りづらいし、いろいろと待ちが発生しているというか……」

「決まってないんだね⁉」

「はい……」

しょぼん、と肩《かた》を落とす朝加《あさか》だったが、千佳《ちか》たちはむしろ胸を撫《な》で下《お》ろした。

由美子《ゆみこ》は千佳《ちか》を見る。

由美子《ゆみこ》は次の『ティアラ☆スターズ』のイベントには、参加しない。

出演者である千佳《ちか》から話せ、ということだろう。

千佳《ちか》は由美子《ゆみこ》の隣《となり》に並び立ってから、朝加《あさか》に意見を述べた。

「朝加《あさか》さん。何も決まっていないのでしたら、朗読劇はどうですか」

「朗読劇？　まぁこういったイベントなら、定番と言えば定番だけど……」

朝加《あさか》は、ふむ、と顎《あご》に手をやる。

いいね、という顔をしていたものの、あっ、とすぐに手を振《ふ》った。

「ダメだ。台本を作る時間がない。今から書いてもらう人を探して、書いてもらって、ゲーム会社に監修《かんしゅう》してもらって……、じゃ絶対時間が足りない。全員〆切《しめきり》ぶっちぎって、何も間に合わなくなる未来しか見えない」

「…………」

何とも嫌《いや》な未来を見る。

確かに、時間の問題は考えていなかった。

これしかない！　と思えただけに、それがダメとなると力が抜《ぬ》けてしまう。

そこに、別の声がさっと入り込んだ。

「待ってください。夕暮《ゆうぐれ》さん。歌種《うたたね》さん。それは――、わたしの母の件ですか」

いつの間にかそばにいたミントが、千佳《ちか》たちを見上げていた。

はしゃいでいた子供っぽい顔は、どこにもない。

彼女は真剣《しんけん》な表情でふたりを見ていた。

それで空気が重くなっていく。

どうやらミントは、千佳《ちか》たちがいない間にふたりに事情を話したようだ。

朝加《あさか》も飾莉《かざり》も、そういうこと？　という顔でこちらを見ていた。

千佳《ちか》は頷《うなず》く。

ミントは一度強く目を瞑《つぶ》ってから、地面にそっと視線を落とした。

「朗読劇……。声優の力を見てもらう、という意味では、すごくいいと思います……。次のイベントに参加するのは、わたし、夕暮《ゆうぐれ》さん、桜並木《さくらなみき》さん、御花《おはな》さん……」

ミントはそこで深く考え込み、飾莉《かざり》を一度見た。

飾莉《かざり》は困惑《こんわく》した様子で、ミントの顔を見つめ返す。

ミントは何も言わずに視線を戻《もど》し、ゆっくりと続けた。

「――『星屑《ほしくず》が降る夜はいつだって』の朗読劇なら、どうですか。あれに参加した主要キャストが、合わせて今回のイベントに出演します。元々の台本がありますから、新しく作る必要はないはずです」

おお、と手を打ったのは朝加《あさか》だ。

きちんとゲームをやって確認《かくにん》しているだけに、朝加《あさか》はすんなり話を飲み込んだ。

「それはいいかもね。あのシナリオ、すごく評判いいからお客さんも喜ぶと思う。もちろんイベント用に修正は入るだろうけど、それなら間に合う――」

そう言いかけて、朝加《あさか》は止まる。

すぐに残念そうに、朝加《あさか》は「ダメだ」と首を振《ふ》ってしまった。

「……あの脚本《きゃくほん》は無理かも。ほら、後半にたくさんのお客さんから声を掛《か》けられるシーンがあるでしょ。ゲームでは声はついてなかったけど、朗読劇なら必要だから。さすがに今からアンサンブルを集めるのは、予算と時間的に無理だし」

アンサンブル。

この場合は、名前のない登場人物を演じる役者を指す。

『星屑《ほしくず》が降る夜はいつだって』のクライマックスは、滝沢《たきざわ》みみがお客さんたちから声を掛《か》けられて、奮起するシーン。

当然、登場する人の分だけ、声色《こわいろ》が必要になってしまう。

由美子《ゆみこ》は無念そうに眉《まゆ》を寄せてから、おそるおそる問いかけた。

「……お客さん役の声だけ、抜《ぬ》き録《ど》りするとか……」

その提案にも、朝加《あさか》は首を振《ふ》る。

「せっかくの朗読劇なのに、その部分だけ録音なんて冷めちゃうよ。すごくいいシーンだから、余計ね。そっちに気を取られて、感動が薄《うす》れちゃう。それはやっちゃいけないことだよ」

作品をしっかり把握《はあく》し、場慣れしているからこその意見に、由美子《ゆみこ》は黙《だま》り込《こ》んだ。

せっかく朗読劇をやっても、作品の評価を下げれば本末転倒《ほんまつてんとう》だ。

それでも由美子《ゆみこ》は諦《あきら》めきれず、力なく声を上げる。

「……なら、あたしがそのアンサンブルをやるとか。ギャラはいらないし——」

「ダメよ」

由美子《ゆみこ》の提案を、千佳《ちか》が横からぴしゃりと切り捨てる。

じろりと見上げて、強めに言い聞かせた。

「あなたはプロなのよ。無償《むしょう》でいいから出る、なんて言うものじゃないわ。それも、自分がメインのひとりとして出ている作品に」

「…………」

不満げにしている由美子《ゆみこ》に、「それはダメだよ、やすみちゃん」と朝加《あさか》が言葉を重ねるものだから、由美子《ゆみこ》はゆっくり息を吐《は》いた。

おそらくわざとだろうが、彼女は拗《す》ねたように唇《くちびる》を尖《とが》らせる。

「でもさぁ、せっかくいい案が出たんだよ？　これなら行ける！　と思ったのにさぁ。あたしがアンサンブルやって成立するのなら、そのほうがいいじゃん？」

気持ちはわからないでもないが、千佳《ちか》も否定は取り下げなかった。

そうしないと、彼女は本当にやりかねない。

「そうは言うけれど。どちらにせよ、ひとりじゃ無理だと思うわよ。あのシーンって、結構な人数が必要なんじゃないかしら」

「まぁ……、そうかもしれないけど……、何とかならないかなぁ。あたし、少しは声幅《こえはば》も増えたと思うんだよ。悪役を受けることも多くなったし、学校の劇なんか男役で出たしさ。あ、今までの経験を活《い》かせる！　って、思った、くらい、なん、だけど……」

手振《てぶ》りをまじえて話す由美子《ゆみこ》だったが、その動きが徐々《じょじょ》に鈍《にぶ》くなっていく。

やがて完全に固まり、考え込んでしまった。

「やす？」

千佳《ちか》の声にも、由美子《ゆみこ》は反応しない。

朝加《あさか》のほうを見て、真剣《しんけん》な声色《こわいろ》で尋《たず》ねた。

「朝加《あさか》ちゃん。その問題を解決できるのなら、朗読劇はできそう？　予算と時間をかけずに、アンサンブルを確保できれば」

「う、うん……、たぶん。問題はそこだけだと思うけど……」

朝加《あさか》が気圧《けお》されながら答える。

そこで由美子《ゆみこ》は、千佳《ちか》とミント、飾莉《かざり》に目を向けた。

「あのさ、提案なんだけど――――」

由美子《ゆみこ》は整理するようにゆっくりと、己《おのれ》の考えを口にしていった。

しばらく聞き入る。

彼女が話し終えて、真っ先に「なるほど」と頷《うなず》いたのは朝加《あさか》だ。

「確かに、その方法なら条件をクリアしてるね。確認《かくにん》はするけど、反対される材料もないんじゃないかな。一回、訊《き》くだけ訊《き》いてみるよ。……まぁ、みんな次第《しだい》ではあると思うけどね」

言うや否《いな》や、早速《さっそく》スマホを取り出している。

正月早々、仕事のメールを送るのはお互《たが》いにどうだろう、とは思うが、相手も朝加《あさか》も慣れっこなのかもしれない。

すっかり表情が仕事モードになって、手早くメールを打ち込んでいた。

これでOKが出れば、準備を進められる。

ようやく前に進んだ実感が出てきて、千佳《ちか》はほっと息を吐《は》いた。

由美子《ゆみこ》もゆるく、「あたしも乙女《おとめ》姉さんに聞いてみよ～」とスマホを取り出している。

「い、いやいや待ってよ、やすみちゃん！　問題あるよ！」

しかし、そこで反対の声が飛んだ。

飾莉《かざり》だ。

切羽詰《せっぱつ》まった表情で、由美子《ゆみこ》に詰《つ》め寄《よ》っている。

一度弛緩《しかん》した空気が、再び張《は》り詰《つ》めていった。

「その朗読劇って、双葉《ふたば》スミレを納得《なっとく》させるためにやるんでしょ⁉　なら、大事なことを忘れてるよ……！　わたしたちの演技力次第《しだい》じゃん！　そんな演技を、ミスができない朗読劇でやってみせろって……⁉　わたしセリフ多いんだよ？　わたしが、双葉《ふたば》スミレを、圧倒《あっとう》しなきゃいけないってこと？」

いつもの憎《にく》まれ口《ぐち》でも、普段《ふだん》の口調でもなく、飾莉《かざり》は声を荒《あら》げていた。

その表情が映しているのは、恐怖《きょうふ》と不安だ。

飾莉《かざり》の言うとおり、求められるハードルは高い。

千佳《ちか》自身も思ったくらいだ。

『認めるほどの演技』の質の問題は一旦《いったん》置いておく、と。

実力以上の演技を求められたときの重圧は、千佳《ちか》も由美子《ゆみこ》も覚えがある。

だからこそ、由美子《ゆみこ》は口をつぐんでしまった。

ファントムの収録で追《お》い詰《つ》められた由美子《ゆみこ》を、千佳《ちか》もよく知っている。

朝加《あさか》も言ったはずだ。

「みんな次第《しだい》ではある」と。

ミントは当然として、千佳《ちか》も乙女《おとめ》も双葉《ふたば》スミレの言葉に憤《いきどお》り、こなくそ！　と奮起したし、
彼女に挑《いど》むつもりで、朗読劇に立つだろう。

けれど御花飾莉《おはなかざり》に。

そうする理由はなかった。

「無理だよ！　わたし、まだ新人！　一年目だよ……!?」

飾莉《かざり》ははっきりと否定してしまう。

これは、本来しなくてもいいことだ。

反対意見を唱えても、何らおかしくはない。

大体、「だれかのためにみんなで協力する」なんてことは、千佳《ちか》が最も嫌《きら》う価値観でもある。

だから、千佳《ちか》は口を開いた。

「──そうね。こんなの、強要されることじゃない。自分には関係がないから嫌《いや》、と言うのは当然だと思う。わたしはたまたま協力したいと思ったけれど、本来ならそちら側だわ」

千佳《ちか》の小さな呟《つぶや》きに、全員の視線が突《つ》き刺《さ》さる。

飾莉《かざり》は焦《あせ》った表情を変えないまま、由美子《ゆみこ》はどこか不安そうに。

周りからどう思われようと、千佳《ちか》は「そんなの知らない」と押し通してきた。

飾莉《かざり》の意見も、自分自身も、否定するつもりはない。

ただ。

「……ただ。わたしたちはプロだから。そこに芸歴は関係ない。精いっぱいの演技をやり切るのは、新人だってベテランだって変わらないわ。結果として理想の演技ができなくとも、せめて近付けるよう、必死でもがくべきだとは思うけれど」

彼女の考えを変えようと思ったわけではなく、純粋《じゅんすい》な意見として千佳《ちか》は言う。

後輩《こうはい》に説教、なんて、それこそ千佳《ちか》には似合わない。

少なくとも、千佳《ちか》も由美子《ゆみこ》もそうしてきた、というだけ。

それでも何度も壁《かべ》に阻《はば》まれて、臍《ほぞ》を噛《か》んだ。

由美子《ゆみこ》は120％の演技を求められ、泣きながら、歯を食いしばりながら、それでも必死に高い壁《かべ》に挑《いど》み続けた。
あのときの魂《たましい》の演技は、千佳《ちか》の胸《むね》の奥に深く刻まれている。
だれもが圧倒的《あっとうてき》に魅了《みりょう》される、ひとつ先の領域。
歌種《うたたね》やすみはそこに一歩、踏《ふ》み出《だ》したのだ。
そこで、千佳《ちか》は気付く。
「あぁ――――」
ここだ。
その領域。
限界を超《こ》えた先にある、常人では届かない絶対の領域。
ひとつ先の、演技。
そこに至ることを、千佳《ちか》は目指していた。
ファントムのシラユリのように、ティアラのレオンのように。
歌種《うたたね》やすみが辿《たど》り着《つ》いた領域に、自分も足を踏《ふ》み出《だ》すことが。
彼女と同じ場所に辿《たど》り着《つ》くことが。
それこそが、自分の目標だ。
だって、彼女に圧倒《あっとう》されるだけなんて、そんなに悔《くや》しいことはないから。
自分は歌種《うたたね》やすみのライバルだと、胸を張りたいから。

つい、由美子《ゆみこ》を見てしまう。

彼女は突然《とつぜん》、顔を見られて困惑《こんわく》していたけれど。

千佳《ちか》の視線をどう誤解したのか、彼女は頷《うなず》いて飾莉《かざり》に顔を寄せる。

そして、そっと囁《ささや》いた。

「飾莉《かざり》ちゃん。あたしもユウと同意見かな……。新人だからってハードルを避《さ》ける理由にはならないよ。ユウなんて、二年目で神代《かみしろ》アニメ主演のプレッシャーを乗《の》り越《こ》えた女だよ？」

由美子《ゆみこ》の言葉に、飾莉《かざり》はぐっ、と表情を歪《ゆが》ませる。

顔をしかめているものの、複雑な心境が入り混じっているようだ。

「御花《おはな》さん」

今度は、ミントが飾莉《かざり》を見上げた。

ミントはプロ意識が高いうえに、発言が度を過ぎるきらいがある。

由美子《ゆみこ》が焦《あせ》った表情を浮《う》かべるが、意外にもミントは静かに首を振《ふ》った。

「これはうちの問題です。御花《おはな》さんが嫌《いや》なら、無理に付き合う必要はないです。お仕事をこんなふうに使うのも、どうかという話ですし……。──でも。夕暮《ゆうぐれ》さんの言うことも、そのとおりだと思います。高い壁《かべ》を避《さ》けていれば、いずれ置いていかれる日が来てしまいます」

「…………」

『先輩《せんぱい》』に諭《さと》されて、飾莉《かざり》は言葉に詰《つ》まっていた。

ミントは本当に遠慮《えんりょ》をして、「嫌《いや》なら断ってくれても」と言っているのだろうが、それは余計に追《お》い詰《つ》める行為《こうい》だ。

十一歳の子供にそう言われ、「それなら……」と背中を向けられる人は、そう多くはない。

飾莉《かざり》はしばらく苦渋《くじゅう》の面持《おも》ちで拳《こぶし》を握《にぎ》っていたものの、やがて肩《かた》の力を抜《ぬ》いた。

「……はいはい、わかりました〜。やりますよ。先輩《せんぱい》たちからのありがたいお説教、いただきます〜。お正月から不安だなあ、もう」

飾莉《かざり》は不満そうに唇《くちびる》を尖《とが》らせ、そう告げる。

千《ち》佳《か》たちはそれがせめてもの抵抗《ていこう》、自分をごまかすための憎《にく》まれ口《ぐち》だとわかるが、ミントはその意味を受け取れずに慌《あわ》てた。

「御《お》花《はな》さん、いいんですか」

まっすぐに訊《き》かれ、飾莉《かざり》はばつが悪そうな顔になる。

案外、直球が彼女には一番効くのかもしれない。

腕《うで》を擦《さす》りながら、飾莉《かざり》はぼそぼそと答えた。

「……大丈夫《だいじょうぶ》だよ、ちゃんと協力する。わたしだって、クソ親にはムカついてるから。そんな相手の鼻を明かすためなら、気合入れるよ」

由美子《ゆみこ》とミントが、複雑そうな表情で飾莉《かざり》を見た。

以前、めくるが言っていたが、彼女は彼女で家庭に問題を抱《かか》えているらしい。

どうやら、親のことのようだ。

それぞれの家庭で、それぞれの事情があるんだな、と千佳《ちか》は改めて実感した。

飾莉《かざり》がぼそぼそと話していたのは数秒のことで、すぐにいつもの調子を取《と》り戻《もど》す。

千佳《ちか》を見ながら、皮肉っぽく言った。

「そう言うからには、先輩《せんぱい》たちにも協力してもらいますからね〜。その、納得《なっとく》させる演技ってやつに届くよう、練習くらい付き合ってくださいよ」

千佳《ちか》は頷《うなず》く。

もとよりそのつもりだ。

千佳《ちか》だって、『双葉《ふたば》スミレを納得《なっとく》させる演技』に自信があるわけではない。

練習を重ね、役をより理解し、限界以上に突《つ》き詰《つ》めなければならない。

そう考えていると、由美子《ゆみこ》が「飾莉《かざり》ちゃん」と声を掛《か》けた。

真面目な面持《おもも》ちで、手を差し出している。

「ユウたちだけじゃないよ。あたしもほかのみんなも、協力する。これは、あたしたち声優の闘いなんだから」

そうだ。

これは、女優・双葉《ふたば》スミレに声優を認めさせるための闘い。

全員で全力以上の力を発揮して、ぶつからなければならない。

千佳《ちか》が心の中で気合を入れていると、由美子《ゆみこ》はひとり呟《つぶや》いた。

「……でも、たぶん。必要なのは『声優』を認めさせるというより――」

その先が、言葉になることはなかった。


初詣《はつもうで》は決起集会に変わってしまったが、初日の出は見たし、お参りも済ませた。十分だ。

そのあと千佳《ちか》たちは、待ち合わせした駅まで朝加《あさか》の車で送ってもらった。

この日にできることはもうない。

逸《はや》る気持ちはあるものの、年始から動くことは難しいのもまた事実。

朝加《あさか》が既《すで》に行動してくれているので、まずはその結果を待つことになった。

駅前で解散し、千佳《ちか》と由美子《ゆみこ》は同じ電車に乗り込む。

乗客の少ない電車に揺《ゆ》られていると、自然とイベントの話になった。

「あーあ。こうなるなら、あたしも参加したかったな」

由美子《ゆみこ》は頭の後ろで手を組み、不満げにしていた。

『ティアラ☆スターズ』のイベントの参加者は、千佳《ちか》、ミント、飾莉《かざり》、乙女《おとめ》の四人。

歌種《うたたね》やすみの出演はない。

当事者なのに参加できないのは、何とも消化不良だろう。

　ただ、千佳《ちか》はそれでよかったんじゃないか、とも思う。

「こればかりはしょうがないわ。それに、もう少しで入試があるんだから、あなたはそっちに集中すべきなんじゃないの」

「ああん？　それは渡辺《わたなべ》も同じでしょうが」

「わたしは元々、準備はできているし。今さらやることは少ないわ。佐藤《さとう》と違《ちが》って」

「腹立つな……。あたしだって、ちゃんと勉強やってますぅ。前は怪《あや》しかったけど、今は特に心配ないんだって」

「今から朗読劇だけしか見えなくなってしまっても？」

「…………………」

　由美子《ゆみこ》は口を曲げて無言になる。

　反論がないということは、自分でも薄々《うすうす》わかっているんだろう。

　朗読劇に参加するとなったら、彼女は練習にばかり集中してしまうだろうし、視野が狭《せま》くなるのは目に見えている。

　大学受験が差《さ》し迫《せま》った今、やることではない。

　そこをつついても仕方がないので、千佳《ちか》は話を進めた。

「でも、朗読劇はとてもいい案だと思うわ。あなたが言ったこともそうだけど、ミントちゃんの役って高校生でしょう。ドラマや映画では、小学生が高校生を演じることはできない。でも、声優ならそれができる。声だけだからこそ、できる演技。そこは圧倒的《あっとうてき》な声優の強みよ」

双葉《ふたば》ミント演じる、滝沢《たきざわ》みみは高校生。

ミントはその声色《こわいろ》で、何の不自然もなく高校生を演じている。

『声優は俳優の下位互換《かいごかん》』と考えている双葉《ふたば》スミレは、その強みにきっと面喰《めんく》らう。

声優の可能性を見せたうえで、それをミントが行っていることに大きな意味があった。

ひとつの答えとして、非常に優《すぐ》れていると千佳《ちか》は考えている。

しかし。

由美子《ゆみこ》は顎《あご》に手をやり、渋《しぶ》い顔をした。

「あたしは、それに関してはちょっと怪《あや》しいと思ってるかな……。何も知らずに見たら、びっくりすると思う。小学生が違和感《いわかん》なく、高校生を演じてるんだから。でも、それを前々から知っていたら、驚《おどろ》くまではいかないんじゃないかな……」

「双葉《ふたば》スミレが『ティアラ☆スターズ』を知っていたら、ってこと？　……それはないでしょう。ミントちゃんだって、自分の作品に興味がないと言っていたのだし」

「そう、なんだよな……」

自分で言ったわりに、由美子《ゆみこ》は自信がなさそうにしている。

そのまましばらく頭を悩《なや》ませたあと、彼女はゆっくりと言葉を並べた。

「……あたしはね、渡辺《わたなべ》。スミレさんに必要なことは、『声優を認めさせること』じゃなくて、

『知ってもらうこと』だと思ったんだよ。声優、っていう仕事を知ってもらう。ミントちゃんの『声優である姿』を見てもらうことが大事だと思った。だから、そういう意味でも朗読劇っていう手段はすごくいいと思ったんだ……」

感情を込《こ》めず、淡々《たんたん》と由美子《ゆみこ》は呟《つぶや》く。

思えば、彼女はずっと『それが本当にミントが望んだことか？』と考え、スミレの認識《にんしき》について頭を悩《なや》ませていた。引《ひ》っ掛《か》かりを覚えていた。

ただ、千佳《ちか》にはそれが大きな違《ちが》いだとも思えない。

「……どちらにせよ問題はないんじゃないの？　認めてもらおうが知ってもらおうが、手段は同じなのだから。それとも、その違《ちが》いがそこまで重要なことなの？」

「わかんない……。あー……、もう少しで答えが出そうな気はするんだけど……」

由美子《ゆみこ》は頭を抱《かか》えながら、言葉を濁《にご》している。

上手《うま》く言語化できないからか、それ以上説明するつもりはないようだ。

この話は続くことなく、由美子《ゆみこ》は何度か咳払《せきばら》いをする。

なに？　と千佳《ちか》が訝《いぶか》しんでいると、彼女はまっすぐに見つめてきた。

「ねぇ、渡辺《わたなべ》。渡辺《わたなべ》のママさんにも、今回の朗読劇に来てもらったら？」

「は？　うちの母に？　……なぜ？」

あまりにも突拍子《とっぴょうし》のないことを言われ、千佳《ちか》は眉《まゆ》を顰《ひそ》める。

由美子《ゆみこ》は頬《ほお》を掻《か》いてから、たどたどしく説明を始めた。

「いや、まぁ。一応、ママさんも無関係じゃないでしょ。双葉《ふたば》スミレに啖呵《たんか》切ったのは、ママさんなんだし。勝負を見届けてもらったほうがいいかなって」

千佳《ちか》は小首を傾《かし》げる。

果たしてそうだろうか。

あまりに根拠《こんきょ》に乏《とぼ》しく、無理くりひねり出したような理由に感じた。

「たぶん、うちの母はそこまで興味がないと思うわよ」

「んなことないって。言うだけ言ってみてよ。渡辺《わたなべ》はママさんに、声優である姿を見せたほうがいいと思うんだよ。お互《たが》いのためにね。きっと何かが変わるよ」

「…………」

そちらの理由が、本命だったんだろうか。

双葉《ふたば》スミレの件は、千佳《ちか》が言いやすいように理由付けしているだけで。

一人暮らしすることを母はまだ納得《なっとく》していないし、させる材料もない。

逆ギレを繰《く》り返《かえ》して無理やり押し切り、うやむやに家を飛び出すしかないと思っていた。

ダメ元で、由美子《ゆみこ》の言い分を信じてもいいかもしれない。

別に、何か失うわけでもないのだから。

「――――」

だが、なぜだろう。
朗読劇の場に、母を招待する。
母が座席にいる状態で、自分の、声優としての演技を見せる。
それを意識すると、急激に落ち着かなくなった。
嫌《いや》、というわけではない……、と思う。
それより別の、全身を無意味に動かしたくなるような、妙《みょう》な据《す》わりの悪さ。
足の先から徐々《じょじょ》に凍《こお》っていくような、おかしな緊張感《きんちょうかん》に襲《おそ》われていた。
戸惑《とまど》っていると、由美子《ゆみこ》が千佳《ちか》の肩《かた》をぽん、と叩《たた》く。
「大丈夫《だいじょうぶ》だって、渡辺《わたなべ》。大丈夫《だいじょうぶ》大丈夫《だいじょうぶ》」
……まるで、人の不安を見て取ったように言う。
けれどそれで、身体《からだ》が多少軽くなったのも事実だった。
ならば、千佳《ちか》はこう答えるしかない。
「……出たわ。あなたのそういうところ、本当に嫌《きら》い」

家に帰ってくると、母はリビングにいた。
退屈《たいくつ》そうに正月の特番を観《み》ていて、くすりともしない。

それなら観《み》なければいいのに、と思うものの、特にやることもないんだろう。

母のその姿を見ていると、イベントに招待するなんて考えられないことのように感じた。

由美子《ゆみこ》は何かが変わる、と口にしている。

今まで自分たちは、由美子《ゆみこ》と関わることによって、いろんなものが変化してきた。

今回も、そうなのだろうか。

それなら——、前に踏《ふ》み出《だ》してみたくなる。

「お母さん」

千佳《ちか》が声を掛《か》けると、意外そうに母が振《ふ》り返《かえ》る。

怪訝《けげん》そうな声を返してきた。

「なに」

「今度、わたしが出ている作品のイベントがあるの。そこに、お母さんも来てほしい」

千佳《ちか》の母はわかりやすく驚《おどろ》いて、こちらの顔をまじまじと見た。

こちらの目を見つめて、その真意を探《さぐ》ろうとする。

だが何もわからなかったらしく、警戒《けいかい》した猫《ねこ》のように呟《つぶや》いた。

「……なぜ、わたしが？」

「双葉《ふたば》スミレが来るかもしれないから。たぶんそこで、双葉《ふたば》スミレとの件に決着がつく」

早口で、由美子《ゆみこ》の用意した理由を述べる。

それだけ伝えれば、母への説明は十分だった。

だというのに。

千佳《ちか》は、無意識のうちに続きの言葉を口にしていた。

「それと──、わたしが見てほしい、と思ったから」

何も考えずに言ったせいで、妙《みょう》にぶっきらぼうになってしまった。

口にしてから、その言葉に千佳《ちか》自身も驚《おどろ》く。

自分は、母に演技を見てもらいたかったのか。

それが、無意識の中の、本心？

わからない。

わからなかったから、また何も考えずに口を開いた。

「当日は、佐藤《さとう》もいる。たぶん、あの子が案内してくれると思う。だから」

……だから、なんだと言うのだろう。

千佳《ちか》の母は、目を大きく見開いて、千佳《ちか》の顔を見たまま固まっていた。

しかし、すぐに視線を彷徨《さまよ》わせる。なんと答えるべきか迷っているように見えた。

しばらく、無言の時間が続く。

やがて、彼女はわざとらしく疲《つか》れた顔を作り、額に指を当てた。

「……そういうことね。あの人がその場にいるのなら……、わたしもけしかけた手前、見届けないわけにはいかないわね。いつ？　予定を合わせるわ」
思ったよりもあっさり、行くことを了承《りょうしょう》した。
まるで後半の千佳《ちか》の言葉は、聞こえなかったように振《ふ》る舞《ま》っているが。
わかりやすい理由に、慌《あわ》てて手を伸《の》ばすように。
その義務感は親としてか、それとも――。
千佳《ちか》には、やっぱりわからなかった。
とにかく朗読劇に、母が観《み》に来《く》ることになった。
嬉《うれ》しいとは思わない。
これは意地を張っているわけではなく、本心からそう思っている。
ただ、緊張《きんちょう》した。
それ以外の感情は塗《ぬ》り潰《つぶ》され、身体《からだ》が硬《かた》くなるのを感じる。
こんな思いをするのは――、本当に、いつぶりだろうか。

台本は、想像以上に早く上がってきた。
朝加《あさか》が上手《う ま》く調整してくれたらしい。ありがたい話だった。
言ってしまえば一度演じた作品の台本だし、朗読劇用に省略もされている。

こういう場合、一度合わせてそれっきり。
イベントの一コーナーでしかないのなら、合わせすらないこともよくある。
ただ、千佳《ちか》たちはそれをよしとしなかった。
集まれるときにできるだけ集まり、何度も稽古《けいこ》を繰《く》り返《かえ》す。
千佳《ちか》、ミント、飾莉《かざり》、乙女《おとめ》の四人で。
時にはそこにほかの面子《めんつ》が加わって、演技を詰《つ》める手伝いをしてくれた。
演技なんて突《つ》き詰めようと思えば、いくらでも時間を注ぎこめてしまう。
どれだけ稽古《けいこ》してても、これで完璧《かんぺき》！　とは思えなかった。
本来なら、ここまでする必要はないかもしれない。
人気のあるストーリーの生朗読なので、それだけでもきっとファンは納得《なっとく》してくれる。
けれど千佳《ちか》たちは、双葉《ふたば》スミレが納得《なっとく》する演技を見せなくてはならない。
ミントは言うまでもなく緊張《きんちょう》していて、飾莉《かざり》も己《おのれ》の力量に悩《なや》みを見せていた。
そして、千佳《ちか》も。
最初は双葉《ふたば》スミレの存在を意識するだけでよかったのに。
自分の母がそこにいる。
たったそれだけのことで、千佳《ちか》の心臓は落ち着きなく鼓動《こどう》していた。

「ここでメールを一通！　〝冬のミンミンゼミ〟さんから頂きました。『さくちゃん、やすやす、夕姫、ティアラーっす！』」

「ティアラーっす！」

「ティアラーっす」

「『いよいよ、《ティアラ☆スターズ　ファンミーティング　星屑が降る夜はいつだって》が近付いてきましたね！　なんと、朗読劇があるということですごく楽しみです！』、だって！」

「あぁそうですね。イベント内容も既に発表されたんでしたか」

「朗読劇があるって発表されて、とっても盛り上がってたよね！　しかも内容は、サブタイトルにあるとおり『星屑が降る夜はいつだって』の生朗読だし！」

「ねー。あたしは出られないけど、すごく熱のありそうなイベントで羨ましくなっちゃったな。生朗読ってやっぱ豪華な感じするるし」

「でも結構、急遽決まった感じだよね？　動き出したのも今月からだったし」

「言われてるよ、朝加ちゃん。あ、目ぇ逸らした」

「今年に入った時点で、企画書はほぼ真っ白だったそうです」

「こ、怖い話を聞かされてるね……？　運営も大変だなあ……。あ、でも安心してください！　わたしたちは、短い期間でもみっちり練習してるので！」

「そうですね。一度収録を終えた作品、とは思えないほどに稽古をしています。ゲームのイベントとはまた違った、生朗読を楽し

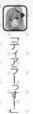

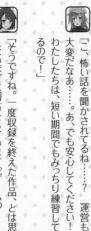

んで頂けると思います。期待していてください」

「夕陽ちゃん、ハードル上げるなあ(笑)」

「この場にいないミントちゃんと飾莉ちゃんが一番出番多いのに、勝手にハードル上げるっていうね」

「やすもハードルを上げるのなら今のうちよ」

「ティアラのイベント史上、最高に素晴らしいものが提供できると思います。いいから黙って、イベント会場に来い！」

「なんだかいやに意識の高いらーめん屋さんみたいになってない？」

「あんまりやりすぎると、ふたりに怒られるよ？」

「本当に恨まれそうだから、ほどほどにしとく。でも、あたしも稽古には参加してるんだけど、すごく良いものが見られると思うよ。そこは保証しとく！」

「そうだね。やすみちゃんもそうだけど、ほかのティアラのメンバーも稽古を手伝ってくれててね。しっかり練習できてるの！　だから今回は、参加してる人だけじゃなくて、ティアラのメンバーの総力戦！　みんなで力を合わせた朗読劇！　ってふうに見てほしいな！」

「…………」

「あ、姉さん。ユウが『みんなでアレルギー』出てる」

「嘘でしょ？」

to be continued……

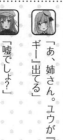

『ティアラ☆スターズ』のイベント当日。

気温はかなり低いけれど、空は快晴。

まだ会場の周りに人気《ひとけ》はないが、千佳《ちか》たちは既《すで》に会場入りしていた。

控《ひか》え室《しつ》には、四人の声優。

千佳《ちか》、ミント、飾莉《かざり》、乙女《おとめ》の四人だ。

普段《ふだん》どおりなら、飾莉《かざり》はミントをからかい、ミントはそれに本気で怒《おこ》り、千佳《ちか》は無関心で台本でも読んでいて、それでも乙女《おとめ》がニコニコしているので、空気はやわらかいものになる。

今は、かなりピリついていた。

それぞれの席に腰《こし》掛《か》け、四人とも台本を開いて、本番の時間を待っている。

談笑《だんしょう》も雑談もない。

この空気を作っているのは、ミントと飾莉《かざり》の両名だ。

母のことがあるミント、己《おのれ》の力量を疑っている飾莉《かざり》が、非常に張《は》り詰《つ》めている。

ふたりとも、暗い顔で台本を読み込んでいた。

さすがの乙女《おとめ》もこの空気では、普段《ふだん》の和《なご》やかな表情はできないようだ。

ちらちらとふたりを窺《うかが》うものの、上手《うま》く空気を中和できない。

「…………」

まずいな、と千佳《ちか》は思う。

こんな状態で、無事に本番を迎《むか》えられるのだろうか。

おかしなトラブルが起きなければいいけれど。

特に心配なのは、飾莉《かざり》だ。

青い顔で頭を抱《かか》えながら、ぶつぶつと台本を読んでいた。

かといって、千佳《ちか》も余裕《よゆう》があるわけではない。

自分のことで手いっぱいだし、そもそもムードメーカーなんて千佳《ちか》が一番苦手なことだ。

こういった役割は、普段《ふだん》ならギャルの彼女が担《にな》ってくれるのだが……。

そう考えていると、突如扉《とつじょとびら》がノックされた。

次いで、「おっす～」と気の抜《ぬ》けた声とともに扉《とびら》が開く。

由美子《ゆみこ》だった。

飾莉《かざり》以外の三人は顔を上げる。

あまりにいい加減な登場の仕方に、千佳《ちか》は面倒《めんどう》くさそうに目を向け、ミントはそれでもちょっとだけ嬉《うれ》しそうで、乙女《おとめ》は小声で「やすみちゃん、おはよ～」と苦笑いしていた。

飾莉《かざり》はあえて無視しているのか、台本に目を落としたままだ。

「……あなたね、少しは空気を読みなさいな。そんな気の抜《ぬ》けた声を出して」

千佳《ちか》は呆《あき》れて睥睨《へいげい》する。

由美子《ゆみこ》は思いきり唇《くちびる》を突《つ》き出《だ》し、手に持っていた箱を揺《ゆ》らした。

「あんたに空気を読め、なんて言われたら世も末だね。読んだことなんて一度もないくせに。空気読めないなりに一応、差し入れ持ってきたんだけど？　あんたはいらない？」

そのわざとらしい憎《にく》まれ口《ぐち》に、千佳《ちか》のほうが黙《だま》り込《こ》む。

由美子《ゆみこ》は、茶化さないと重い空気がよりいっそうひどくなると思ったのだろう。

悔《くや》しいけれど、こういった状況《じょうきょう》では彼女の能力が頼《たよ》りになる。

「乙女《おとめ》姉さんの好きなお店のクッキー、買って来たよ。これ食べて、少しはまったりしなよ」

人の毒気を抜《ぬ》き、能天気を装《よそお》い、テーブルの上にクッキーを広げてみせる。

由美子《ゆみこ》は能天気を装い、いつの間にか自分のペースに巻き込む。それは彼女の得意とするところ。

その行為《こうい》に飾莉《かざり》は、苛立《いらだ》たしげに声を上げた。

「……やすみちゃんは部外者だからいいよねえ。気楽そうでさあ。あたしもそうやって、差し入れで参加したつもりになりたかったよ」

飾莉《かざり》がようやく顔を上げて、苛立《いらだ》ちと八つ当たりが混じった言葉を投《な》げ掛《か》けた。

いつもの揶揄《やゆ》とは違《ちが》った、ざらりとした嫌味《いやみ》。

千佳《ちか》でさえ、そんなことわざわざ言わなきゃいいのに、と呆《あき》れる物言いだった。

由美子《ゆみこ》は腰《こし》に手を当てて、あっけらかんと答える。

「そうね、あたしは出ないもん。そりゃ気楽よ。四人の演技を客席から観《み》るだけだし、その練習も練習量も見てきたから。だから、こんだけのんびりしてるんだけど」

由美子《ゆみこ》のさらっとした励《はげ》ましに、飾莉《かざり》の動きがぴたりと止まる。

それでやっと、飾莉《かざり》も自分を客観視できたのかもしれない。

気まずそうに視線を外した。

由美子《ゆみこ》はそれを見ないふりしながら、腕《うで》を組む。

「それに、あたしだって緊張《きんちょう》するっつーの。ユウとミントちゃんのお母さん、ふたりのママさんをあたしがエスコートするんだよ？　今から挟《はさ》まれて鑑賞《かんしょう》するんだから。むしろだれか代わってほしいよ。気まずさすごいんだけど」

それは確かに居心地《いごこち》が悪いかもしれない……、と失笑《しっしょう》が漏《も》れる。

楽屋の空気がさらに少しだけ軽くなった。

ただ、千佳《ちか》だけは「そんなわけがないだろう」と考える。

由美子《ゆみこ》がその手のことで、気まずくなるとは思えなかった。

こうしてムードメーカーを買って出て、みんなの緊張《きんちょう》をほぐしているんだから大したものだ。

それは千佳《ちか》には、絶対にできないこと。

しかし、由美子《ゆみこ》はひとつミスを犯《おか》したかもしれない。

彼女の一言で、千佳《ちか》は実感してしまった。

母が、この会場に来る。

千佳《ちか》の演技を見る。

それを意識すると、千佳《ちか》は気が気でなくなった。
「…………」
四人が和《なご》やかに話し始めるのを尻目《しりめ》に、千佳《ちか》は控《ひか》え室《しつ》から出て行く。
ひっそりと廊下《ろうか》を歩き、ステージに顔を出した。
ステージ袖《そで》ではスタッフさんが忙《いそが》しそうにしていたが、見咎《みとが》められるほどではない。
だれもいないステージと客席には熱がなく、冷え切った空気で満たされていた。
その冷たさが心地《ここち》よかった。
客席は隅々《すみずみ》まで見えるが、奥のほうは顔がきちんと認識《にんしき》できるほどではない。
けれどきっと、どこかに座る母を見つけてしまう。
その視線を受けて、自分は平然と演技を続けられるだろうか。
わからないけれど、心臓は強く唸《うな》った。
千佳《ちか》が自ら母に声優の姿を晒《さら》すのは、今回が初めてだ。
考えるだけで緊張《きんちょう》が全身に覆《おお》いかぶさり、その場で膝《ひざ》を突《つ》きたくなる。
母の視線が、ここまで影響《えいきょう》するなんて。
なぜ？
いや、答えはもうわかっていた。
意地っ張りな千佳《ちか》は、今までそれを認められなかっただけ。

理由は、きっと。

「……『受け入れられなかったら』……、と考えると、怖《こわ》いんだわ」

千佳《ちか》が声優としての姿を見せて、全力で演技をして、そのうえで受け入れられなかったら。

『こんなものなの』と言われたら、自分は途方《とほう》もない気分になる。

母の意見なんて、ずっとずっと関係ないと思っていた。

どう思われようと声優は続ける、どう思われようと無関係。

そう思っていたはずなのに。

こんな気持ちになるなんて。

「渡辺《わたなべ》」

後ろから声を掛《か》けられる。

何百回と呼ばれているだけに、振《ふ》り返《かえ》らずともだれかわかった。

千佳《ちか》が雑談の輪に加わらず、そっと離《はな》れるのはいつものことだっていうのに。

千佳《ちか》の異変に気付いて、彼女は追いかけてきたのだ。

「……佐藤《さとう》。あなたのせいよ」

「は？　なにが」

それには答えない。

軽く頭を振《ふ》って、客席に目を向ける。

果たして彼女たちは、どこから自分の演技を見るのだろうか。

由美子《ゆみこ》は千佳《ちか》の心情を察しているのかいないのか、いつものように話し始めた。

「なに、渡辺《わたなべ》。随分《ずいぶん》と緊張《きんちょう》してるじゃん。あんたらしくもない。あのときみたいじゃない？ほら、公録の」

あくまで軽い口調で、由美子《ゆみこ》は以前のことを口にした。

文化祭でも話したので、記憶《きおく》に新しい。

コーコーセーラジオの初めての公録では、千佳《ちか》は緊張《きんちょう》に支配されて身体《からだ》を震《ふる》わせていた。

思えば、あれから随分《ずいぶん》と経《た》つ。

その月日を実感したからか、意外にも素直《すなお》に弱音を吐《は》き出《だ》していた。

「……そうね。あのときと同じ。わたしはきっと、『夕暮夕陽《ゆうぐれゆうひ》』を晒《さら》すことが怖《こわ》いんだわ」

公録で千佳《ちか》があれほど感情的になったのは、それが原因だった。

アイドル声優・夕暮夕陽《ゆうぐれゆうひ》は偽物《にせもの》なのに、それを求められる。

自分にはその魅力《みりょく》がわからないのに。

架空《かくう》の人格である、夕暮夕陽《ゆうぐれゆうひ》を見せることに怯《おび》えていた。

今の夕暮夕陽《ゆうぐれゆうひ》は本物だし、偽《いつわ》ってもいない。以前のような後ろ暗さもない。

けれど明確に、声優・夕暮夕陽《ゆうぐれゆうひ》と、娘《むすめ》である渡辺千佳《わたなべちか》は別物だ。

母に『夕暮夕陽《ゆうぐれゆうひ》』を見せたことなんて、ない。

だからこそ、怖《こわ》くなってしまった。

由美子《ゆみこ》はふっと息を吐《は》き、すぐそばまで近付いてくる。

「あのときみたいに、あんたをスッ転ばすわけにもいかないしねぇ。あぁ、あたしがおっぱい揉《も》んであげよっか。文化祭のときみたいに」

「あれで緊張《きんちょう》がほぐれるのは、あなただけよ」

「だれがじゃ。胸を揉《も》まれるのがルーティンみたいな言い方しないでくんない？」

由美子《ゆみこ》は不快そうに眉《まゆ》を寄せる。

ルーティンとは言い得て妙《みょう》だ。

文化祭ではあれで無理やりいつもの空気に戻《もど》したからこそ、由美子《ゆみこ》は緊張《きんちょう》や不安を振《ふ》り切《き》って、舞台《ぶたい》に立てたと言える。

いつもの千佳《ちか》だったら、「揉《も》んであげたんだから、感謝のひとつでもしてほしいわ」くらい言えたのに。

いつもの、千佳《ちか》だったら。

「……あぁ」

わかった。

黙《だま》って由美子《ゆみこ》の顔を見上げる。

彼女はきょとんとしていた。

軽く巻いた髪《かみ》に、長い付けまつげ、キラキラしたメイクとたくさんのアクセサリー。

飽《あ》きるほどいっしょにいたのに、たまに千佳《ちか》がはっとするほどの表情を見せる彼女。

いつも隣《となり》にいた彼女。

由美子《ゆみこ》が平然とした顔で隣《となり》にいてくれたら、こんなふうにはならなかった。

まぁ何とかなるか、と吹《ふ》っ切《き》れたかもしれない。

だって今まで、困難な壁《かべ》を越《こ》えるときはいつもいっしょだったから。

でも舞台《ぶたい》の上に、由美子《ゆみこ》はいない。

相方がいない。

あぁ、こんなにも──。

──彼女の存在は、大きかったんだな。

そんなことを今さら、本当に今さら実感した。

由美子《ゆみこ》はその考えを読み取ったわけではないだろうが、意地の悪い笑顔《えがお》になる。

「なに？　あたしがいないから弱気になってんの？　寂《さび》しい～、心細い～、って？」

「そんなわけないでしょう。自惚《うぬぼ》れないで頂戴《ちょうだい》」

腹の立つ言い回しに、反射的に言い返す。

せめて、こんなふうに口喧嘩《くちげんか》でもしていれば、少しは気が紛《まぎ》れるだろうか。

千佳《ちか》がそう考えていると、由美子《ゆみこ》は嫌《いや》な笑顔《えがお》を引っ込めた。

千佳《ちか》の背中をぽんぽんと叩《たた》いて、「何を今さら」と小声で告げる。

そして、客席に目を向けた。

空っぽの席を眺《なが》めながら、由美子《ゆみこ》は呟《つぶや》く。

「確かにあたしは、隣《となり》にはいないかもしんないけど。この席のどこかで、渡辺《わたなべ》の演技を観《み》てるよ。離《はな》れてはいるけどさ、ちょっと遠いだけ。いざとなったら、あたしを見なよ。あたしだって、あんたを見てるから」

それこそ、公録のときに言ったようなことを彼女は熱っぽく口にする。

聞いているだけで、恥《は》ずかしくなる言葉だ。

自分でもそれを感じたのか、由美子《ゆみこ》はおかしそうに笑った。

相変わらず、楽しそうに笑うこと。

彼女がどこに座るかはわからないけれど。

客席は暗くて見えづらいけれど。

どうせ、この状況《じょうきょう》でも見つけてしまう。

それで気が楽になったことに忌々《いまいま》しい思いを抱《いだ》いていたが、由美子《ゆみこ》はそれでも足りないと思ったらしい。

千佳《ちか》の肩《かた》に手を回して、ぐっと引き寄せてきた。

周りにだれもいないのに、彼女は耳元でひっそりとこう続ける。

「あたしは隣《となり》にはいない。場所も離《はな》れてるけど、関係ないって」

一度そう区切ってから、彼女は囁《ささや》く。

「――だってあたしたち、運命共同体だよ」

「……………………」

由美子《ゆみこ》はぱっと身体《からだ》を離《はな》し、手のひらをこちらに見せた。

その表情の憎《にく》たらしいこと。

由美子《ゆみこ》はすぐに、耐《た》えられなくなって噴《ふ》き出《だ》す。

下手な冗談《じょうだん》に自分で笑い、彼女は腹を抱《かか》えながら「これはクサすぎたな？」と続けた。

「ほんと。言っていて恥《は》ずかしくないの？　ひどい冗談《じょうだん》だわ」

千佳《ちか》の刺々《とげとげ》しい声にも、彼女はわはは、と笑う。

あまりにも自分たちに似合わない言葉に、千佳《ちか》は眉《まゆ》を寄せ、口をひん曲げていた。

由美子《ゆみこ》は渾身《こんしん》の冗談《じょうだん》が決まった、とばかりにケタケタ笑い続けている。

ひどいものだ。

胸でも揉《も》んで黙《だま》らせてやろうか。

……ただ、まぁ。

まことに遺憾《いかん》ながら。

それで調子は、取《と》り戻《もど》してきた。

ふぅ、と千佳《ちか》は息を吐《は》く。

彼女にここまでやらせてしまったことに、千佳《ちか》はほんの少しだけ、申し訳ない気持ちになる。

それだけ、自分は崩《くず》れていたんだろう。

千佳《ちか》は客席に目を向ける。

胸の高鳴りは、程《ほど》よいところに落ち着いていた。

空っぽの客席を見たまま、今度こそはっきりと口にする。

歌種《うたたね》やすみがずっと追いかけている、夕暮夕陽《ゆうぐれゆうひ》として。

「――ええ、観《み》ていなさい。遠くからでも、わたしの演技を。双葉《ふたば》スミレを納得《なっとく》させるほどの演技を。お母さんたちのことは、あなたに任せたわ」

彼女にもやることがある。

千佳《ちか》の母と双葉《ふたば》スミレを同時に案内するなんて、由美子《ゆみこ》くらいにしかできない。

以前も彼女に伝えたはずだ。

適材適所。

自分たちのやれることを、やるだけだ。

♥

由美子《ゆみこ》は、千佳《ちか》たちと別れて会場の外に向かっていた。

先ほど、スマホに連絡《れんらく》が来たのだ。

手続きや入り口もわからないだろうし、会場に着いたら連絡《れんらく》するようにお願いしておいた。

外に出ると、既《すで》に会場周りはたくさんのお客さんが集まり始めている。

視線が気にならないでもないが、今は歌種《うたたね》やすみの姿ではないから大丈夫《だいじょうぶ》だろう。

喧騒《けんそう》から逃《のが》れるように、会場の端《はし》のほうに駆《か》けていく。

そこに、千佳《ちか》の母がぽつんと立っていた。

「ママさーん」

声を掛《か》けると、居心地《いごこち》悪《わる》そうだった千佳《ちか》の母がほっとした顔になる。

彼女はいつものスーツ姿で、まるで授業参観に来た母親のようだ。

……あながち間違《まちが》いでもないか？

千佳《ちか》の母は少しだけ表情の硬《かた》さが取れ、こちらに寄ってきた。

「由美子《ゆみこ》ちゃん。悪いわね、外にまで来てもらって」

「全然です。ひとりじゃ勝手がわかんないと思いますし。それより、もう少し待っててくださいね。たぶん、そろそろ……」

由美子《ゆみこ》がスマホで時間を確認《かくにん》していると、「どうも」と声を掛《か》けられた。

抑揚《よくよう》のない声に振《ふ》り返《かえ》ると、そこには双葉《ふたば》スミレが立っていた。

彼女は深いグレーのコートに紺《こん》のセーターを合わせ、同じく紺《こん》のパンツを穿《は》いている。

その色味に紛《まぎ》れるように、女優の気配を消していた。

ここまで上手《うま》くオーラを消されると、関係者席に座っていてもだれも双葉《ふたば》スミレだとは気付かないかもしれない。

ありがたいけれど。

千佳《ちか》の母と双葉《ふたば》スミレの間に一瞬《いっしゅん》火花が散ったが、すぐにお互《たが》い会釈《えしゃく》をした。

そこは大人の対応で、すぐ嚙《か》みつく娘《むすめ》とは違《ちが》う。

ふたりに合わせたわけではないが、由美子《ゆみこ》も頭を下げた。

「ふたりとも、今日は来てくれてありがとうございます」

千佳《ちか》の母も、双葉《ふたば》スミレも、来るかどうかは微妙《びみょう》だった。

ふたりとも多忙《たぼう》だし、「そんな茶番に付き合う義理はない」と言われれば、そこで終わり。

由美子《ゆみこ》はそれを心配していたが、千佳《ちか》は深刻には考えていなかった。

『あれだけ言っておいて来なかったら、逃《に》げたのと同じじゃない。きっと来るわよ』と澄《す》まして言っていた。

実際に、双葉《ふたば》スミレは来た。

――だがそれによって、由美子《ゆみこ》の不安は大きくなる。

千佳《ちか》は感じていなかった気掛《きが》かりが、由美子《ゆみこ》の中で膨《ふく》らみ始めていた。

本当に、上手《うま》くいくんだろうか。

自分たちが描《えが》いた作戦は、きちんと成功するんだろうか。

もし、由美子《ゆみこ》が覚えた危機感が現実のものになれば。

双葉《ふたば》スミレの心を動かすには、足りない。

それは今さら考えたところで、どうしようもないけれど。

由美子《ゆみこ》はごまかすように笑いながら、会場を指差す。

「じゃ、中に行きましょうか。席は用意してもらってるので」

ふたりは黙《だま》って、由美子《ゆみこ》についてくる。

由美子《ゆみこ》は受付でささっと手続きを済ませ、三人で廊下《ろうか》を歩いていった。

スミレと真っ向から目を合わせて話すと、迫力《はくりょく》に呑《の》まれてしまう。

だから、歩きながら改めてスミレに確認《かくにん》した。

「スミレさん。今回のイベントで、声優への考えを思い直すことになったら、きちんとミントちゃんに伝えてあげてください」

彼女にこの場に来てもらったのは、そのため。

双葉《ふたば》ミントに必要なのは、母親に『声優』を知ってもらうこと。

それを疑う必要はないはずなのに――、さっきから妙《みょう》な胸騒《むなさわ》ぎを覚えていた。

不安を覚えたからこそ、由美子《ゆみこ》はこんなふうに確かめているのかもしれない。

「ええ」

スミレは、短く返すだけでそれ以上は何も言わなかった。

面倒《めんどう》だったのか、それともどうでもいいとでも思っているのか。

由美子《ゆみこ》はそれには言及《げんきゅう》せず、別のことを双葉《ふたば》スミレに問いかけた。

「スミレさん。スミレさんは、ミントちゃんが出ている作品を観《み》ていないと聞いたんですけど……。それって本当ですか？」

「ええ。観《み》ていませんよ。どんな作品に出ているかも知りません」

「このイベントの作品も？」

「知らないですよ。……それが、なにか？」

怪訝《けげん》そうな声が返ってくる。

ミントの言うとおり、双葉《ふたば》スミレはミントの出演作に興味はないらしい。

それが本当なら、ミントが高校生役を演じることに驚《おどろ》きを覚えてくれるはず。

声優の可能性を、目の当《まあ》たりにするはずだ。

ホールに出ると、座席はほとんどの数が埋《う》まっていた。

桜並木《さくらなみき》乙女《おとめ》が出演するだけあって、会場は広い。

指定された場所に向かうと、ぽっかり席が空いた列があった。関係者用の席だ。

めくるたちも来たがっていたが、残念ながら揃《そろ》って仕事が入ってしまったらしい。

そこに、スミレ、由美子《ゆみこ》、千佳《ちか》の母の順で座った。

開演直前なので客席のざわめきは強く、それを聞きながらスミレたちの様子を窺《うかが》う。

スミレは目を瞑《つぶ》り、まるでそこにいないかのように気配を消していた。

千佳《ちか》の母が落ち着かない様子だったので、由美子《ゆみこ》は声を掛《か》ける。

「あ、これ終わったら楽屋に行きましょう。開演前だと慌《あわ》ただしいんで、終わったあとで」

由美子《ゆみこ》がふたりにそう伝えるも、返事はなかった。

千佳《ちか》の母は不安げに辺りをきょろきょろ見回していたし、双葉《ふたば》スミレはじっと動かない。

もしかしたら、スミレはそのまま帰るつもりなのかもしれない。

双葉《ふたば》スミレの心を動かせなかった、という結果だけを残して。

もしそうなったら……、と考えると、暗い気持ちでいっぱいになる。

その感情が心を満たす前に、開演時間となった。

流れている音楽が徐々《じょじょ》にフェードアウトしていく。

開演することを悟《さと》ったお客さんが、ステージに集中し始めたのがわかった。

そして、会場が暗闇《くらやみ》に包まれる。

次にライトアップされたときには、ステージの上に四人が並んでいた。

左から、乙女《おとめ》、ミント、飾莉《かざり》、千佳《ちか》の順だ。

台本を持って立つ彼女たちには、それぞれスポットライトが当てられている。

「ねぇねぇ。今日、みみってもう来た？」

「ううん、まだだよ。もしかして、今日も仕事なのかなあ」

声を上げたのは、千佳《ちか》と乙女《おとめ》のふたり。

どうやら、挨拶《あいさつ》もなしで冒頭《ぼうとう》から朗読劇を始めるらしい。

由美子《ゆみこ》は「攻《せ》めた構成するなぁ、朝加《あさか》ちゃん」と心の中で呟《つぶや》く。

でも、ありがたかった。

定番の声優イベントから始まっていれば、双葉《ふたば》スミレは朗読劇まで集中力が持たなかったかもしれない。

今はちゃんと観《み》てくれているようで、スミレの目が鋭《するど》くなる。

そして次に――、眉《まゆ》を顰《ひそ》めた。

おそらく千佳《ちか》と乙女《おとめ》の演技に、違和感《いわかん》を覚えている。

「みみ、アイドル忙《いそが》しいよねー。学校にも来ないこと多くなったし」

「だよねぇ。来ても、放課後さっさと帰っちゃったりね。つまんなー」

ふたりの演技は無色透明《とうめい》、いかにも印象に残らないものだったからだ。

プロの役者からすれば、なんだこの演技は、と思うかもしれない。

スミレがちらりとこちらを見て、つい目が合う。

彼女の瞳《ひとみ》は、こう語っていた。

『ほかを落として、ミントを上げるつもり？』

ミント以外がひどい演技をして、ミントだけがまともな演技をする。

そうすれば、相対的にミントの評価は上がるだろう。

由美子《ゆみこ》は当然何も言わず、前に向き直る。

すると同時に、ミントの声が聞こえてきた。

滝沢《たきざわ》みみ役、双葉《ふたば》ミントの声だ。

「ギリギリセーフ！　危なかった～！　みんな、おはよう！　今日の一時間目ってなんだっけ？　数学……、あ、やば、宿題やってない～！」

彼女は左手に台本を持ち、右手を軽《かろ》やかに動かしながら、表情豊かにセリフを口にした。

よく通る、爽《さわ》やかな声。

心の明るさを映したような、少女の声が会場に響《ひび》き渡《わた》る。

スミレが目を見開いて、ミントに注目するのがわかった。

「なに、みみったらまた宿題忘れたの？　ダメだよ～」

「あの先生、怒《おこ》ると面倒《めんどう》くさいんだから。ほらほら、写させてあげるからさ」

「ごめん、ありがと！　今度、なんか奢《おご》るね！」

色のない演技をするふたりに比べると、ミントはより上手《うま》く、声も特徴的《とくちょうてき》に聞こえた。

ミントは、小柄《こがら》な千佳《ちか》と比べてもずっと身体《からだ》が小さく、顔もまだまだあどけない。

どう頑張《がんば》っても中学生には見えないし、何なら小学校高学年も怪《あや》しい。

けれど、その喉《のど》から出る元気な声は、思春期の女の子を上手《うま》く表していた。

子供と大人の中間点のような声を、ミントは的確に操《あやつ》っている。

スミレは慌《あわ》てて、配布されていたパンフレットを開いた。

『滝沢《たきざわ》みみ　CV：双葉《ふたば》ミント』の名前に並び、制服を着た女の子のイラストが描《えが》かれている。

キャラクタープロフィールも記載《きさい》されており、そこには十七歳と書かれていた。

スミレは改めて、ミントを見つめる。

双葉《ふたば》スミレは作品を知らないから、ミントが高校生の役を演じることに驚《おどろ》きを覚える。

どうやら、千佳《ちか》の狙《ねら》いはハマったようだ。

由美子《ゆみこ》はそれに関して気が気でなかったのだが、ほっと息を吐《は》いた。

由美子《ゆみこ》が胸を撫《な》で下《お》ろしている間にも、劇は進んでいく。

「お、じゃあ今日はみみの奢《おご》りでどっか行く？　わたし、駅前のクレープがいいなあ～」

「あ、ご、ごめん。今日はレッスンがあって、早く帰らなきゃ……」

スミレの眉《まゆ》が再び寄る。

ミントの演技に比べると、乙女《おとめ》と千佳《ちか》が何枚も落ちるからだろう。

「あ、そうなの？　最近付き合い悪くなったねえ」

「ご、ごめん……」

「ちょ、ちょっと、冗談《じょうだん》だって。嘘嘘《うそうそ》。また今度でいいからさ」

「……ううん、やっぱり今日遊ぼうよ！　レッスンは今日じゃなくてもいいんだ！」

「……え、本当に？　大丈夫《だいじょうぶ》なの？」

「うん！」

ミントは不安と後ろめたさ、それらを振《ふ》り払《はら》う感情までも精巧《せいこう》に表現していた。

スミレの視線が、ミントに吸い込まれるのがわかる。

場面は変わり、ミントが演じるみみと、飾莉《かざり》が演じる亜衣《あい》のふたりのシーンに移っていく。

大河内亜衣《おおこうちあい》は、ほかのキャラより年齢《ねんれい》が上。大学生のお姉さんだ。

みんなの保護者的なキャラクターだった。

「みみちゃん。なんで、レッスン休んだ、の？　大事な合わせの日、ってわかってたよね？」

「ごめんなさい……」

「謝って、ほしいわけじゃ、なくて……。理由が、知りたいの」

「……っ」

あまりに硬《かた》い。

ガチガチになった飾莉《かざり》の演技に、由美子《ゆみこ》は目をぎゅっと瞑《つぶ》りたくなってしまった。

飾莉《かざり》は台本に目を向けたまま、ほとんど顔を伏《ふ》せている。きっと無意識だ。

手がわずかに震《ふる》える様も見える。

それは身体《からだ》を伝って、声の震《ふる》えにも繋《つな》がってしまうのではないか。

飾莉《かざり》はこの中で一番経験が浅いし、新人だ。

だが、演じるキャラクターは大人のお姉さんで、みみを諭《さと》す役割がある。

ここで飾莉《かざり》が緊張《きんちょう》していれば、その説得力はかき消えてしまう。

不安というのは、案外客席まで伝わるものだ。

飾莉《かざり》の緊張《きんちょう》がスミレには見て取れたのか、小さなため息が聞こえる。

コンディションで演技力を落としているのだから、褒《ほ》められたことではなかった。

——頑張《がんば》れ、飾莉《かざり》ちゃん。頑張《がんば》れ。

心の中で、由美子《ゆみこ》は必死に飾莉《かざり》を応援《おうえん》していた。

自分にできるのは祈《いの》ることだけだ。それが胸の痛みを誘発《ゆうはつ》する。

あの場にいないことが、こんなにも歯がゆい。

由美子《ゆみこ》があそこにいても、別に何かできるわけではないのに。

——あぁいや。

そんなことは、なかった。

「ちょっと、亜衣《あい》⁉　説教するならするで、ちゃんとしなさいよ！　不安そうに説教する奴《やつ》があるか！　聞いてるこっちが恥《は》ずかしくなる！」

まるで野次のような声が飛び込み、ミントと飾莉《かざり》の肩《かた》がビクっと震《ふる》える。

台本にないセリフが急に介入《かいにゅう》してくれば、驚《おどろ》くのも無理はなかった。

その声を発したのは、和泉小鞠《いずみこまり》役の千佳《ちか》だ。

小鞠《こまり》の声は、事務所の奥から聞こえてきた……、と演出したいらしい。

千佳《ちか》がわざとらしくミントたちから身体《からだ》を離《はな》し、口に手を添《そ》えているのもアピールだ。

さらに、千佳《ちか》はアドリブを続ける。

「ちょっと。あんたも何か言ってやんなさいよ」

千佳《ちか》がそう振《ふ》った相手は、乙女《おとめ》だった。

乙女《おとめ》は「わたし⁉」という顔で己《おのれ》を指差し、それが無茶ぶりであることが客席に伝わる。

くすくす、とした笑い声が伝染《でんせん》していった。

小鞠《こまり》はみみたちと同じ事務所だが、乙女《おとめ》演じるエレノア・パーカーは他事務所のアイドル。

この場面にいるわけがないので、千佳《ちか》のように自分のキャラを演じるわけにはいかない。

乙女《おとめ》はあわあわとしたあと、低く咳払《せきばら》いをした。

「――お、大河内《おおこうち》くん、今のはよくないよ」

「今のだれよ」

「なんか部外者いませんでした？」

謎《なぞ》の人物が声を上げたせいで、すかさず千佳《ちか》とミントがツッコミを入れる。

乙女《おとめ》は恥《は》ずかしそうに顔に手を当てて、俯《うつむ》いてしまった。

それで一気に会場内が笑いに包まれる。
こういったアドリブも、朗読劇の醍醐味《だいごみ》かもしれない。
──あぁそうだ。
あの場にいても何もできないなんて、そんなことはなかった。
千佳《ちか》は文化祭の演劇でも、アドリブで由美子《ゆみこ》をフォローしてくれた。
由美子《ゆみこ》はつい、千佳《ちか》の母を見てしまう。
彼女は一心に、千佳《ちか》を見つめていた。
あなたの娘《むすめ》は、こんなことができる役者なんですよ。
由美子《ゆみこ》が心の中でそう伝えていると、飾莉《かざり》がわざとらしく咳払《せきばら》いをする。
「ん、んんっ！　みみちゃん。怒《おこ》られてる最中にツッコミをするのはよくないと思う」
そんな言葉で一笑いを取りつつ、飾莉《かざり》はようやく肩《かた》の力が抜《ぬ》けたらしい。
千佳《ちか》はそんな飾莉《かざり》を一瞥《いちべつ》し、ふっと笑った。
それに気付いた人は、きっと千佳《ちか》に注目していた人だけだったろうけど。
──あぁ、いいな。
由美子《ゆみこ》は彼女たちを見て、心から羨《うらや》ましくなった。
必死になって演じる姿も、協力してひとつのものを作り上げる姿も。
由美子《ゆみこ》は今、受験のために声優から遠ざかっている。演技から離《はな》れた位置にいる。

それは納得《なっとく》しているけれど――、早く戻《もど》りたいな、と熱くなってしまった。

「――それで、みみちゃん。どうして今日のレッスンを休んじゃったの？　最近、集中できてないよね？　せっかく、今度のライブで新曲を披露《ひろう》するのに……」

調子を取《と》り戻《もど》した飾莉《かざり》が、本題に戻《もど》す。

声に不安の色はもうない。

それを受けて、ミントは答えた。

「わたしは……、わからなくなったんです……。楽しいからアイドルをやっていたはずなのに。学校にもなかなか行けなくて、大好きな友達と遊ぶことも我慢《がまん》して……。そこまでして、なんでアイドルをやってるのかなって……」

「ま、待ってよ、みみちゃん。でも、みみちゃんは自分がなりたくてアイドルを始めたんでしょう？　目標とか、あるんじゃないの？」

「目標って、なんですか？」

ミントの返事に、飾莉《かざり》はぐっと言葉に詰《つ》まる。

明るいみみから出てきたとは思えない、深く冷たい声だった。

「ハァ？　なに今さら、子供みたいなこと言ってんのよ。バッカじゃないの？」

小ばかにしたように登場したのは、千佳《ちか》が演じる小鞠《こまり》だ。

以前はみみに対して猫《ねこ》を被《かぶ》っていたが、今は辛辣《しんらつ》な言葉を投《な》げ掛《か》けている。

「小鞠《こまり》ちゃん……。小鞠《こまり》ちゃんの目標は……、女優になることだっけ」

「ええ、わたしにとってアイドルは通過点！　偉大《いだい》な女優になるまでの腰掛《こしか》けよ！」

「わたしには……、そういうものが、ないから……」

ミントは小さく呟《つぶや》いて、俯《うつむ》いてしまう。

そのただならぬ様子に、千佳《ちか》と飾莉《かざり》は黙《だま》り込《こ》んだ。

重苦しい空気が充満《じゆうまん》する。

「——わかった。みみちゃん。一度、お仕事を休んだらどう？　レッスンも休んで、一度、自分を振《ふ》り返《かえ》ってみるのはどうかな」

「亜衣《あい》さん……」

「ちょっと、亜衣《あい》。それでいいの？　もうあんたたちのユニット、〝カペラ〟は次のライブバトルが決まってるんでしょう？　しかも相手はあのエレノア……」

「いいの、小鞠《こまり》ちゃん。いいの」

力強い飾莉《かざり》の言葉に、千佳《ちか》は口をつぐむ。

そうして、みみは本当にアイドルから一度離《はな》れることになって——。

「——あなたでは、話にならない。アイドルに疑問を持つあなたに、信じることすらできない人に。わたしの相手は務まらない」

「——」

そのあと、ライブバトルでみみはエレノア・パーカーに手痛い敗北を喫《きっ》する。

まだ歌わなくてはいけないのに、みみはステージの上で動けなくなった。

ミントは胸に手をやり、荒《あら》い呼吸を繰《く》り返《かえ》す。

ゲームには収録されなかった、絶望に染まった浅い息。

震《ふる》える声をわずかに乗せた、こちらの胸まで痛くなる息遣《いきづか》い。

その息を吐《は》く音、吸う音だけで――、どれだけの想《おも》いを抱《いだ》いているのか。

みみがどんな顔をしているのか、どんなふうに声を発しているのか。

ミントはこの場にいる全員に痛いほど伝えていた。

滝沢《たきざわ》みみだけではなく、和泉小鞠《いずみこまり》も、大河内亜衣《おおこうちあい》も、エレノア・パーカーも。

それぞれ本人たちとは似ても似つかないキャラクターで、姿形で似通っているところはどこにもない。年齢《ねんれい》だって大きく離《はな》れている。

しかし、声色《こわいろ》だけでその姿を浮《う》かび上《あ》がらせる。

声優なら、演じることができる。

双葉《ふたば》スミレも理解したはずだ。

乙女《おとめ》や千佳《ちか》が女子生徒を演じたときは、邪魔《じゃま》にならないよう演技を抑《おさ》えていただけ。

声優に対して真摯《しんし》なふたりが、わざと下手に演じるわけがない。

彼女たちの本気は、決して下に見られるようなものではなかった。

「…………………」

双葉《ふたば》スミレの目は、ミントから離《はな》れない。

そこで、さらに感情的な声が届く。

「――みみちゃんっ！　歌って！　今は難しいことを考えないで！　お客さんにあなたの歌を届けて……っ！　だって――、あなたは、アイドルなんだから！」

呆然《ぼうぜん》としたみみに向かって、亜衣《あい》の声が響《ひび》く。

先ほどまで震《ふる》えそうになっていた飾莉《かざり》だったが、その不安を乗せたような声だけに、真に迫《せま》っていた。

その心からの叫《さけ》びでも、みみは動けない。

けれど、そこからさらにお客さんの声が重なる。

――ここだ。

思わず由美子《ゆみこ》は、手をぎゅうっと握《にぎ》ってしまう。

その瞬間《しゅんかん》、ミント以外のスポットライトが落ちた。

ミントだけが照らされたステージの上で、暗闇《くらやみ》からたくさんの声が浮《う》かび上《あ》がる。

「みみちゃん、頑張《がんば》って！」「歌って！　待ってるから！」「大丈夫《だいじょうぶ》だよ！　ゆっくりでいいから！」「わたしたちは、あなたを見に来たんだよ！」「そんな顔、してほしくないの！」

その声は、今までのだれのものでもない。

録音でもなく、ミントの周りの三人がそれぞれ口にしていた。

千佳《ちか》、乙女《おとめ》、飾莉《かざり》が必死に声色《こわいろ》を使い分け、たくさんの応援《おうえん》を作り上げている。

そこに誰《だれ》ひとりとして、同じ人物はいない。

声優はたったひとりで、複数の、様々な人間を演じ分けることができる。

これこそが、声優だけが成し得る演技の形だと、由美子《ゆみこ》は思った。

だから朝加《あさか》に、「千佳《ちか》たちに観客の兼《か》ね役《やく》をしてもらうのはどうか」と提案したのだ。

「…………っ」

熱のある呼びかけにみみはゆっくりと顔を上げ、唇《くちびる》を震《ふる》わせる。

瞳《ひとみ》は潤《うる》み、眉《まゆ》をきゅっと寄せて、眼差《まなざ》しをお客さんに返す。

そんな姿さえも、観客に幻視《げんし》させた。

みみはマイクを口元に持っていき、はっ……、っと熱い息を漏《も》らす。

「やっと……、やっと、わかったよ……。こんなふうになるまで、みんなを不安にさせてまで

……、気付けなかったけど……。ごめん、みんな……。わたし……、わたし、は……」

ぽつぽつと呟《つぶや》く声は、無音の会場内に浸透《しんとう》するように現れる。

そこで、ミントは台本を持つ手を握《にぎ》りしめた。

今までの気持ちを凝縮《ぎょうしゅく》させるように、ミントはどこまでも通る声で叫《さけ》ぶ。

「わたしは……、アイドルを、やりたい――――ッ！」

小さな身体《からだ》をいっぱいに使った声は、ステージから客席へ風のように吹《ふ》き抜《ぬ》ける。

だれひとり取りこぼさず、観客全員にみみの姿を見せながら。

涙《なみだ》を堪《こら》えながらも、感謝の想《おも》いをいっぱいに込《こ》められた声に、由美子《ゆみこ》は「あぁ、すごいな」なんて胸を詰《つ》まらせる。

ぎゅうぎゅうに詰《つ》まった感情を浴びて、思考が止まってしまいそうだった。

声だけで、こんなにもたくさんの人たちの心を奪《うば》ってしまう。

目の前にいるたったひとりの少女から、そんな声が出てくることも、心を揺《ゆ》らす熱量が生み出されるのも、なんだか信じられなかった。

ミントは客席を見渡《みわた》してから、こちらに顔を向けたように見える。

その表情にはキラキラした残滓《ざんし》が舞《ま》い、彼女の顔を明るく照らしている。

なにかをやりたい、と主張するときの彼女は、いつだって輝《かがや》いていた。


イベント終了後《しゅうりょうご》。

由美子《ゆみこ》は、双葉《ふたば》スミレと千佳《ちか》の母を控《ひか》え室《しつ》に連れて行った。

彼女たちは一度も口を開かず、由美子《ゆみこ》のあとをついて廊下《ろうか》を歩いている。

控《ひか》え室《しつ》の扉《とびら》は開いていて、中から賑《にぎ》やかな声が聞こえてきた。

「すっごく盛り上がってたねー！　最後の拍手《はくしゅ》なんて、聞いててうっとりしちゃったなあ……。大成功だったね！」

「はい！　まぁ御花《おはな》さんが緊張《きんちょう》しまくってたときは、どうなることかと思いましたけど！」

「う、うるさいなぁ～……。あ、夕暮《ゆうぐれ》さん。あのときはありがとうございました……」

「いえ」

四人の声が廊下《ろうか》まで響《ひび》いている。

無事に終わった解放感と昂揚感《こうようかん》で、四人の声は弾《はず》んでいた。

上手《うま》くいった手応えは、本人たちも感じているようだ。

力が抜《ぬ》けた笑《え》みを浮《う》かべる彼女らを想像し、水を差すことに躊躇《ためら》いを覚える。

しかし、これが目的でもあった。

ミントたちにとっては、本番と同じくらい重要なことだ。

「みんな、おつかれ～」

由美子《ゆみこ》は自身が緊張《きんちょう》しそうになりながら、声を掛《か》ける。

その瞬間《しゅんかん》、和《なご》やかな空気が一気に引《ひ》き締《し》まった。

由美子《ゆみこ》の後ろには千《ち》佳《か》の母と、双葉《ふたば》スミレがいる。

すべての視線がスミレに集まった。

その場にいた全員から一斉《いっせい》に見られても、スミレは反応しない。

ただ、ミントが千住《ちか》たちから離《はな》れ、スミレの前に立った。

ふたりの視線が混じり合う。

そのとき初めて、スミレは不安そうな表情を浮《う》かべた。

反面、ミントは今まで母親と対峙《たいじ》したときとは違《ちが》う。

しっかりと母の顔を見て、目も泳がない。

その横顔は、またひとつ大人びて見えた。

「あ……」

スミレは口を開こうとした。

けれど、ミントの力強い声が先に響《ひび》く。

「お母ちゃん」

そこでようやく、スミレの目の焦点《しょうてん》が合ったように思う。

ミントはスミレを見上げながら、意志の決まった声で続けた。

「わたしは、お母ちゃんにずっと認めてほしかった。振《ふ》り向《む》いてほしかった。こっちを見てほしかった……。すごいね、って言ってほしかった。そのために、役者を頑張《がんば》ったけど――」

ミントはそこで目を瞑《つぶ》る。

迷いを振《ふ》り切《き》るように開いた目には、強い輝《かがや》きが宿っていた。

「――もう、いいの。わたしは声優をやりたい。わたしが、進みたいの。そこにお母ちゃんは関係ない。だからね、もうお母ちゃんの言葉はいらないの」

「…………………………」

双葉《ふたば》スミレは表情を強張《こわば》らせ、じっとミントを見つめる。

その迫力《はくりょく》に、以前の由美子《ゆみこ》たちは呑《の》まれてしまったけれど。

ミントは、目を逸《そ》らさなかった。

表情に悲哀《ひあい》の色を滲《にじ》ませて、話の続きを口にする。

「でも、だからこそ。わたしは声優として前に進むために、お母ちゃんにあの言葉を撤回《てっかい》させなきゃいけないの。お母ちゃん。まだ――、気持ちは変わらない？」

ミントの言葉と視線に射貫《いぬ》かれて、スミレの表情は固まる。

静かに息を吸ってから、切なげにミントを見た。

目を伏《ふ》せて、憂《うれ》いを帯びた声で彼女は答える。

「……わかった、わかったわ。でもね、ミント。あなたは、わたしの言葉はもういらないと言ったけど……、これだけは言わせて……」

スミレはミントに目を向けると、ほのかに笑《え》みを浮《う》かべた。

噛《か》み締《し》めるように、ゆっくりと告げる。

「……立派だったわ。あなたはわたしの知らないところで、ちゃんと役者になっていたのね」

ミントは、大きく目を見張る。

それを見届けることなく、スミレは由美子《ゆみこ》たちに視線を向けた。

そうしてから、深く頭を下げる。

「あなたたちには、随分《ずいぶん》と失礼なことを言ってしまいました。撤回《てっかい》します。声優の本物の演技、見せて頂きました。素晴《すば》らしかったです」

彼女は頭を下げたまま、そう告げた。

その動作さえも堂々としたもので、謝罪には見えないくらいだ。

けれど、確かに彼女はあの発言を撤回《てっかい》したし、謝りもした。

声優を認めた。

そのことに、思わず由美子《ゆみこ》と千佳《ちか》は顔を見合わせる。

そしてすぐに、ミントの顔を見た。

彼女は呆然《ぼうぜん》と双葉《ふたば》スミレを見つめ――、やがて顔をくしゃっとさせた。

目をこれ以上なく細めて、口を強く引き結び、肩《かた》を震《ふる》わせる。

無意識なのか、両手が持ち上がった。

あ、あ、と声にならない声が浮《う》かび上《あ》がる。

「ううううううううう～～～……！」

閉じかけた口からは、唸《うな》り声《ごえ》に似た嗚咽《おえつ》が溢《あふ》れ出《だ》す。

耐《た》えよう、と我慢《がまん》はしたのかもしれない。

徐々《じょじょ》に目に涙《なみだ》が浮《う》かび、やがてぽろっとこぼれた。
それで溢《あふ》れる。
彼女の気持ちの洪水《こうずい》は、一気に弾《はじ》けてしまった。
「うわあああああああああん……！」
ミントは、口を大きく開けて泣き出した。
子供のように――、いや、幼子のような大きな泣き声だった。
嗚咽《おえつ》を漏《も》らし、感情を爆発《ばくはつ》させ、大粒《おおつぶ》の涙《なみだ》をぽろぽろとこぼす。
その声は、控《ひか》え室《しつ》の中をいっぱいにした。
ミントは、母からの評価はいらない、と言い切ったけれど。
ずっと追いかけていた母が、ようやく自分を見てくれたのだ。
嬉《うれ》しくないわけがなかった。
「あぁもう、そんな、泣かないの……っ」
慌《あわ》てて双葉《ふたば》スミレは、ミントのそばに駆《か》け寄《よ》る。
スミレが彼女を抱《だ》き寄《よ》せると、ミントは躊躇《ちゆうちょ》なくそれに応えた。
スミレの胸に顔を埋《う》め、肩《かた》を大きく震《ふる》わせる。
いつか、寝惚《ねぼ》けたミントが由美子《ゆみこ》に抱《だ》き着いたように。
くぐもった泣き声が、ずっと聞こえていた。

「わかった、わかったから……、ほら、行きましょう……」
ほかの人たちの目を気にしてか、スミレはミントの肩《かた》を抱《だ》いて控《ひか》え室《しつ》を出て行った。
それで、空気が一気に弛緩《しかん》する。
よかった、と胸を撫《な》で下《お》ろしながらも、だれもが何を言っていいかわからないようだ。
そう、よかった。
無事にイベントが終わり、みんなが喜べる最高の結果を得られたと思う。
けれど、幕はここで下りたわけじゃない。
まだひとつ、やることがあった。
由美子《ゆみこ》は千佳《ちか》の母に、目を向ける。
「ママさん」
余計なことかもしれない。
でも、由美子《ゆみこ》は千佳《ちか》の想《おも》いを聞いている。
由美子《ゆみこ》も千佳《ちか》の母とは浅からぬ縁《えん》があるし、今まで何度もぶつかってきた。
だからこそ、由美子《ゆみこ》自身も感じていたのだ。
千佳《ちか》の母が今でも、声優を認めていなかったら。
それは嫌《いや》だ、と。
千佳《ちか》――、夕暮夕陽《ゆうぐれゆうひ》を認めてほしい。

彼女の相方として、そう強く願っていたのだ。

「あの朗読劇は、元々やる予定はありませんでした。だけどミントちゃんのために、何とかしたいと声優たちが動いたから、実現したんです。そのために率先的《そっせんてき》に動いたのは——、渡辺《わたなべ》なんです。みんなを引っ張って、やりたいと口にして」

千佳《ちか》に手を向ける。

彼女は驚《おどろ》いて目を見開き、口も開こうとした。

『それはあなたもじゃない』と言い出しそうだったが、由美子《ゆみこ》の表情を見て止まる。

何も言わず、母の顔をちらりと見た。

そうしてから、千佳《ちか》はぼそりと呟《つぶや》く。

「……ミントちゃんのことは、他人事《ひとごと》とは思えなかったから。何とかしたい、と思ったのよ」

由美子《ゆみこ》は黙《だま》って、千佳《ちか》の母に顔を向ける。

彼女の表情は、なんと表現していいかわからなかった。

戸惑《とまど》っていて、驚《おどろ》いていて、少しだけ寂《さび》しそうで、悩《なや》んでいそうで、実は怒《おこ》っていそうで。

そんな母の顔を見て、千佳《ちか》はきゅっと手を握《にぎ》る。

ちらりと由美子《ゆみこ》を見てから、母に向き直った。

まっすぐに母を見据《みす》え、千佳《ちか》ははっきりと問いかける。

「お母さん。今度は、ちゃんと答えてほしい。ごまかさないで、お母さんの言葉を聞かせて。

お母さんは――、わたしの声優活動について。どう思っているの」

千佳《ちか》の母ははっとして、千佳《ちか》の顔を見返した。

彼女の力強い瞳《ひとみ》に見つめられ、躊躇《ためら》いの表情を浮《う》かべる。

そのまま目が泳ぎ、千佳《ちか》の母はゆっくりと口を開いた。

「……今でも、抵抗《ていこう》はあるの。不安定で、危険で、明日どうなるかもわからなくて。正直なことを言えば、怖《こわ》いわ。できることなら、やめてほしいって思う」

「…………………」

静かながらも、その言葉の切っ先は尖《とが》っていて、千佳《ちか》の胸を貫《つらぬ》く。

千佳《ちか》の母は「だけど……」と続け、そこで話を止めた。

しばらく黙《だま》り込《こ》んだあと、ふう、と一息《ひといき》吐き、千佳《ちか》をやさしい目つきで見る。

「千佳《ちか》がやりたいのなら、今は応援《おうえん》したいと思う。演じる姿を初めて見たけれど――、すごかったわ。……いつまでも子供だと思っていたけど、いつの間にか大きくなっているものね」

「――――――」

千佳《ちか》は、ぽかんとした顔つきになった。

言葉の意味が徐々《じょじょ》に浸透《しんとう》していったのか、目を瞑《つぶ》る。

静かに、深呼吸するのが見えた。

「……そう」

そっけない、感情の乗っていない声は目を閉じたまま。

ふたりとも、どんな思いでその言葉を口にしたのか。

そこには、一言では言えないほどの想《おも》いが詰《つ》まっているように感じた。

これは、あくまで由美子《ゆみこ》の予想でしかないけれど。

千佳《ちか》の母はこれ以上、「一人暮らしはやめたら」と口にしないような気がした。

「あっ」

由美子《ゆみこ》がほっとしていると、ミントがひっそりと帰ってきた。

目は真っ赤になっているが、涙《なみだ》はもう流れていない。

感情を吐《は》き出《だ》して疲《つか》れたのか、どこかぼうっとしていた。

傍《かたわ》らにスミレの姿はない。

ぼんやりしているミントに、由美子《ゆみこ》は詰《つ》め寄《よ》る。

「ミントちゃん、お母さんは？」

「え？　もう帰りましたけど……」

その返事を聞いて、由美子《ゆみこ》は控《ひか》え室《しつ》から飛び出す。

ミントもほかの人たちも、不思議そうに由美子《ゆみこ》を見送った。

双葉《ふたば》スミレに、聞かなければならないことがある。

彼女に質問をぶつけられる機会なんてそうはないだろうし、あとから答えてくれるかはわからない。

今じゃなきゃダメだ。

幸い、スミレにはすぐに追いついた。

人気《ひとけ》のない廊下《ろうか》を、ひとりでとぼとぼと歩いている。

「スミレさんっ」

声を掛《か》けると、彼女はゆっくりと振《ふ》り返《かえ》った。

そこには、以前までの侮蔑《ぶべつ》の視線はない。

「……どうかしましたか？」

もう用はないのでは？ と言わんばかりに、不思議そうな顔をされる。

由美子《ゆみこ》はスミレの顔をじっと見て、その奥の感情を読み取ろうとした。

でも、何もわからなかった。

直接、尋《たず》ねるしかない。

「ひとつ、訊《き》きたいことがあるんです」

「なにかしら……」

「スミレさんは、声優を見下していましたよね。そのうえ、知ろうともしなかった。ミントちゃんが言うには、ミントちゃんにも声優活動にも、興味を示さなかった。まるで見てくれなかった、と聞いています」

スミレは怪訝《けげん》そうな顔をする。

ふいっと視線を外し、静かに答えた。

「ミントに興味がない、は言いすぎだと思いますが……。あの子はそう感じたってことでしょうね……。それなら、そうなのかもしれません。声優もくだらないと思っていました。ですが、それは撤回《てっかい》したはずです……、それとも、謝罪が足りませんでしたか？」

「そうじゃ、なくて。あたしが訊《き》きたいのは——、あれは、スミレさんの本心なんですか？」

由美子《ゆみこ》の追及《ついきゅう》に、スミレの動きが止まる。

ゆっくりと、感情のない瞳《ひとみ》を向けて、「どういう意味かしら」と続けた。

彼女から、ゆらりと何かが立《た》ち昇《のぼ》るような錯覚《さっかく》に陥《おちい》る。

その迫力《はくりょく》に押し返されそうになりながら、由美子《ゆみこ》はぐっと手に力を込《こ》めた。

「そのままの意味です。あたしたちやミントちゃんにとって、スミレさんは、言葉を選ばずに言えばひどい親でした。子供にも子供のやることにも理解のない、自分本位な親。でも、あたしにはそうは思えなかったんです」

「なぜ、そう思ったの？」

まっすぐな問いに、由美子《ゆみこ》は言葉に詰《つ》まる。

その理由を口にするには、抵抗《ていこう》があったからだ。

何をバカな、と笑い飛ばされてもおかしくない。

由美子《ゆみこ》は俯《うつむ》きながらも、その理由を口にした。

「……あたしが、そう思いたいんです。子供に無関心な親なんて、いてほしくない。ミントちゃんのお母さんが、そんな人であってほしくない。いつだって、子供のことを考えていてほしい……、って……」

言っている途中《とちゅう》から、語気がどんどん弱くなる。

これは、ただの願望だ。

自分でもわかっているから、由美子《ゆみこ》はこの気持ちをだれにも話さず、千佳《ちか》にすら伝えず、ひとりで確かめに来た。

でも、それは由美子《ゆみこ》の偽《いつわ》らざる本心でもあった。

理解がないと思っていた千佳《ちか》の母も、そうではない由美子《ゆみこ》の母も、そして千佳《ちか》が尋《たず》ね て回ったいろんな家庭の親たちも。

加賀崎《かがさき》の親も、成瀬《なるせ》の親も、朝加《あさか》の親も。

あんな立派な大人たちの親でさえ、「子供はいつまで経《た》っても子供」と、心配している。

朝加《あさか》は親との考えの違《ちが》いに悩《なや》んでいたけれど、朝加《あさか》だってそれを「心配から出るもの」と受け入れているようだった。

千佳《ちか》の母も同じだ。

心配だから、口を出してしまう。

――なら、双葉《ふたば》スミレは？

それに、全く根拠《こんきょ》がないわけではなかった。

「スミレさんは、普通《ふつう》のお母さんだと感じました。家出したミントちゃんをうちまで引き取りに来たり、初詣《はつもうで》のときもきちんと朝加《あさか》ちゃんに挨拶《あいさつ》して。そうだ、ティアラのレッスンでも迎《むか》えに来てたんですよね」

そういったひとつひとつの行動は、由美子《ゆみこ》が見てきた親と何も変わらない。

だというのに、双葉《ふたば》スミレは娘《むすめ》に愛がないような振《ふ》る舞《ま》いを見せ続けていた。

そこに違和感《いわかん》がなかったわけではない。ずっと引《ひ》っ掛《か》かっていた。

だが当の本人は、由美子《ゆみこ》の考えに呆《あき》れてみせる。

「それは、親として当然のことでしょう」

「その当然のことができてない親だったら、あたしは追いかけてまでこんなこと言いません」

「………………」

スミレは、由美子《ゆみこ》をじっと見ている。

その視線に耐《た》えられず、由美子《ゆみこ》は言葉をこぼした。

「……でも、明確な理由があったわけじゃないです。あたしが、そう思いたかっただけ」

正直な思いを、ただ愚直《ぐちょく》にぶちまける。

それを聞いて、スミレはふっと笑った。

おかしそうに、くすくすと笑い始める。

由美子《ゆみこ》が訝《いぶか》しげな目を向けても、スミレは笑《え》みを引っ込められないようだった。

「あぁ、ごめんなさいね。あなたは幸せな子なんだな、と思っただけ。あなたに言っておくけれど、まともじゃない親はこの世にごまんといるんですよ。特に役者なんて、社会不適合者ばかりだもの」

由美子《ゆみこ》の頬《ほお》がカッと熱くなった。

バカにされていると感じて、由美子《ゆみこ》はひとり羞恥《しゅうち》に染まる。

スミレはしばらく笑い続けたあと、「あぁおかしい」と唇《くちびる》の笑《え》みを消した。

そして、スッと目を細める。

それだけで、雰囲気《ふんいき》が変わったように感じた。

「でも、よかったわ」

「よかった？」

「わたしは、何十年と役者をやっているんですよ。だというのに、こんな若い子に演技を見破られたとなれば……、立つ瀬がないでしょう？」

彼女の声に、背筋がぞわっとする。

スミレを見ると、その表情は今まで見てきたどれでもないものに変わっていた。

どこか、寂《さび》しそうに目を伏《ふ》せている。

「そうですね……。わたしはミントが心配で仕方ないし、可愛《かわい》くてしょうがないわ。ほかの親がどうかはわからないけれど……、普通《ふつう》の親と同じような愛情を持っていると思います」

そう語るスミレの顔つきはやさしく、由美子《ゆみこ》のよく知る親の表情だった。

ならば当然、疑問は生じる。

今までのことは、一体なんだったんだ、と。

「なら、なんでミントちゃんに興味のないフリをしていたんですか？　ミントちゃんは、それが寂《さび》しくて……。悩《なや》んでたんですよ」

人の家庭の話に首を突《つ》っ込《こ》みすぎだ……、そう自覚しつつも、伝えずにはいられなかった。

家出をして泣きながら理由を話すミントも、寂《さび》しそうに「プールに行ったことがない」と言っていたミントも、声優仲間に「母に認めさせたい」と言い放ったミントも。

双葉《ふたば》スミレが素直《すなお》に気持ちを伝えていれば、こんなことにはならなかったはずだ。

スミレは俯《うつむ》く。

その表情は、どこか諦《あきら》めを感じさせるものだった。

「……このことは、あの子には内緒《ないしょ》にしてくださいね。正直に言います。わたしは、ミントに声優をやめてほしかったんです」

心の芯《しん》が、ぐらつきそうになる。


「……それなら」

別に続けてもいいけれど……、と彼女は興味がなさそうにしていたが、それも演技で。

実際は、声優の道を否定していたらしい。

「……なんで、ですか」

戸惑《とまど》いながらも、話の先を促《うなが》す。

彼女は力のない声で、そっと続けた。

「わたしは、あの子に役者になってほしかった。厳しく指導もして、子役の仕事も与《あた》えました。でも、あの子には才能がなかったの……。子役をしばらく続けさせて、確信した。この子は、決して芽が出ることはない。役者をやっていても不幸になるって」

それは、ミントからも聞いている。

親の七光りで子役をやっていたものの、スミレからはもう目を掛《か》けてもらえなくなった。

でも、それで見放すのはあまりに勝手ではないだろうか。

由美子《ゆみこ》がそう感じていると、スミレは唇《くちびる》を噛《か》んだ。

「――そう、周りが判断したの。ミントは特別出来が悪かったわけじゃない。でも、双葉《ふたば》スミレの娘《むすめ》『なのに』才能を感じさせないって。……才能なんて、曖昧《あいまい》なものなのに。わたしだって、経験や運のおかげで、今の地位にいられるだけ。それなのに、周りは『双葉《ふたば》スミレの娘《むすめ》だから』と勝手に期待して、そして、失望していった」

「…………」

そのときの彼女の表情は、今までで一番感情的だった。

瞳《ひとみ》を悔《くや》しさに染め、唇《くちびる》を強く引き結んでいる。

親としても、役者としても、ただただ辛《つら》そうに。

けれどふっと力を抜《ぬ》き、やるせなさそうに続けた。

「そこで気付きました。この子は一生、『双葉《ふたば》スミレ』の名前に縛《しば》られ続ける。七光りだと蔑《さげす》まれる。わたしはそれが耐《た》えられなくて、子役を諦《あきら》めさせました。それなのにあの子は、役者の道にすがった。わざわざ声優の世界に身を置いてまで、わたしを追いかけたんです……」

ミントは女優にはなれず、声優の世界に残った。

その理由は『いつかお母ちゃんに認めてもらうため』。

ミントはその夢を捨てて今回の朗読劇に挑《いど》んだが、それまではずっと、双葉《ふたば》スミレの背中を追いかけていた。

それらすべてが、望まれていなかったなんて。

スミレは天井《てんじょう》を仰《あお》ぎ、心から無念そうに呟《つぶや》く。

「そんなの、辛《つら》いだけなのに。わたしはもう、何もかも忘れて普通《ふつう》の女の子として生きてほしかったんです。そうすれば、ミントは普通《ふつう》の幸せを得られた。険しくて辛《つら》い道よりも、穏《おだ》やかで幸せな道。それを望むのは、親として当然でしょう？」

それは、千佳《ちか》の母が抱《いだ》いた思いと同じ。

不安定な世界を選んで、やがて後悔《こうかい》するのなら、最初から堅実《けんじつ》な道を進んでほしい。

役者として一度失敗しているのなら、よりそう感じることに違和感《いわかん》はない。

だが。

「ミントちゃんに、直接伝えればよかったじゃないですか……。ミントちゃんは、お母ちゃんは自分に興味がない、って誤解してるんですよ。それを言ってあげれば随分《ずいぶん》——」

違《ちが》った、と由美子《ゆみこ》は思う。

親が自分に興味がない、という事実は、重い。

いわんやミントはまだ小学生だ。

今、由美子《ゆみこ》に語った気持ちが、少しでも本人に伝わっていれば。

ミントは悲しむ必要はなかったし、もしかしたらスミレが望んだように、普通《ふつう》の道に進んだかもしれない。

だが、由美子《ゆみこ》の発言を聞いた瞬間《しゅんかん》、スミレの目はおそろしく鋭《するど》くなった。

今まで穏《おだ》やかに親の顔をしていたのに、『双葉《ふたば》スミレ』の顔へと変貌《へんぼう》した。

由美子《ゆみこ》が怯《ひる》んだのがわかったのか、スミレはすぐに表情を戻《もど》す。

小さく首を振《ふ》った。

「……実の娘《むすめ》だからって、何でも言えるわけじゃないんです。どうして言える？　一生懸命《いっしょうけんめい》に役者の道にすがる娘《むすめ》に、『あなたは才能がないから、期待されていないから、やめなさい』

なんて。口が裂《さ》けても、赤の他人にも言えない。ましてやそれが、実の娘《むすめ》なら」

「…………………」

そうか、と思う。

その一言は、あまりにも残酷《ざんこく》で重い。

双葉《ふたば》ミントにとって、双葉《ふたば》スミレは尊敬する女優で、実の母親で。

由美子《ゆみこ》で言えば、森香織《もりかおり》や大野麻里《おおのまり》、大好きな母に「才能がないから声優はやめたほうがいい」と諭《さと》されることを考えると。

どうしようもないほどの絶望を抱《かか》えてしまう。

だから双葉《ふたば》スミレは、ずっとミントから目を逸《そ》らすしかなかったのか。

「……ミントちゃんの作品を観《み》ないようにしていたのは、それが理由ですか」

「そうです。残された道にすがって、もがき続ける娘《むすめ》の姿なんて……、観《み》ても辛《つら》いだけです」

『双葉《ふたば》スミレはミントの作品を観《み》ていない』という賭《か》けに、千佳《ちか》は勝っている。

由美子《ゆみこ》は、それには懐疑的《かいぎてき》だった。

千佳《ちか》の母が、実はこっそり千佳《ちか》たちのラジオを聴《き》いていたように。

双葉《ふたば》スミレが由美子《ゆみこ》の思うような母親だったら、隠《かく》れて作品を観《み》ていてもおかしくない、と感じていたからだ。

観《み》なかった理由は、ミントが言うように興味がないから、ではなく。

娘《むすめ》の姿から、目を逸《そ》らしていたから。

スミレは力なく手のひらで顔を覆《おお》い、懺悔《ざんげ》するように声を漏《も》らす。

「ミントを役者の道に引き込んだのはわたし……。ミントが不当な評価を受けて認められないのも、わたしのせい。もう、あの子にどう接していいかわからなくなって……。仕事に逃《に》げ込《こ》んだわ。それで嫌《きら》われてもいいと思った……、それであの子が役者を諦《あきら》めてくれるのなら」

娘《むすめ》が自分のせいで苦しむようになり、そこに責任を感じて、どうすればいいかわからなくなってしまう。

そのやるせなさや、無力感はわからないでもなかった。

そこで、スミレは深く息を吐《は》く。

「だから、あなたたちの存在は厄介《やっかい》でした。ミントがいくら声優の道で成功しても、わたしは何とも思わない。追いかけても無駄《むだ》。ミントには遠回しにそう訴《うった》えていたのに、あなたたちはそんなミントを支えようとした。あの子には、今までそんな仲間なんていなかったから……。あなたの家にミントを迎《むか》えに行ったとき、本当に驚《おどろ》いたのよ」

「…………」

ならば、初めて顔を合わせたときに見せた、あの見下したような瞳《ひとみ》は。

そのあとの会話のせいで勘違《かんちが》いしただけで、娘《むすめ》の声優仲間に驚《おどろ》いただけなのか。

それを確かめるように、由美子《ゆみこ》は引《ひ》っ掛《か》かっていた違和感《いわかん》を指摘《してき》した。

「……それなら。スミレさんがずっと言っていた、声優への侮辱《ぶじょく》みたいなのは……」

「わたしは、声優には詳《くわ》しくありません。ですが、形は違《ちが》えど同じ役者。ほかの役者に対して、あんな失礼な思いは抱《いだ》いていません。……そこに関しては、本当に申し訳ないと思っています。ミントが見ている手前、そう言わざるを得なかったんです」

　ぴしゃりと否定してから、力なく声を落とす。

　実際、彼女は初めて声優を否定したとき、その前に困ったような表情をしていた。

　千佳《ちか》たちの怒《いか》りを買った、あの散々な物言いもすべて、ミントから声優を遠ざけるもの。

　どうか役者を諦《あきら》めてほしい、という遠まわりなメッセージ。

　思えば、彼女は自分から「声優は……」とけしかけることはなかったし、ミントの前でしか口にしなかった。

　なんて不器用な人なんだろう。

　双葉《ふたば》スミレの特集番組で監督《かんとく》が、『演技以外のことはてんで不器用』と称《しょう》していたが、こういうことなんだろうか。

　そう思ったものの、自分含《ふく》めて周りは不器用な人ばかりだった。

「……でもね、今日知ったわ。あの子はもう、わたしのために演技をしているわけじゃない。自分のために声優の道を選んで、前を向いている。だから、受け入れられたんです。あの子が、役者として進むことを」

彼女は晴れ晴れとしながらも、どこか寂《さび》しそうに微笑《ほほえ》む。

ミントが自分の道を進むと知ったからこそ、彼女は発言を撤回《てっかい》できた。

それならば。

「なら、スミレさんは。これから、もっとミントちゃんを見てあげられますか……？」

スミレの不安を乗《の》り越《こ》え、ミントは声優としての実力を認めさせた。

それならミントが望んだように、スミレはもっとミントに向き合えるのではないか。

しかし、スミレは気まずそうに目を伏《ふ》せてしまう。

なぜ、そんな顔をするんだろう。

「……そうしたいけれど、約束はできないわ。親だって人間なんです。そう簡単に割り切ったり、すぐに変わることは、できないのよ」

「…………」

それは、理解できるけれど。

由美子《ゆみこ》がなんと言うべきか迷っていると、スミレはやさしい笑《え》みを浮《う》かべた。

「でも、あなたたちには感謝しています。ミントに、頼《たよ》れる仲間ができた。親として、こんなに嬉《うれ》しいことはありません。これからも、ミントをよろしくお願いします」

親の表情で、頭を下げられてしまう。

これからも仲良くしてね、という、あまりに親らしい言葉だった。

それと同時に、後ろから声を掛《か》けられる。

「歌種《うたたね》さーん！」

ミントが、元気よくこちらに駆《か》けてきていた。

スミレはそんなミントを見て静かに笑うと、くるりと踵《きびす》を返《かえ》す。

何も言わずに立ち去っていった。

ミントは自然に由美子《ゆみこ》の手を握《にぎ》りながら、こちらを見上げる。

「あれ？　歌種《うたたね》さん、お母ちゃんと何を話していたんですか？」

「……ううん。何も」

由美子《ゆみこ》は笑《え》みを返して、ミントの手を握《にぎ》り返《かえ》した。

ミントに連れられて、控《ひか》え室《しつ》に戻《もど》っていく。

一度だけ振《ふ》り返《かえ》り、ひとり廊下《ろうか》を歩くスミレの背中を見た。

ミントに手を引っ張られて前に向き直ると、遠くから控《ひか》え室《しつ》の喧騒《けんそう》が聞こえてきた。

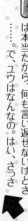

NOW ON AIR!! 第92回

「夕陽と」

「やすみのー」

「「コーコーセーラジオー!」」

「おはようございます、夕暮夕陽です」

「おはようございまーす、歌種やすみです」

「この番組は偶然にも同じ高校、同じクラスのわたしたちふたりが、皆さまに教室の空気をお届けするラジオ番組です」

「はい。というわけで、今回も始めていくわけですけど」

「ちょっといいかしら。番組を始める前に、言っておきたいことがあるのだけれど」

「はいはい。なに?」

「前に番組でも話した手前、報告しておかなくちゃいけないと思って」

「お、ご報告? そわそわしたほうがいい? 寝込む準備しておく?」

「…………」

「悪かったって。茶化して。ええと、ご報告ね。でもなんかこの流れ、前も見たな」

「あなたの成績不振のときね。いや本当に、よく人のことを茶化せたわね。やすも大概、変に騒いでいたわよ?」

「うるさいな……。受験生を不安にさせたのは本当だから、何も言い返せないけどさ……。で、ユウはなんなの。はい、さっさと報告」

「ちっ……。えー、はい。以前の放送で、親と喧嘩して……、という話をしたと思うのだけれど。その原因がなくなったので、これからは今までみたいにわぁわぁ言うことはないと思います。お騒がせしました」

「そりゃよかった。まぁひとつ原因がなくなっただけで、それ以外のことでユウは普通に喧嘩すると思うけどね」

「うるさいわね……。まぁでも、親ってそういうものらしいから。受け入れるとするわ」

「なんか大人の雰囲気出してるけど、親子喧嘩の話なんだよな……。ま、というわけで。ユウの親子関係を気にしていた人たち、もう大丈夫ですよー。実際、喧嘩する原因がなくなったのなら、それが一番なんじゃない？　よかったね」

「そうね。その言葉くらいは、素直に受け取ってあげるわ」

「こいつ……。なんでそんな無駄に偉そうなんだ……。お母さんと喧嘩していただけのくせに……」

「ぶつぶつ言わない。さ、そろそろ始めていきましょう。オープニング終わるわよ」

「はいはい……。さて、今日もみんなで、楽しい休み時間を過ごしましょー」

「放課後まで、席を立たないでくださいね」

「それでは、ここでメールを一通。ラジオネーム、〝現住所はお布団の中〟さんから

Next Page!

頂きました。『夕姫、やすやす、おはようございます！』はい、おはようございまーす」

「おはようございます」

「『先日、《ティアラ☆スターズ》のイベントが開催されましたね！　僕は現地に行きましたが、特に朗読劇が素晴らしかったです！』」

「ありがとう。ティアラのラジオでもたくさんメールが届いたそうだけれど、熱い感想メールが多くて嬉しいわ」

「『やすやすも客席にいた、と言っていましたが、ぜひおふたりのお話を聞いてみたいです！』だ、そうです。いやー、そうね。あたしも見せてもらってたよ。すごくよかった。ゲームコーナーで飾莉ちゃんが死ぬほど下手なモノマネさせられてるのめちゃ笑った」

「そっち？」

「わはは、冗談だって。朗読劇は熱かったなー。やっぱ生朗読っていいな、って思ったよ。みんな熱が入っててさ。客席にいると、お客さんの空気も伝わりやすくて。あたしも演じたい！　ってめっちゃ思ったもん」

「そうね。真剣に聞き入っているのが伝わってきて、嬉しかったわ。わたしも緊張していたけれど、何とかやり切れて安心してる」

「あぁそういえばユウ、珍しく緊張してたね」

「空気的にも、演者全員が張り詰めていたから。絶対良いものを作る！　っていう気負いが、緊張に繋がっていたのかもしれないわね」

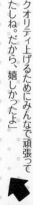

「そうかもね。観てるだけのあたしですら緊張してたし……。あたしらも稽古に参加してて、クオリティ上げるためにみんなで頑張ってたしね。だから、嬉しかったよ」

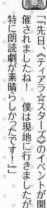

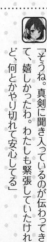

「ん。配信で観てたみたいで、高橋さんたちからも連絡が来たわ。よかったって。熱量が高かったし、お客さんに満足してもらえてよかったわ」

「朗読劇ならではの演出もよかったしなー。あ、それと、無茶ぶりされた乙女姉さんが一番笑った。すんごい顔してたもん」

「あれはまぁ、申し訳ないとは思っているわ」

「嘘吐け。しれっとしてたくせに」

「まぁそれも、あぁいう場での醍醐味でしょう？」

「振ったあんたがそれを言ってたら、乙女姉さんも浮かばれないよ。……ん？　あれ、もうメール終わり？　まだ時間残ってない？」

「あぁ、やす。ほら、今回はお知らせがあるから。そっちの告知をしないと」

「あ、そっか。忘れてた。んー……と、あぁ今回は本物の『ご報告』になっちゃうな」

「そうね。突然ですが、皆さまに大切なお知らせがあります――」

「『夕陽とやすみのコーコーセーラジオ！』ですが、三月いっぱいで――」

to be continued!!!!

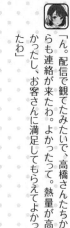

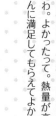

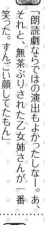

あとがき

お久しぶりです、二月公《にがっこう》です。

2巻のあとがきで、「通勤時間はカスですが、その痛みを和《やわ》らげるために声優ラジオを聴《き》くととってもハッピーになれるので、オススメです」という話を書いたと思います。

ただ、この数年でリモートワークも随分《ずいぶん》進みましたね。

私も通勤時間がなくなり、声優ラジオを通勤中に聴《き》く習慣がなくなってしまいました。

なので最近は、家事をするときや朝の準備をするときなど、「面倒《めんどう》くさいけど、しなきゃいけないこと」をするときに、声優ラジオを聴《き》くようにしています。

いやこれが、めちゃくちゃいいです。

日常が超《ちょう》ハッピーになります。オススメです。

以前は腰《こし》が重かったことでも、「今日はあの番組の更新《こうしん》があるな～」と思うとすぐ行動できるので、腰《こし》の軽さにびっくりしています。

日常の中でやらなきゃいけないことは多く、それに伴《ともな》って聴《き》くラジオの数も増えていきました。新しい番組を聴《き》く機会も増えて、とっても楽しいです。

豊かな生活を送ってるな～、と思います。

最近はまたちょっと時間が余ってきたので、よかったら皆様《みなさま》のオススメ声優ラジオを教えて頂けると嬉《うれ》しいです。

さて。

おそらくこの巻が発売された月に、『声優ラジオのウラオモテ』のテレビアニメの放送が始まっていると思います。

このために何年も前からいろんな方がたくさんの準備をしてきて、いよいよ放送ということで、とっても感慨深《かんがいぶか》いです。たくさんの方が一生懸命《いっしょうけんめい》作ってくださった、とっても素敵《すてき》なアニメになっていると思うので、皆様《みなさま》といっしょに私も力いっぱい楽しみます！

四年前に電撃《でんげき》小説大賞を受賞し、ピクミとタイアップして頂く、という夢のような出来事から今の今まで、ずうっと夢の中にいるようです。

それも、この作品を応援《おうえん》してくださる皆様《みなさま》、この作品に尽力《じんりょく》してくださる関係者の皆様《みなさま》のおかげです。本当にいつもありがとうございます！

そしていつも素敵《すてき》なイラストを描《えが》いてくださる、さばみぞれ先生。

10巻、11巻はなんと、1巻と2巻のセルフオマージュということで、それぞれを意識した表紙になっています。すごく素敵《すてき》なイラストになっていて、当時の感動が蘇《よみがえ》るようでした。

どっちの表紙もめちゃくちゃいいですよね～……、本当にいつもありがとうございます！

本書に対するご意見、ご感想をお寄せください。

ファンレターあて先
〒 102-8177　東京都千代田区富士見 2-13-3
電撃文庫編集部
「二月　公先生」係
「さばみぞれ先生」係

本書は書き下ろしです。

電撃文庫

声優《せいゆう》ラジオのウラオモテ

#10 夕陽《ゆうひ》とやすみは認《みと》められたい?

二月《にがつ》 公《こう》

2024年4月10日　初版発行

発行者　山下直久
発行　株式会社KADOKAWA
〒102-8177　東京都千代田区富士見2-13-3
0570-002-301（ナビダイヤル）
装丁者　荻窪裕司（META＋MANIERA）
印刷　株式会社暁印刷
製本　株式会社暁印刷

●お問い合わせ
https://www.kadokawa.co.jp/（「お問い合わせ」へお進みください）
※内容によっては、お答えできない場合があります。
※サポートは日本国内のみとさせていただきます。
※ Japanese text only

※定価はカバーに表示してあります。

ISBN978-4-04-915595-2　C0193　Printed in Japan

電撃文庫　https://dengekibunko.jp/